美女文化系列

诗说千古红颜

万安培 周 斌◎著
葛 文◎批注

长江出版传媒 | 湖北人民出版社

图书在版编目(CIP)数据

诗说千古红颜/万安培,周斌著;葛文批注.
武汉:湖北人民出版社,2018.1
ISBN 978-7-216-09417-7
Ⅰ.诗… Ⅱ.①万… ②周… ③葛… Ⅲ.古典诗歌—诗集—中国 Ⅳ.I222
中国版本图书馆CIP数据核字(2018)第017965号

责任编辑:黄　沙
封面设计:胡　博
　　　　　张　弦
责任校对:范承勇
责任印制:王铁兵

出版发行: 湖北人民出版社	**地址:**武汉市雄楚大道268号
印刷:荆州市翔羚印刷有限公司	**邮编:**430070
开本:710毫米×1010毫米 1/16	**印张:**19.75
字数:321千字	**插页:**3
版次:2019年1月第1版	**印次:**2020年7月第2次印刷
书号:ISBN 978-7-216-09417-7	**定价:**42.00元

本社网址:http://www.hbpp.com.cn
本社旗舰店:http://hbrmcbs.tmall.com
读者服务部电话:027-87679656
投诉举报电话:027-87679757

美女：那一抹光耀历史的独特风景
（代序）

——A（记者阿龙）：由万先生主编的《国学经典故事》丛书“春秋战国卷”作为湖北人民出版社的重点图书，已经在2018年4月问世，该书得到中宣部“中华优秀文化传承与发展工程”项目资助，还被列入湖北省农家书屋书目，社会反响很好。现在这本《诗说千古红颜》，如果我没记错的话，应该是万先生“美女文化”系列丛书的第十部作品吧？（阿龙，田振龙，《长江商报》记者。葛文批注，下同）

——W（万安培）：是这样。我从20世纪90年代初涉足美女文化研究，至今已出版《中国历代美女榜》（四卷）、《中国历代美人计》、《美女与音乐》（古代卷）、《中国历代姐妹花之谜》、《名画中的美女》、《历史上的那些美人》（古代卷）等九部著作。在已出版的著作中，《中国历代美女榜》是美女文化的奠基之作，举凡美女及美女文化的定义、女性审美文化的时代变迁等，该书均有较详细的论述。个人感觉《美女与音乐》（古代篇）、《中国历代姐妹花之谜》可读性更强一些，《历史上的那些美人》（古代篇）是《中国历代美女榜》的升级版，编排装帧精美、信息量大是重要特点，我个人非常满意，出版社和读者也很认可。这要特别感激该书的责任校对谢嘉星老师，责任编辑陈晓东先生、黄沙小姐和封面设计胡博先生。

——A：从2012年4月至今，万先生有六年时间没出美女著作了。

——W：从2005年开始，我已将美女研究当作我本职工作之余的主要任务。在我庞大的写作计划中，除已出版的著作外，目前已经完成初稿的包括《美女与文学》三部曲、《最美的女人》（罗虬《比红儿诗》释义）、《唐朝美女三千》、《上古时期的那些美人》。因为中途的一些小插曲，这些书稿至今尚未付梓。

——A：是不是主编《国学经典故事》丛书的缘故？

——W：这的确是一个重要原因。从2015年上半年起，我开始主持编写《国学经典故事》丛书。在国家重视中华优秀文化传承与发展的大背景下，我也想尽绵薄之力。《国学经典故事》着眼于国学经典的通俗化、大众化、国际化、知识性、系统性和趣味性，计划收录从先秦至近代国学经典故事3万个，计60册。目前已出版的“春秋战国卷”共8册，收录故事2800多个。“秦汉三国卷”已校对完成，计8册，收录故事3000个。

——A：以讲故事的形式传播国学、实施伦理道德教化是一大创举。这套丛书出齐，堪称出版界的盛事。编辑国学故事得花不小的精力，这与万先生刚才说工作之余主要从事美女研究不是有冲突吗？

——W：刚才我说的是2005年。大学毕业后我留校当老师，有17年高校教学与科研经历；后来从事银行业，也是17年。从2015年开始，我的工作性质发生变化，从金融转向文化领域，想再干17年文化产业，所以我常跟人说，我现在37岁。

——A：就像当年的谭咏麟，永远25岁。

——W：我们公司的业务目前主要包括三大板块：一是国学文化，二是荆楚文化，三是美女文化。国学方面主要推“国学经典故事”；荆楚文化方面，湖北作为楚文化的发祥地，在楚文化的发掘与弘扬方面有许多工作可做，近段时间我们的重点工作有两项，一是创作电视连续剧《楚庄王》，二是与中国歌剧舞剧院合作开发中国非遗·马山民歌；美女文化方面，出书只是我们的任务之一，影视产品开发才是重点。公司计划用15~20年的时间，开发系列电影、专题片《美人记》，拍摄100个中国美女，第一部作品《昭君》已经拍摄完成，年内将与观众见面。正在开发的作品包括《桃花夫人》《莫愁女》《嫦娥》《土司女王》等。这也是为什么我的一些美女著作虽然已经完成初稿，却迟迟未交出版社的原因。因为工作重心转移，无暇修改校对。如果不是问心有愧，这本《诗说千古红颜》，也可能要无限期推后。

——A：佩服万先生的精力。《诗说千古红颜》，从字面上看，似乎是以诗歌的形式来赞颂美女，是这样子吗？

——W：它本来是《美女与文学》三部曲中的一部。在2014年7月《长江日报》读书会关于“美女与文学”的分享会上，我曾经专门介绍过三本书的内容。

——A：美女和爱情是文学永恒的主题。《美女与文学》的问世，对爱好文学和美女的读者来说，应该是一大幸事。从2014年至今，我们一直在关注这件事。

——W：在我2008年拟定的写作计划中，《美女与文学》分上、中、下三部，我称之为“三部曲”。第一部着重从美女文化发展源流的角度介绍历代文人骚客的主要贡献，是美女文化的“理论篇”。比如《诗经》界定了美女评价的十六字标准；屈原提出了“美人香草”概念；宋玉笔下的“东家之子”与“丑女”互为参照，形成美女与丑女的强烈反差；曹植《洛神赋》则塑造了美女宓妃（甄洛）的形象，“宛如洛水中升起的洛神”，动感迷人。

——A：我读过万先生的《中国历代美女榜》，对宋玉笔下的瑶姬和曹植笔下的宓妃印象很深，瑶姬是堪与古希腊阿弗洛狄忒媲美的“爱与美的女神”，宓妃则被誉为“中国最美的女人”。

——W：白居易有“小蛮腰”“樊素口”“琵琶女”传世，其“犹抱琵琶半遮面”“回眸一笑百媚生”被广泛引用；此外，像明梅鼎祚的《青泥莲花记》，清余怀的《板桥杂记》、“虫天子”（王文濡）的《香艳全书》等，在中国美女文化史上都具有较高的地位，研究美女文化的学者不能不提、不能不读。

——A：我明白了。这就像我们在大学里读《西方经济学说史》，马歇尔、凯恩斯、马尔萨斯、加尔布雷斯等各自在经济学领域有什么建树，他们应有的历史地位如何，翻一翻教科书，就能知道答案。

——W：你的比喻非常恰当。我写这部书，的确是想达到类似的目的，但这不可能一蹴而就。一部西方经济学说史教科书，也有个逐渐成熟的过程。开创者的工作总是艰难的，中国有几千年的文明史，我的研究难免挂一漏万，但初始研究的意义很大，后续研究者能以此为基础，有所参照，相对就要容易一些。（胡寄窗以《中国经济思想史》开创了中国经济思想史这门学科，巫宝三、赵靖、叶世昌先生等是继承者。)

——A：后人在继续万先生的事业时，肯定会记住万先生的贡献。

——W：非常荣幸。计划中的《美女与文学》第二部，重点是要讲述历代美女的文学贡献。中国历朝历代不乏秀外慧中的美才女，她们的文学作品点缀成中国文学长廊里的璀璨明珠，交相辉映，蔚为壮观。美女是公众人物，美才女是热门话题，属于她们的逸闻趣事，是历代文人滔滔不绝、津津乐道的话题。

——A：我有一本王延梯主编的《中国古代女作家集》。另外像映然子的《吟红集》、赵世杰的《历代女子文集》、东郭先生的《妓家风月》、谢无量的《中国妇女文学史》、邓红梅的《女性词史》等，偶尔也有翻阅。万先生在博客中连载的美女故事，每篇我都看过。就趣味性和故事性而言，这类短文无出其右。

——W：发在博客里的这类文章不过是"冰山一角"。若论全面，需要一套丛书的容量才能囊括。但这是我力所不逮的，至少目前情况下很难做到。所谓"诗说"，应该包括两种含义：一是后人诗评前朝美女，中国文联出版社出版的《百美新咏图传》（2006 年 6 月版）即属此类；二是以历代美才女的诗词展开说事，本书的"诗说"即属此类。我在选材上基于两点考虑，一是尽量避免与自己已出版的作品重复，二是强调"诗说"的故事性、趣味性和可读性。

——A：可读性很重要。互联网时代的读者绝不喜欢长篇大论。

——W：我有雄心勃勃的写作计划，由于工作关系，大块写作的时间很少。这些年一直是多项工作平行展开。我的一位平安银行同事曾经调侃我的工作效率是"加倍人生"。计划中的《美女与文学》第三部是专论古典文学名著中的美女形象。中国古代文学创作了很多家喻户晓的美女形象，这些文学形象也是美女文化研究的重要内容。有些美女有历史原型，有些没有确切的原型，但均已融入传统文化，作为现实人物的参照，与现代人的精神生活密不可分。比如多才善感的病美人林黛玉，勾人魂魄的白骨精，生性不安分的潘金莲，热心快肠、助人为乐的红娘，精明能干的王熙凤，等等。原来只是想写十大文学美女形象，但在搜集资料过程中，才发现这也是一座富矿，因此不得不大幅扩容，以为读者和后续研究者提供更多的信息参考。

——A：《美女与文学》三部曲的确构思独特，属于开创性的工作。它的问世不仅是美女文化研究的重大进展，也是中国文学研究的一大喜事。

——W：以上的三部曲，实际上2013年已完成初稿，但第一部《历代文学名家论美女》（《文人骚客咏美女》）修改到晚唐时期的时候，因为着手编辑《国学经典故事》丛书而停顿下来；第三部《文学名著中的美女形象》（《形形色色的文学美人》）初稿完成后尚未校对，一直搁置着；第二部《历代美女的文学才华》，我的江陵籍老乡王凡美女已完成一部《中国历代女性的文学世界》，并于2015年5月公开出版，而我手头上的这本《诗说千古红颜》一诗一事，篇幅相对较短，稿子也比较完整，因为有五六年没有美女著作出版，所以就利用国庆长假，突击校对后交出版社了。虽然仍显粗糙，但总算对读者有所交代。

——A："诗说千古红颜"，书名非常不错，编完这本书，万先生最大的感想或者说收获是什么？

——W：中国古代女性真的很伟大。相比男性，她们受到那么多条条框框的束缚，很多人连个名字也没有留下来，但她们对中国文学的贡献令人崇敬。像"清代第一女词人"贺双卿，她根本没上过学，但在词作方面的成就，却直追宋代李易安。明朝时有个普通乡下女子，嫁到夫家后任劳任怨地干活，临死前才让丈夫借来纸笔，写了一首"莫教儿女衣芦花"的七言诗。写这个故事时，我内心非常震撼。中国古代女性勤奋自学的精神，包括唐宋以降的文学普及程度，自此可见一斑。现在有不少人早已淡泊了文学修养，如果我的书能唤起人们的某种意识觉醒，也算是功莫大焉。

——A：这项工作的确很有意义，也很有乐趣。从银行出来，专心做文化，万先生应该是如鱼得水了。

——W：17年的银行生涯是我人生的黄金岁月，往事难忘。2012年3月的时候，总行的英国籍行长理查德先生曾经问我，听说你写了不少书，不会影响你的工作吗？我回答说，每个人都有业余爱好，有的行长爱打高尔夫，有的爱打麻将，有的爱唱卡拉OK，有的爱泡澡堂子。我喜欢工作之余看书上网，写点自己想写的东西，并且我的业余爱好还能与客户营销结合，这没什么不好。(文化营销。)

——A：老外行长怎么说？

——W：他说：啊，当然，挺好，何况，你那么有才……

——A：英国人很职业的，骨子里恐怕不这么认为。

——W：我工作，也必须快乐地享受生活。对我而言，夜深人静时端坐在电脑前敲出一行行文字，就是最大的快乐。

——A：我能体味。作家收到散发着油墨香的印成铅字的作品，画家吹着口哨欣赏创作完成的得意之作，电影剧作家坐在电影院里聆听观众的笑声，就像麦农赶着马车从收获的田野上满载而归，大抵是同样的感觉。美女文化系列下一步的出书计划是什么？有具体的时间表吗？

——W：如果有时间，我想应该先把已经完成初稿的作品尽快校对付梓。已列入写作计划、资料收集工作已基本完成的《美女与音乐》（近现代篇）、《历史上的那些美女》（近现代篇）、《中国古代职业女性》、《中国历代美男》、《中国古代情郎》等，都是我一直想完成的作品，但短时间内真的没有精力。

——A：人的精力总是有限的。

——W：《中国历代美女榜》出版的时候，陈忠实老先生为本书题字说："每一位美女，都曾经是漫长历史中光耀一时的独特风景，令后人咀嚼不尽。"我在该书的序言标题是"美女，我的追求"。很多朋友说，你研究美女，可真是甜蜜的事业，幸福感强，心态永远年轻。我这是沾了美女的光，所以要向古今中外普天下所有的美女致敬。

——A：普天下的美女也应该向万先生致谢啊。因为万先生的辛勤耕耘，这一道光耀历史的独特风景，才能够红颜长存、青春永驻。谢谢万先生！

2018 年 10 月 9 日

目录

CONTENTS

既不我嘉，不能旋反

出场美女 许穆夫人

载驰载驱，归唁卫侯。驱马悠悠，言至于漕。大夫跋涉，我心则忧。既不我嘉，不能旋反。视尔不臧，我思不远。既不我嘉，不能旋济。视尔不臧，我思不閟。

陟彼阿丘，言采其蝱。女子善怀，亦各有行。许人尤之，众稚且狂。我行其野，芃芃其麦。控于大邦，谁因谁极。大夫君子，无我有尤。百尔所思，不如我所之。

这首诗名为《载驰》，出自《诗经·鄘风》，是春秋时期许穆夫人的作品。载，发语词；驰、驱，快马加鞭之意；唁，慰问死者家属，吊人失国也叫作唁；漕，卫国邑名；尔，汝，这里指许国大夫；臧，善，好；閟（bì），闭塞，不通；蝱（méng），药名，即贝母；芃（péng）芃，茂盛的样子；控，赴告，奔告；大邦，即齐国；因，依靠；极，至，带兵到别国救难；百尔所思，主意众多。

许穆夫人是卫宣公的庶子公子顽（昭伯）与宣姜的女儿，容颜上秉承了母亲的非凡姿色，才智方面则更胜一筹。她幼年时便以才貌出众而闻名于诸侯，许、齐两国都派使者前来求婚。卫懿公想答应许国的求婚，许穆夫人通过傅母传话说："通常小国的君主，都是把女儿嫁到大国。如今许国弱小，离卫国又远，齐国强大，离卫国还近。如果嫁到齐国，假如有外敌来犯，向齐国求救岂不要方便很多？如今舍近求远，舍大国就小国，一旦遇到危险，谁来为国家分忧呢?”许穆夫人虽然足不出户，但公子小白（齐桓公）的英名大抵是知道的。她的意思很明确，糊涂的卫懿公却自以为是，以许国的求婚使者先到，坚持把这位异母妹妹嫁到了许国。

卫懿公是个沉溺于声色犬马的昏君，他生性好鹤，把宫苑几乎变成了鹤园，不但给养鹤人高官厚禄，享受比士大夫还要优厚的待遇，还荒唐地封鹤为“将军”。为了供养这群“鹤将军”，还额外向百姓征收“鹤捐”。卫国在懿公的统治下每况愈下、日渐衰败。鲁闵公二年（前660年）冬，北方狄族出兵攻打卫国，卫懿公征调军队抵抗，卫国的大臣们说：“还是让鹤将军去打仗吧!”狄兵如入无人之境，都城沦陷，卫懿公兵败被杀。卫国的难民渡过黄河，逃到南岸的漕邑（在今河南滑县）。

得知卫国灭亡的消息，许穆夫人悲痛万分，恳求许穆公出兵相救，许穆公瞻前顾后，犹豫不肯出兵。许穆夫人气恨交加，决定亲自赶赴漕邑看望难民、激励将士，并前往齐国游说。许国的大臣们担心惹火烧身，百般劝说阻挠。许穆夫人不为所动，并以《载驰》一诗表达自己的拳拳爱国之心和报国心切的坚定信念。

齐桓公不愧为春秋首霸，虽然当年求亲受挫，得知卫国求救，二话不说，当即派遣公子无亏率兵驰援，不仅帮卫国赶走了狄人，还帮卫国在楚丘重建新都。

因为许穆夫人的义无反顾，也因为齐桓公的大气，已经覆亡的卫国终于起死回生。

因为《载驰》一诗，许穆夫人成了中国乃至世界文学史上第一位见载的女诗人。她留给后世的文学作品，据说还包括《竹竿》《泉水》二首，均收录在《诗经》之中。

心说君兮君不知

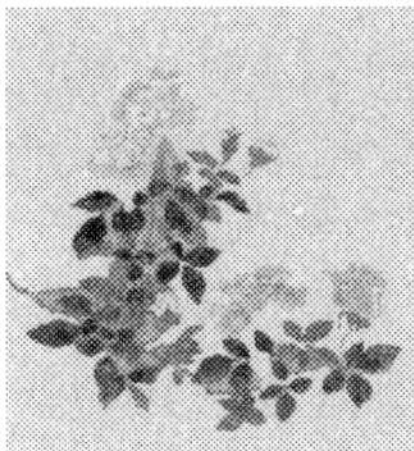

出场美女 越女

今夕何夕兮，搴舟中流。今日何日兮，得与王子同舟。蒙羞被好兮，不訾诟耻。心几顽而不绝兮，得知王子。山有木兮木有枝，心说君兮君不知。

这首歌，名为《越人歌》，也作《越女棹歌》或《鄂君歌》，出自西汉刘向《说苑·善说篇》。搴（qiān）舟，泛舟，荡舟；訾（zǐ），指责，诋毁；说，通“悦”。歌词旖旎伤感，引人共鸣，是春秋时期越国广泛流传的一首情歌。与情歌相链接的，是一个唯美的故事。

楚平王元年（前528年），楚国的令尹鄂君子皙在越国举行舟游盛会，百官缙绅，冠盖如云。子皙所乘的兰舟绮罗叠旌，尤其雄伟华丽。兰舟两侧，擢橹的船夫手执船桨，以桄击浪，催动大船破浪徐行。

秦以前，在河网密布的江浙水乡，女子跟男子一样善于“擢楫”。在子皙舟游的众多船夫之中，就有一位女子也拥挤在其中，挽袖擢橹。她年方二八，明眸皓齿，宛如出水芙蓉，正是春心荡漾的年纪。

江面上清风扑面，旌旗招展，子皙被宏伟热闹的场面所吸引，禁不住移步向前，迎着江风伫立船头。他高冠华服，腰佩长剑，华丽的披风随着江风舞动，显得英气逼人。

摇橹的越女凝神望着船头风度翩翩的王子，俊俏的面容忽然充满红晕。在她的世界里，还从来没见过如此高贵迷人的男子呢。伴随着鼓声音乐、年轻的越女禁不住亮起嗓子，唱起了那首悠扬动人的越曲：

滥兮抃草滥予昌枑泽予昌州州𩜱州焉乎秦胥胥缦予乎昭澶秦逾，渗惿随河湖。（研究《越人歌》）者对这32个字断句的理解多有不同，至今未形成定论，但表达的意思基本相同。本文引用《说苑校正》的版本，未加句读。）

楚越两地方言不通，立于船头的子晳觉得盈盈的歌声特别动听，却不明白越女想要表达的心意。于是召来懂越语的人将歌词翻译成楚语，这便是文头译成楚语的《越人歌》。

真该感谢这位才情卓绝的翻译者，将越女的歌词翻译得优雅缠绵，意蕴深远。子晳被古雅灵秀又略带伤感的曲调深深感染，更被举棹摇橹的年轻女子的娇媚多情深深打动。舟游结束，子晳便将这位婀娜多情的越女带回了楚国。

这首情歌因由越语改为楚语而在中国文学史上占据一席之地。有人赞其为中国文学史上第一首译诗。清代沈德潜视其为古代诗歌精品，将其收入《古诗源》；梁启超在《翻译文学与佛典》一文中高度评价《鄂君歌》"译本之优美，殊不在《风》《骚》下"，"实我文学界之凤毛麟角"。

（《越人歌》的故事出自刘向《说苑·善说》。楚大夫庄辛于襄成君始封之日"把君之手"不成，随后向襄成君讲述了越鄂君子晳"泛舟于新波之中"、榜枻越人拥楫而歌、子晳听罢楚人翻译的歌词内容后与越人激情相拥以示友好的故事。刘向《说苑》原文并未说明拥楫而歌的越人性别，于是引申出本故事是中国最早同性恋的说法，"鄂君被"也被用来代指同性恋，剑桥大学汉学家白安妮女士翻译《玉台新咏》时即持此观点。梁启超《中国之美文及其历史》则指"榜枻越人"为船家女孩，《越人歌》是异性相爱的优美情歌。姜亮夫等主编的《先秦诗鉴赏辞典》称"经楚译的《越人歌》是见于古籍的我国第一首翻译作品"，这首诗接近《楚辞》作品的缠绵悱恻，艺术水平很高，它和楚国的其他民间诗歌一起成为《楚辞》的艺术源头。周迅在冯小刚执导的电影《夜宴》中倾情演唱《越人歌》。冯小刚说，"山有木兮木有枝，心悦君兮君不知"，这两句词唱出了人与人之间最深的寂寞，一个人如果懂了这首歌，就不会寂寞。）

身远心近，何当暂忘

出场美女 吴紫玉

南山有乌，北山张罗。乌既高飞，罗将奈何？
意欲从君，谗言孔多。悲结生疾，没命黄垆。
命之不造，冤如之何？羽族之长，名为凤凰。
一日失雄，三年感伤。虽有众鸟，不为匹双。
故见鄙姿，逢君辉光。身远心近，何当暂忘。

这首歌名为《南山有乌》，出自晋干宝《搜神记》卷十六《紫玉》篇，是春秋时期吴王差的女儿紫玉死后化形而歌。黄垆，即黄泉。

吴王夫差的小女儿名叫紫玉，年方十八，才貌俱佳，姿采秀艳。正当思春年华的美少女看上了大她一岁、颇通道术的英俊少年韩重，私下和他书信往来，暗通心曲，提出愿意做他的妻子。韩重正要启程前往齐、鲁之地研习音乐，收到情书，便委托父母到吴王府代他求婚。吴王夫差嫌两家门不当户不对，一口回绝。紫玉非常失望，不久便愁思郁结而死。吴王无奈，于是将紫玉埋葬在姑苏城西阊门之外。

紫玉死后三年，韩重学成归来。得知紫玉死因，十分悲伤，置办了祭品到紫玉坟前吊唁，哭成泪人。韩重的真情触动了紫玉的灵魂，于是她的鬼魂化形从墓中出来，流着泪对韩重说："自你走后，你父母就来王府提亲，我以为父亲会慷慨应允，未料他竟断然拒绝。"紫玉哽咽难言，环顾左右，忍着悲伤为韩重唱了一首《南山有乌》。歌毕，嘘唏流涕，脉脉含情邀请韩重同入墓室。韩重面有迟疑说：“死生不同路，恐怕会招来灾祸，不敢答应你的邀请。”紫玉凄然道：“死生不同路，我也知道。但今天一别，永无重逢的机会。你是怕我为鬼加害于你吗？我对你的一片真心和痴情，难道你还不相信吗？”

韩重为紫玉的真情所感，便与她携手同入墓冢。紫玉摆上酒席，与韩重对饮，款留他三天三夜，极尽夫妇之礼。临别前，紫玉取出一颗直径一寸大的明珠送给韩重说：“我既毁坏了名声，又断绝了希望，没什么可说的了！请韩郎自重。如果到了我家，请代我向父王致敬。”（吴王富有天下，有条件把女儿的墓冢建得像地下宫殿一样。）

韩重从墓中出来，径直往吴王府禀说奇遇。吴王大怒说：“我女儿早已经死了，你不过是挖掘坟墓，盗取明珠，假托鬼神来骗我罢了。”于是下令逮捕韩重。韩重奋力逃脱，来到紫玉坟前哭诉，紫玉再次从坟中出来，安慰他说：“韩郎不必担心，我这就回去向父王解释。”吴王正在梳洗，忽然见到女儿，又惊又喜，问她说：“你怎么死而复生的呢？”紫玉跪言道：“当年韩重父母来王府求婚，父王不允，我名毁义绝，以致身亡。如今韩重远道还家，到我坟前吊唁，我被他的真情感动，就出来与他相见。明珠是我所赠，留作纪念，的确不是掘墓所得，请父王不要冤枉他。”

吴王夫人听说女儿回来，赶忙跑出来。刚要搂住紫玉，紫玉却化作一缕轻烟飘然而去。

妾持楫兮 操其维

出场美女 赵娟

升彼阿兮面观清，水扬波兮杳冥冥。
祷求福兮醉不醒，诛将加兮妾心惊。
罚既释兮渎乃清，妾持楫兮操其维。
蛟龙助兮主将归，呼来擢兮行勿疑。

这首歌名为《河激》之歌，出自西汉刘向《列女传·辩通传·赵津女娟》。

赵娟是春秋时期晋国赵氏封地一个河津吏（负责管理河上渡口的官吏）的女儿，后来嫁给赵简子为夫人。两人的结缘经历是这样的：赵简子奉命南下攻打楚国，事先已与河津吏约好渡河时间。当赵简子到达时，河津吏却喝得酩酊大醉，开不了船。赵简子气得想杀掉他。这时，河津吏年轻貌美的女儿赵娟拿着船桨往外跑，赵简子问她为什么跑，她回答说："我是河津吏的女儿，我父亲听说您要渡河，因为不了解水情，担心出现风浪，惊动水神，于是去祷告九江三淮之神。因为不胜酒力，才饮酒过量，醉倒于地。现在我愿用我自己来换取父亲的生命。"简子摇头说："这不是你的错。"

赵娟说："现在你杀了我的父亲，他醉成那样，也不会感到痛苦，心里更不会明白自己到底犯了什么错。如果在不知名的情况下被杀，就是残害无辜。希望等他醒来之后您再杀他，使他知道所犯的过错。"赵娟两眼噙泪，语声恳切，简子认为赵娟说得有理，就放过了她父亲。

简子急着渡河，谁来驾船呢？赵娟向简子请命说：“我驾船的身手不亚于我父亲，现在他醉得人事不省，我愿替他划船。”简子摇头说：“我出发之前曾经和士大夫们一起斋戒沐浴，怎能和妇人同船而渡呢？”赵娟显得很认真的样子辩解说：“我听说从前商汤伐夏时，左驾牝骊，右驾牝麋，最终将桀放逐；武王伐殷，左驾牝骐，右驾牝骥，最终打败了纣王，一直打到华山的南面。您不想渡河也就罢了，和我同舟，又怎么会对您有害呢？”

简子听了赵娟的一番解释，觉得颇有道理，于是答应让她划船渡河。(也是无奈。)船到中流，赵娟为简子作《河激》之歌。

歌词是即兴之作，讲述了赵娟父亲醉酒免于刑罚的过程，表达了赵娟对赵简子出征楚国的良好祝愿。歌声清凌悠扬，在江面上回荡。简子听了很是高兴，对左右说：“娶一位既漂亮又聪明贤惠的妻子一直是我的梦想，这不就在眼前吗？”于是当面向赵娟表达了自己的倾慕。赵娟礼貌地推辞说：“妇人之道，非媒不嫁。家有严亲，不敢从命。”送完简子一行，赵娟告辞而去。简子回来，正式向赵娟的父母行聘，赵娟才爽快地答应嫁给简子。

怀忠见疑，何贪生兮

出场美女 漆室女

菁菁茂木，隐独荣兮；变化垂枝，含蕤英兮。

修身养志，建令名兮；厥道不同，善恶并兮。

屈身身独，去微清兮；怀忠见疑，何贪生兮。

这首歌名为《女贞木歌》，又名《处女歌》《处女吟》等。蕤（ruí），草木繁盛；厥，代词，其。

据刘向《列女传·仁智传·鲁漆室女》记载：漆室女是鲁国漆室之邑的女子，过了出嫁的年龄还未嫁人。当时鲁穆公年事已高，太子尚未成年。漆室女时常靠着廊柱吹哨，左邻右舍无不悲伤。邻家女问她说："你吹得那样伤心，是想嫁人吗？我来为你做媒吧。"漆室女摇头说："唉！我一直以为你很有见识，原来并非如此。我哪里是担心找不到婆家，我担忧的是君主老了，太子还年幼啊。"邻家女笑着说："这是大夫们操心的事，与我们农家妇女何干！"漆室女说："这不是你能理解的。前几年有个晋国客人住在我家，把马系在后园里，结果马挣脱缰绳踩坏了我种的冬葵，使我一年都吃不到葵菜。去年村里有个女孩跟人私奔，她家人请我哥哥协助追赶，碰上山洪暴发，我哥哥被淹死了，我就这样永远失去了兄长。我听说九里长的河流，两岸浸湿的泥泞地带有三百步。如今国君年迈糊涂，太子少不更事，这是明摆着的两大弊端啊。如果鲁国有危险，君臣父子都会受辱，殃及无辜，农家妇女又岂能幸免？我为此忧心忡忡，你却说这不是我们操心的事。"邻家女道歉说："你这些想法，的确是我没考虑到的。"三年之后，鲁国果然大乱，齐国和楚国轮番进攻鲁国，战乱不休。男人们都上前线参战，妇人则负责转运物资，终日不能休息。人们因此感叹说："还是漆室女深有远虑啊！"

"漆室女"姓名无考，只因居住于鲁国小城漆室，故名"漆室女"。（据考，漆女城又称"七女城"，即春秋郰国之漆邑，故址在今邹城市区西郊。）"漆室女"不幸的遭遇令人同情，其远见卓识和不被人理解的高洁情怀令人景仰。漆室女应该是父母早亡，她虽天生丽质，却也因此错过了当嫁的年纪。但她并不为自己的婚事着急，而是怀天下之忧，为鲁国的潜在政治危机担忧。鲁国后来发生的事件应验了她的判断，表明她的确有超越常人的政治敏感。

刘向《列女传》没有交代漆室女的归属，明处囊斋主人《诗女史纂》在续说该故事时，将"漆室女"更名为"次室女"：

> 次室女，鲁处女也，常倚柱悲吟而啸。邻人谓曰："欲嫁邪，何吟之悲也？"女曰："嗟乎！吾伤民心悲而啸，岂欲嫁哉！"自伤怀洁，而为邻人所疑，于是褰裳而去之。入山林之中，见贞女之庙，有女贞木焉，喟然叹息，援琴作《女贞木歌》，遂自缢死。贞木者，少阴之精，冬不落叶，即今冬青木也。

女贞木或冬青是颇有个性的植物，与贞女在性格上有相通之处。晋苏彦有《女贞颂》云："负霜葱翠，振柯凌风，故清士钦其质，而贞女慕其名。"所谓"贞女慕其名"，即指漆室女。大抵漆室女在山中见到女贞之木，心中的郁闷无法排解，舆论的压力令她难以忍受，便想通过自杀来保持自己的贞洁，也希望给世人以警醒。她这种通过牺牲自己来唤醒世人的做法，若干年之后也为爱国诗人屈原所效法。（梁简文帝《贞女引》："借问怀春台，百尺凌云雾。北有岁寒松，南临女贞树。庭花对帷满，隙月依枝度。但使明妾心，无嗟坐迟暮。"明张羽《杂言》："青青女贞树，霜霰不改柯。"）

《诗经·国风·郑风》里有一首诗歌名为《将仲子》，是描绘女子拒绝情人的诗歌。这位女子拒绝情人的原因，最主要是害怕家庭反对、父兄指责、舆论飞短流长："将仲子兮！无逾我园，无折我树檀。岂敢爱之？畏人之多言。仲可怀也，人之多言，亦可畏也！"（白话大意为：二哥二哥听我讲，勿翻我家后园墙，别让檀树受了伤。并非珍惜檀树枝，最怕众人舌头长。二哥二哥我记挂，流言蜚语太可怕。)

“人言可畏”，相信这并非漆室女一人的体会。

相离三千里，当谁使告汝

出场美女 戚夫人

子为王，母为虏。

终日舂薄暮，常与死为伍！

相离三千里，当谁使告汝？

这首诗题为《戚夫人歌》，见载于《汉书·外戚传》。戚夫人（？—约前194），汉高祖刘邦宠妃，又称戚姬，西汉初济阴定陶（今山东定陶）人。

公元前205年，刘邦兵败彭城，被楚军苦苦追逼，日暮时分，逃至一片树林，与村内一老人相遇。老人见汉王气宇轩昂，不同凡人，引至家中延请上坐，并让女儿准备酒饭。汉王见其女体态轻盈、长发飘逸，不由啧啧称赞。老人见状，遂命女儿放下酒肴，向汉王行礼，而后说："小女尚未许配人家。前有相士路过家门，说小女命相大贵，今日大王到此，莫非是前缘注定，应侍大王巾栉？"汉王假意推辞说："寡人逃难到此，得蒙留宿，已是盛情，怎好再委屈令爱嫁为姬妾呢？"老人语气恳切地说："只怕小女不配侍奉，大王何必过谦！"汉王这才大展笑颜说："既承老丈美意，我即领情便了。"当即解下随身玉带送为聘礼。老人一心想生米煮成熟饭，当晚即令女儿陪汉王入室安寝。

公元前202年，刘邦在长安称帝，随后将戚氏父女接入宫中，封戚氏所生之子如意为赵王。刘邦晚年宠爱戚姬及赵王如意，疏远吕后，几次想废黜吕后所生的太子刘盈而立如意，终因大臣反对而未决。

后来高祖刘邦病重，自知来日不多，便置酒宫中，召太子刘盈侍宴。随太子入宫进见的另有四位老者，皆须眉似雪、身形高瘦。（秦末四隐士，即所谓“商山四皓”，也作“南山四皓”：东园公、绮里季、夏黄公、甪里。）高祖愕然，勉强与几人对饮。太子走后，高祖急召戚姬至前说：“我本欲改立太子，奈何他得商山四皓为辅，羽翼已成，势难再动了。”戚姬闻言，顿时泪下。高祖说：“你也不必过于悲伤，须知人生有命，得过且过。你且为我作楚舞，我为你高歌一曲吧。”戚姬含悲在席前翩翩起舞，高祖击筑作《鸿鹄歌》，歌曰：

鸿鹄高飞，一举千里。羽翼以就，横绝四海。
横绝四海，又可奈何！虽有缯缴，尚安所施。

高祖驾崩后，太子刘盈即位，是为惠帝。吕后深恨戚夫人，将其囚于永巷，削其长发，使其戴枷锁、穿囚衣，罚其舂米。戚夫人念子心切，舂米时含悲而歌，即本文的开篇之作。吕后闻知大怒，为斩草除根，派特使急召如意入宫，将其鸩杀。如意死后，吕后又使人斩断戚夫人的双手双脚，残忍地挖去双眼，再用毒药熏聋双耳，以哑药使其失声，最后将其扔进厕所，称为“人彘（zhì）”。

万般无奈把郎怨

出场美女 卓文君　薛嫒　管道昇　关夫人　左锡璇

一别之后，两地相思；只道是三四月，又谁知五六年。七弦琴无心弹，八行书无可传；九连环从中折断，十里长亭望眼欲穿；百思想，千系念，万般无奈把郎怨！

万语千言道不尽，百无聊赖十凭栏；重九登高看孤雁，八月中秋月圆人不圆；七月半烧香秉烛问苍天，六月伏天人人摇扇我心寒；五月石榴如火，偏遇阵阵冷雨浇花端，四月枇杷未黄，我欲对镜心意乱；急匆匆，三月桃花随水流；飘零零，二月风筝线儿断。噫！郎啊郎，巴不得下一世你为女来我为男！

这首数字诗，从一数到万，再从万数到一，题为《劝夫诗》。（作者一说为卓文君。）说起来令人唏嘘万千：卓文君和司马相如的浪漫爱情本是千古佳话，但就是这一对千古传颂的爱情典范，婚姻中也会出现裂痕和波折，以至卓文君留给后世最有代表性的作品，反而是她的“怨夫诗”：《白头吟》《诀别书》等。

俗话说，再好吃的菜也怕顿顿上。时间长了，很多夫妻就会产生审美疲劳，生出“七年之痒”。那司马相如是何等风流之人？有一次，他看中了一位年轻貌美的茂陵美女，想娶回家中做小妾。卓文君的高超之处在于，她既没有大吵大闹歇斯底里，也没有像唐代江陵名门之后李亿的老婆裴氏那样将“小三”鱼玄机棒打出门。当夜，她将一首名为《白头吟》的五言诗并附

《诀别书》留在案上，悄悄地回到了临邛娘家。

《白头吟》道：

皑如山上雪。皓若云间月，闻君有两意，故来相决绝。
今日斗酒会，明旦沟水头。躞蹀御沟上，沟水东西流。
凄凄复凄凄，嫁娶不须啼。愿得一心人，白头不相离。
竹竿何袅袅，鱼尾何簁簁。男儿重意气，何用钱刀为？

（清吴麟有诗讽刺卓文君说：“夫君怀两意，长歌有怨音。如何新寡日，不诵白头吟？”）

《诀别书》云：

群华竞芳，五色绫素，琴尚在御，而新声代故！锦水有鸳，汉宫有木，彼木而亲，嗟世之人兮，瞀于淫而不悟！朱弦断，明镜缺，朝露晞，芳时歇，白头吟，伤离别，努力加餐勿念妾！锦水汤汤，与君永诀！

瞀（mào），眼花，看不清；晞，干，干燥。阅罢《白头咏》和《诀别书》，司马相如顿时傻眼，精心准备的众多答辩词宣告作废。想起当初寄人篱下，卓文君为他抛却荣华富贵夤夜私奔的情景，心中羞愧万分。赶往临邛的路上，纳妾的念头已是烟消云散。（关于卓文君的作品，王延梯《中国古代女作家集》仅载有《司马相如诔》，后世颇多学者认为《劝夫诗》《白头吟》《诀别书》《司马相如诔》等皆伪作。如历史学家王立群即认为，卓文君所处的时代，不可能产生如此成熟的五言诗，而数字诗是宋末以后出现的，是元曲风格。不过王立群先生也承认，《白头咏》等诗作对表达卓文君当时的感情非常吻合。这也从一个侧面说明卓文君与司马相如之间的感情确曾出现危机。所谓“苍蝇不叮无缝的蛋”，如果卓文君、司马相如之间始终情好如初，又哪会有后人的诸多附会呢？）

古代类似的故事颇多。晚唐泗州才子南楚材离家出游到达颍州（今安徽阜阳），颍州太守见他英俊有才，想招他为婿，并唤出女儿与其相见。少女的美貌和太守的官场背景令南楚材很难拒绝。于是他隐瞒婚史，借口向太守说派人回家征得父母同意，暗地里派仆人速回泗州老家将爱琴和藏书全部取走。（都是离家出游惹的祸。）妻子薛媛猜知丈夫见异思迁，有休弃之意，于是对着铜镜为自己画了一张肖像，并题诗一首《写真寄夫》：

欲下丹青笔，先拈宝镜寒。已经颜索寞，渐觉鬓凋残。
泪眼描将易，愁肠写出难。恐君浑忘却，时展画图看。

薛媛将诗作交仆人带给丈夫。南楚材看着画像，默念诗句，回想与薛媛的恩爱之情和她对自己学识上的帮助，暗自责备自己因一念之差，险些做出对不起爱妻的错事，当即委婉告辞了颍州太守，日夜兼程返回泗州家中，向妻子赔罪认错。（事见王启兴主编《校编全唐诗》第 3464 页。）

元代著名书画家赵孟頫五十岁时想纳妾，写词向夫人管道昇“投石问路”：我学士，尔夫人。岂不闻：陶学士有桃叶桃根，苏学士有朝云暮云。我便娶几个吴姬越女，也无过分，你年纪已过四旬，只管占住玉堂春。（占住玉堂春，大意即占住正房原配的位子。）

夫人管道昇当即回以《我侬词》：

你侬我侬，忒煞情多。情多处，热如火。把一块泥，捻一个你，塑一个我。将咱两个，一齐打破，用水调和。再捻一个你，再塑一个我。我泥中有你，你泥中有我。与你生同一个衾，死同一个椁。

赵孟頫遂至夫人处赔罪，绝口不再提纳妾之事。（管道昇《渔父图》题词四首之一也颇著名：“人生贵极是王侯，浮利浮名不自由。争得似，一扁舟。弄月吟风归去休。”）

元代大戏剧家关汉卿看上了随夫人陪嫁来的丫鬟，想娶为小妾。办法想尽，夫人终是不肯。关汉卿百爪挠心，就发挥特长，写了一首小令送给夫人：

鬓鸦，脸霞，屈杀了将陪嫁。规模全是大人家，不在红娘下。巧笑迎人，文谈回话，真如解语花。若咱，得他，倒了葡萄架。

该词大意是：姑娘鬓发像乌鸦一样黑，脸庞如朝霞般艳丽，如此漂亮的美女却做了陪嫁的丫鬟，真是委屈了她。她端庄的样子就像大户人家出身，绝不在崔莺莺家红娘之下。见人时巧笑相迎，姿态也温文尔雅，真像一朵解语花。假如我能得到她，甜蜜得就像倒了葡萄架。

关夫人当然也不是吃素的，当即回他一首小诗：

闻君偷看美人图，不似关王大丈夫。
金屋若将阿娇贮，为君唱彻醋葫芦。

意思是说，听说你偷偷看上了小妖精，别看你姓关，此种行径可一点都不如关公老爷地道。你想金屋藏娇，我就通宵达旦给你唱《醋葫芦》。关汉卿一时无语，只能叹息不已。（元代人称妒妇为“倒葡萄架”，或即来源于此。）

另一起类似的故事来自清道光年间阳湖女诗人左锡璇。左夫袁绩懋也有司马相如、关汉卿和赵孟頫之类的想法。（李敖说，每个成年男人都有类似的想法。）左锡璇则以一首《贺新郎·外子以词见示作此奉答》呈上：

一纸书来速。道空斋、翛然对影，不胜幽独。欲倩主人为留意，觅取如花碧玉。待它日、贮之金屋。若得可人如我愿，更何妨、拚却珠千斛。但只恐，难从欲。

风流好个良司牧！向风尘、犹耽吟咏，公然脱俗。只有缠绵情不改，恣意寻欢取乐。浑不解、鬓丝如擢。寄语东君宜自遣，还须留意于官牍。书中意，容徐覆。

左词不似卓文君强硬，也不似关夫人泼辣，更没有管道昇的诙谐，而是以长者教导幼辈的口吻予以警示。袁氏读罢，啼笑皆非，怏怏而止。（事见谭正璧《女性词话》“左锡璇”条。）

愿为黄鹄兮归故乡

出场美女 刘细君　宇文芳

吾家嫁我兮天一方，远托异国兮乌孙王。
穹庐为室兮旃为墙，以肉为食兮酪为浆。
居常土思兮心内伤，愿为黄鹄兮归故乡。

此诗名为《黄鹄歌》，作者是被称为“乌孙公主”的刘细君。黄鹄，鸟名；旃，通“毡”。

刘细君是西汉江都王刘建的女儿。刘建夫妇以谋反罪双双问斩，成为孤儿的小细君被带到长安，在武帝刘彻身边长大。出生于江南水乡（扬州）的她十四五岁时已长成婀娜迷人的绝色美女。作为和亲使者远嫁乌孙，当地人称其为“柯木孜公主”。柯木孜，意即“肤色白净，像马奶酒一般鲜嫩”。

作为汉代见载最早的和亲使者，刘细君远嫁乌孙比昭君出塞早七十二年。娶她的乌孙王昆莫是她爷爷辈的年纪。相比当时中原的农耕文明，以游牧为生的乌孙国似乎落后许多。语言不通，习俗迥异，与老眼昏花的昆莫一年只有一两次会面，细君心中的悲苦可想而知。昆莫娶细君一年后去世，去世前留下遗嘱，让细君再嫁昆莫之孙岑陬。身为汉人的细君内心对祖孙共妻的风俗非常抵触，写信向武帝求援；武帝从民族团结的大局出发，让她遵从乌孙民俗。心中郁闷加产后失调，细君于再嫁岑陬五年后去世，年仅二十五岁。临死前，细君将一首充满感伤的《黄鹄歌》寄回长安。

刘细君

这首被收入汉诗、称之为“绝调”的诗歌，虽然只有短短六句，却将思乡的哀怨及乌孙国的异邦风情挥洒得淋漓尽致。“穹庐为室兮旃为墙，以肉为食兮酪为浆”，自此成为文人骚客描述西北异域风情惯常引用的名句。逐水草而居，以天地为房，住简陋的毡房，缺少蔬菜，但有充足的肉类和乳制品供应，这对当今远足大漠的“驴友”来说，是为之陶醉的异域风情；但在当时，却令绝大多数汉人恐惧莫名，为之却步。

《黄鹄歌》传入长安，身为天子的汉武帝也不禁眼含泪花，一面写信勉励细君安心边塞，不负王命，一面派使者紧急携带锦绣帷帐、美味佳肴等前往慰问。使者到达乌孙时，刘细君已魂归故里，一切御赐只能在碎石垒砌的坟前祭焚。（刘细君的《黄鹄歌》不仅影响了后来的边塞诗和思乡诗，她本人也成为后人吟咏的对象。唐代诗人白居易有“乌孙公主归秦地，白马将军入潞州”之句，说明刘细君的名声在唐代十分显赫。宋代诗人黄庭坚在《忆帝京·赠弹琵琶妓》一词中写道：“慢捻复轻拢，切切如私语。转拨割朱弦，一段惊沙去。万里嫁、乌孙公主。”元代钱塘诗人钱惟善过灵璧，发现刘细君手印石，作诗曰：“万里穷愁天一方，曾驻鸣镳倚灵璧。灵璧亭亭立空雪，石痕不烂胭脂节。”）

和亲是书写中国民族关系史不可或缺的一笔。北周时千金公主宇文芳（隋时为大义公主）也是一位世所罕见的汉人和鲜卑人混血的大美女，浑身上下充满野趣，既有鲜卑人的豪放健朗，又不失汉族大家闺秀的端庄典雅。由于身负复国的艰难使命，最终被她的突厥丈夫杀死。对于自己的悲惨命运，她曾作诗感叹道：

盛衰等朝暮，世道若浮萍。荣华实难守，池台终自平。
富贵今何在？空事写丹青。杯酒恒无乐，弦歌讵有声。
余本皇家子，飘流入虏庭。一朝睹成败，怀抱忽纵横。
古来共如此，非我独申名。唯有明君曲，偏伤远嫁情。

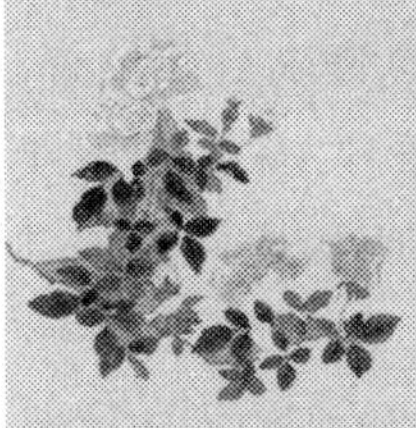

弃捐箧笥中，恩情中道绝

出场美女 班婕妤

新裂齐纨素，皎洁如霜雪。
裁为合欢扇，团团似明月。
出入君怀袖，动摇微风发。
常恐秋节至，凉飙夺炎热。
弃捐箧笥中，恩情中道绝。

该诗名为《怨歌行》，又名《团扇歌》，写于班婕妤退出增成舍宫、庇荫于王太后之时。齐纨，齐地出产的白细绢，泛指名贵的丝织品；箧笥（qiè sì），竹编的箱子。在古代，“秋凉团扇”一词常用于形容女子失宠；因为这首诗的缘故，团扇又被称为“班女扇”。（唐王昌龄《长信秋词》中有“奉帚平明金殿开，且将团扇暂裴回”，唐李嘉祐《古兴》诗中也有“莫道君恩长不休，婕妤团扇苦悲秋”，皆是以西汉成帝的婕妤班氏入典。）

班婕妤是左曹越骑校尉班况的女儿，大史学家班固和班超的姑母。汉成帝即位之初，班婕妤以美貌才俊入选后宫，先为少使，不久受宠，升婕妤。汉成帝鸿嘉三年（前18年），许后“巫蛊”案发，有人指班婕妤也难脱干系。成帝心下疑惑，找班婕妤问话，班氏回答说：“妾闻‘生死有命，富贵在天’。修正尚未蒙福，为邪欲以何望？使鬼神有知，不受不臣之诉；如其无知，诉之何益？故不为也。”意思是自己谨守妇道，也不见上天降福，难道从事邪道，就会得到上天的支持吗？自己绝不会干这种蠢事。（事见《汉书·外戚传下》。无独有偶。唐太宗皇后长孙氏也曾有类似话语："死生有命，非人力所支。若修福可延，吾不为恶；使善无效，我尚何求？且赦令，国大事，佛、老异方教耳，皆上所不为，岂宜以吾乱天下法！"事见《新唐书》本传。）如此这番妙答，既表明了自己的高洁忠诚，也间接指斥了赵飞燕姐妹的龌龊低下。成帝释疑，赐班婕妤黄金百斤。

许后的悲惨命运使班氏感受到死亡的威胁。为躲避赵氏姐妹的迫害，班婕妤主动请出，到长信宫侍奉王太后，从此深宫寂寂、岁月悠悠。

追思往昔，班氏常常悯繁华之不滋，藉秋扇以自伤。她写有《怨歌行》《自悼赋》《捣素赋》《长信宫赋》等。其《长信宫赋》文采斑斓，与司马相如《长门赋》交相辉映，足见其灿灿才华。可惜班氏的作品多数佚亡，仅有《自悼赋》《捣素赋》《怨歌行》幸存于世。《怨歌行》真实形象地表达了班婕妤从受宠到失宠的失落情感，自此之后，这首诗成为幽怨情歌的主旋律，历代歌咏不衰。（送团扇也并非意味被晾在一边。沈约曾送给自己喜欢的女子两把扇子，一曰"银花扇"，一曰"寄情扇"。后来该女嫁给沈约，写诗说："还君与妾扇。"意思是你娶了我，扇子又回到你手中，等于还给你了。事见元龙辅《女红余志》："东阳尝赠所欢二扇，一曰银花，一曰寄情，后复归之，有诗云：'还君与妾扇。'"）

恨无兮羽翼，高飞兮相追

出场美女 徐淑

妾身兮不令，婴疾兮来归。沉滞兮家门，历时兮不差。
旷废兮侍觐，情敬兮有违。君今兮奉命，远适兮京师。
悠悠兮离别，无因兮叙怀。瞻望兮踊跃，伫立兮徘徊。
思君兮感结，梦想兮容辉。君发兮引迈，去我兮日乖。
恨无兮羽翼，高飞兮相追。长吟兮永叹，泪下兮沾衣。

这是东汉陇西美女、诗人秦嘉之妻徐淑仅存于世的一首诗，题为《答夫诗》。诗句优美，情感真挚，被誉为古代爱情诗的佳作。婴疾，疾病缠身；沉滞，积滞、郁积，也指仕宦久不迁升；引迈，启程，上路。

据梁徐陵《玉台新咏》：徐淑，东汉陇西（今甘肃东南）人，诗人秦嘉娇妻。（秦嘉，字士会，生卒不详，约生活于汉桓帝时期。）在中国文学史上，徐淑与丈夫秦嘉以诗文赠答、鸾凤和谐，被誉为古代恩爱夫妻的典范。（唐欧阳询等编纂的《艺文类聚》卷三十二、清严可均《铁桥漫稿》均有两人诗文记载。）秦嘉有《述婚诗》描写他迎娶美才女徐淑的喜悦：

纷彼婚姻，祸福之由。
卫女兴齐，褒姒灭周。
战战竞竞，惧德不仇。
神启其吉，果获令攸。

我之爱矣，荷天之休。

诗词大意是说：我观察大千世界纷繁的婚姻现象，可以发现它既能带来幸福，也能招致祸殃。卫女曾经兴齐，褒姒则致周亡。因此人们在选择配偶时无不战战兢兢，唯恐找不到品行高尚的对象。我却幸运地得到了上天的关爱，娶到徐淑这样的窈窕淑女。我是那样的真心爱她，感谢苍天神灵的慷慨恩赐。

新婚未久，秦嘉远赴洛阳公干，徐淑因病居于母家不能随行，两人只能诗文赠答。《艺文类聚》载有夫妻间两次往来的书信，从中可见彼此情真意切。第一次书信往来在秦嘉得到任命将赴洛阳之际。秦嘉打发车辆到岳母家想接徐淑回来话别，徐淑因病不能成行。秦嘉在信中说：

不能养志，当给郡使。随俗顺时，黾俛当去，知所苦故尔。未有瘳损，想念悒悒。劳心无已，当涉远路。趋走风尘，非志所慕。惨惨少乐，又计往还。将弥时节，念发同怨。意有迟迟，欲暂相见，有所属托。今遣车往，想必自力。

秦嘉在信中表示不愿入仕，远赴洛阳有违自己隐居养志的初衷，也舍不得别离娇妻远行，只是随依官场习俗，勉力去完成肩负的使命而已。徐淑回信说：

知屈珪璋，应奉岁使。策名王府，观国之光。虽失高素皓然之业，亦是仲尼执鞭之操也。自初承问，心愿东还，迫疾惟宜抱叹而已。日月已尽，行有伴例。想严庄已办，发迈在近。谁谓宋远，企予望之。室迩人遐。我劳如何。深谷逶迤，而君是涉；高山岩岩，而君是越。斯亦难矣！长路悠悠，而君是践；冰霜惨烈，而君是履。身非形影，何得动而辄俱？体非比目，何得同而不离？于是咏萱草之喻，以消两家之恩；割今者之恨，以待将来之欢。今适乐土，优游京邑，观王都之壮丽，察天下之珍妙，得无目玩意移，往而不能出耶！

徐淑以仲尼执鞭的故事勉励秦嘉。（“执鞭”一词，典出《论语·述而》：“子曰：富而可求也，虽执鞭之士，吾亦为之。”）圣人都可以为富贵而担任执鞭的低贱职位，何况咱们平凡人呢。夫妻暂别，期盼早归。此行虽然艰难，夫君就当是一次愉快的旅行好了。

秦嘉未能与娇妻当面话别，只得怅然上路。临行前，他再修书一封，并赠送明镜、宝钗、芳香、素琴等以示关爱和依恋。他在《重报妻书》中说：

> 车还空反，甚失所望。兼叙远别，恨恨之情，顾有怅然。闲得此镜，既明且好。形观文彩，世所希有。意甚爱之，故以相与。并宝钗一双，好香四种，素琴一张，常所自弹也。明镜可以鉴形，宝钗可以耀首，芳香可以馥身，素琴可以娱耳。

徐淑收到书信及随赠礼物，当即回复云：

> 既惠音令，兼赐诸物。厚顾殷勤，出于非望。镜有文彩之丽，钗有殊异之观，芳香既珍，素琴益好。惠异物于鄙陋，割所珍以相赐，非丰恩之厚，孰肯若斯。览镜执钗，情想仿佛；操琴咏诗，思心成结。敕以芳香馥身，喻以明镜鉴形。此言过矣，未获我心也。昔诗人有飞蓬之感，班婕妤有谁荣之叹。素琴之作，当须君归。明镜之鉴，当待君还。未奉光仪，则宝钗不列也。未侍帷帐，则芳香不发也。

徐淑对丈夫精心挑选的礼物充满感激，但也表示所有这一切只有当夫妻团聚时才有意义。所谓“飞蓬之感”，据《卫风·伯兮》“自伯之东，首如飞蓬；岂无膏沐，谁适为容?”，意思是说：自丈夫远征东去，我的头发就乱如飞蓬；并非我没有润发美肤的化妆品，他走了我又为谁修容打扮呢？（据《艺文类聚》记载，徐淑也有礼物回赠秦嘉：“金错碗一枚，可以盛书水；琉璃碗一枚，可以服药酒。”）

秦嘉与徐淑的书信往来和互赠礼物，是两人真爱的见证，其所体现的爱情平等观念也令人敬仰。两人的书信往来为古代书信佳作，尤其徐淑的书体散文，语言朴实，用典工丽，一扫汉赋佶屈聱牙、堆砌铺陈等陋习，堪称古代散文精品。

除书信外，夫妻俩还有诗词赠答。秦嘉有《赠妇诗》三首：

其一

人生譬朝露，居世多屯蹇。忧艰常早至，欢会常苦晚。
念当奉时役，去尔日遥远。遣车迎子还，空往复空返。
省书情凄怆，临食不能饭。独坐空房中，谁与相劝勉？
长夜不能眠，伏枕独展转。忧来如寻环，匪席不可卷。

其二

皇灵无私亲，为善荷天禄。伤我与尔身，少小罹茕独。
既得结大义，欢乐若不足。念当远离别，思念叙款曲。
河广无舟梁，道近隔邱陆。临路怀惆怅，中驾正踯躅。
浮云起高山，悲风激深谷。良马不回鞍，轻车不转毂。
针药可屡进，愁思难为数。贞士笃终始，恩义不可属。

其三

肃肃仆夫征，锵锵扬和铃。清晨当引迈，束带待鸡鸣。
顾看空室中，仿佛想姿形。一别怀万恨，起坐为不宁。
何用叙我心，遗思致款诚。宝钗好耀首，明镜可鉴形。
芳香去垢秽，素琴有清声。诗人感木瓜，乃欲答瑶琼。
愧彼赠我厚，惭此往物轻。虽知未足报，贵用叙我情。

（徐陵《玉台新咏》载上诗三首，附短序云：“秦嘉，字士会，陇西人也，为郡上掾。其妻徐淑寝疾还家，不获面别，赠诗云尔。”）

据乾隆二十六年《通渭县志》载：“（淑）天性聪明，有才识，长于诗文，哀而不伤，得三百篇遗旨也。”《隋书·经籍志》载徐淑有集一卷，后散佚。徐淑仅存《答夫诗》一首于世，极为珍贵。

两人诗作的共同特点是“絮叨衷情，如同对晤，明白如话，真实动人”。钟嵘《诗品》将其列入中品，以为“夫妻事既可伤，文亦凄怨”。

秦嘉赴洛阳未久升任黄门郎，未久病死于津乡亭。秦嘉死后，徐淑带病亲往扶柩归葬。（早知如此，当时拼却一死，也要见老公一面了。）徐淑的哥哥不忍年轻的妹妹守寡，劝其改嫁，忠于爱情的徐淑“毁形不嫁，哀恸伤生”（《史通·人物》）。她有《为誓书与兄弟》篇表明她的志愿：

盖闻君子导人以德，矫俗以礼，是以列士有不移之志，贞女无回二之行。淑虽妇人，窃慕杀身成义，死而后已。夙遘祸罚，丧其所天，男弱未冠，女幼未笄，是以黾求生，将欲长育二子，上奉祖宗之嗣，下继祖祢之礼，然后覲于黄泉，永无惭色。仁兄德弟，既不能厉高节于弱志，发明德于暗昧，许我他人，逼我于上，乃命官人讼云简书。夫智者不可惑以事，仁者不可胁以死，晏婴不以白刃临颈改正直之辞，梁寡不以毁形之痛忘执节之义。高山景行，岂不思齐？计兄弟备托学门，不能匡我以道，博我以文，虽曰既学，吾谓之未也。

不久，本就体弱多病的徐淑也因悲伤过度追随秦嘉而去。

秦嘉《赠妇诗》情感真挚，语言清新自然，被誉为东汉五言诗佳品；徐淑《答夫诗》文辞温婉，情意绵绵，钟嵘赞其仅次于班婕妤《怨歌行》。秦嘉、徐淑赠答诗是东汉文人五言诗中出现较早、艺术上较有成就的一组五言诗，表明东汉后期文人五言诗创作已趋成熟。赠答，尤其是夫妻赠答这一创作形式，也因秦嘉、徐淑的名人效应得以彰显风行。（后人或以为徐淑《答秦嘉诗》乃化用《凛凛岁云暮》与《明月何皎皎》诗意而来。）

东汉以后，徐淑、秦嘉的爱情故事及诗文赠答成为中国文坛佳话，被文人骚客反复咏唱。（红颜薄命的元代美才女孙淑与穷书生傅若金真挚相爱及诗文赠答，被誉为史上又一对徐淑、秦嘉式的文学夫妇和诗人情侣。参见元末明初陶宗仪《南村辍耕录》卷十三。）

春华谁不美，卒伤秋落时

出场美女 翾风

春华谁不美，卒伤秋落时。
哽咽追自泣，鄙退岂所期？
桂芬徒自蠹，失爱在蛾眉。
坐见芳时歇，憔悴空自嗤。

这首五言怨诗出自西晋首富石崇的爱婢翾（xuān）风。（在清徐震所撰《美人谱》中，翾风名列古代四大美婢之首，另三位是樊素、小蛮和王朝云。）嗤，讥笑。

据东晋王嘉《拾遗记》记载：石崇于魏末从胡人手中买到翾风，当时她年仅十岁。到十五岁时，翾风出落得秀美绝伦，尤以体态优美出众。她还能巧妙地分辨珠玉的声音、察看金石的成色。（参见宋李昉等编《太平广记》卷二百七十二。）

石崇家财巨亿，富比王侯，以骄奢闻名于世，一切珍宝在他眼里视如瓦砾，堆积如粪土。这些珍宝来自异域他乡，没人能够识别。但翾风通过辨别声色，竟能一一道出产地。她说：“西方与北方出产的玉石，声音沉重，性质温润，佩在身上益人性灵；东方与南方出产的玉石，声音清爽，性质清凉，佩在身上则利人精神。”

石家婢女姿容娇艳者数以千计，翾风以擅长文辞最受宠爱。（绿珠出现后就另当别论了。）石崇常对她说：“我可以指天盟誓，百年之后一定用你殉葬。”她则应答说：“活着时相爱，死后就得分离，不如别爱我；我若为您殉葬，身体很快腐烂又算什么！”于是翾风更加受到宠爱。

石崇挑选姿容美丽、相貌相似的婢女几十人在身边侍奉，发饰服装的规格完全相同，让人骤然间无法分辨。石崇又吩咐翾风将玉石调配给工人，让他们制作玉佩金钗给婢女们佩戴。婢女们手拉手绕着堂柱翩翩起舞，不舍昼夜，永不间断，称之“常舞”。如果要招呼她们，不用喊姓名，翾风能根据她们的佩声和钗色随时召唤，从无差错。

石崇还让婢女们嘴含奇异的香料，使她们说笑行进时口吐香气。他又将沉水香筛成粉末，撒在象牙床上，如果宠爱的婢女经过时没留下痕迹，石崇就赐给她珍珠百粒；如果谁留下了痕迹，则让她节食以减轻体重。婢女中因此流传一句戏言：“尔非细骨轻躯，那得百粒真珠？”（若有“古代风流创意奖”，非石崇莫属。石崇家珠宝无数，号称西晋第一美女的绿珠，据说就是他以真珠十斛购得。相传绿珠善于弹琴，《懊侬歌》是她仅存的作品：“丝布涩难缝，令侬十指穿。黄牛细犊车，游戏出孟津。”）

翾风年岁渐长，诋毁排挤她的妙龄婢女也日渐增多。有婢女甚至散布谣言说翾风本乃胡女，不可亲近。石崇听信谗言，将翾风安排到后房，让她干奴仆的工作。无限伤感的翾风于是作了一首《怨诗》抒发哀怨之情。此曲广为流传，至晋末乃止。（事见贾著《女聊斋志异》。李白有《妾薄命》一诗可证：“昔日芙蓉花，今成断根草。以色事他人，能得几时好？”）

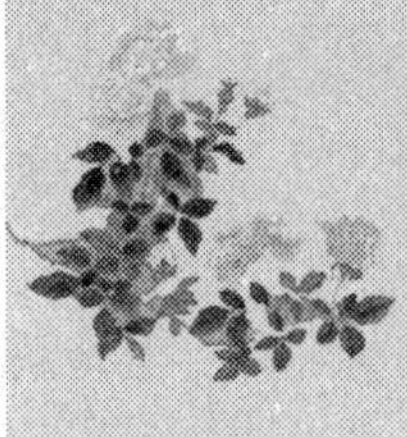

未若柳絮因风起

出场美女 谢道韫

白雪纷纷何所似？
撒盐空中差可拟。
未若柳絮因风起。

上述三句并不是诗，而是对；谢安出题，侄子谢朗、侄女谢道韫应答。虽则三句，在中国文学史上却极其有名。差可拟，差不多。

谢道韫是东晋风流宰相谢安的侄女、安西将军谢奕的女儿、书圣王羲之的儿媳、草隶皆工的王凝之的妻子。（一句话，名门闺秀。）史称其雅量高致，神情散朗，有“林下风气”。谢道韫幼年早慧，以“咏絮之才”成为中国古代美才女的形象代言人。其传世作品两首，一曰《登山》：

峨峨东岳高，秀极冲清天。岩中间虚宇，寂漠幽以玄。
非工复非匠，云构发自然。器象尔何物，遂令我屡迁。
逝将宅斯宇，可以尽天年。

一曰《拟稽中散咏松》：

遥望山上松，隆冬不能凋。愿想游下憩，瞻彼万仞条。
腾跃未能升，顿足俟王乔。时哉不我与，大运所飘飖。

谢道韫

诗当然不错，但其中并没有千古传诵的名句。彰显她的才华，并为后人津津乐道的，实际上只有“一言七字”：说的是某个冬日的中午，谢家兄弟子侄在谢安府上吃饭，门外大雪纷飞。谢安有心试试小字辈的才学，便问侄子谢朗道：“白雪纷纷何所似？”谢朗毫无诗意地回答：“撒盐空中差可拟。”轮到小道韫，她随口应曰：“未若柳絮因风起。”

用柳絮来形容鹅毛大雪满天飞舞，的确比往空中撒盐生动得多。要知道谢道韫尚在幼年，只有六七岁。“咏絮”一词从此流传开来，“咏絮之才”也成为后世形容才女的专用名词。（就这么一个小故事，奠定了谢道韫在中国文坛无可轻撼的地位。）

伦匹离飘浮江湘

出场美女 苏蕙 苏伯玉妻

仁智怀德圣虞唐，真妙显华重荣章。

臣贤惟圣配英皇，伦匹离飘浮江湘。

这是有人从东晋才女苏蕙《璇玑图》中“抠”出的一首回文诗。诗虽押韵，内容却似有文字堆砌之嫌。不过你若知晓《璇玑图》总共841字，竟然能读出数千首诗作，而作者只用了几个月的时间，且还是织在锦缎上，你就不能不佩服她的绝世才情。历史学家范文澜先生在其所著《中国通史》中曾经这样评价：“十六国长期战乱，文学几乎绝迹。……虽然如此，还有悲壮的《壮士之歌》和奇巧的《璇玑图诗》两篇遗留下来，也不妨说是以少为贵了。”（壮士陈安为前赵刘曜时秦州刺史，因反叛刘曜被杀。陈安死后，陇上父老莫不悲泣，作《壮士之歌》纪念这位陇上豪杰，刘曜“闻而嘉伤，命乐府歌之”。）

苏蕙，字若兰，东晋始平（今陕西武功境内）人，与蔡文姬、谢道韫并称魏晋三才女。其夫是武将窦滔，英武不凡。苻坚派窦滔率兵攻打晋国，厌战的窦滔磨磨蹭蹭，按兵不发，苻坚一怒之下将其贬至流沙（今甘肃敦煌）。

恩爱夫妻被生生拆散。天长日久，寂寞难耐的窦滔在流沙遇到了娇媚可人的歌伎赵阳台，纳为偏房。苏蕙得知丈夫另有新欢，心如刀割。痛苦不已的她只能以吟诗作文打发时光。一天，苏蕙心不在焉地把玩一只精巧的小茶壶，壶身上的一行刻字——“可以清心也”引起了她的注意。这五个字不论从哪个字开始读，都可以得到一句意思完整的话，于是她灵感顿生：何不利用这种巧妙的回字现象，来构成一些奇特的诗句呢？《璇玑图》就这样诞生了。

《璇玑图》是一幅八寸见方的五彩文字图，全图总计841字（正中央一个“心”字为后人所加），横29字，竖29行，每字纵横对齐，文字五彩相间，读法依彩线的不同颜色区分，以横竖、顺逆、回转、反复、重叠、跳跃等各种方式，可得多种体式诗歌无数，诗意多为倾诉思念之情。

苏蕙之前，傅咸、温峤等人已创作过回文诗。另有苏伯玉之妻曾创作《盘中诗》：

山树高，鸟鸣悲。泉水深，鲤鱼肥。空仓雀，常苦饥。
吏人妇，会夫稀。出门望，见白衣，谓当是，而更非。
还入门，中心悲。北上堂，西入阶。急机绞，杼声催。
长叹息，当语谁？君有行，妾念之。出有日，还无期。
结中带，长相思。君忘妾，天知之。妾忘君，罪当治。
妾有行，宜知之。黄者金，白者玉。高者山，下者谷。
姓为苏，字伯玉。人才多，智谋足。
家居长安身在蜀，何惜马蹄归不数。
羊肉千斤酒百斛，令君马肥麦与粟。
今时人，智不足。与其书，不能读。当从中央周四角。

苏伯玉妻诗属于非典型回文诗。而苏蕙在八寸见方的织锦中，用五彩丝线织成，通过顺读、回读、横读、斜读、交互读、蛇行读、退一字读、重一字读、间一句读、左右旋读，竟然皆成诗章，虽不是首开回文诗之先河，但构思之奇特巧妙，古今无出其右。

苏蕙因《璇玑图》声名大振。南北朝之后，研究者世代不绝，纷纷著诗题文，给予称赞。如李白诗曰：

黄鸟坐相悲，绿杨谁更攀。
织锦心草草，挑灯泪斑斑。

苏蕙

唐宋以后，《璇玑图》中的诗越读越多，越读越玄。黄庭坚“千诗织就回文锦”，已读到千首；明孝宗时起宗道人将璇玑图分解为七个分图，读诗达3752首。明代学者康万民苦研一生，撰成《璇玑图诗读法》一书，得诗4206首；乾隆四十六年（1781年），扶风知事熊家振撰修扶风县志，称其图可读诗达9958首。（最新的消息是，国外学者在大功率计算机上对《璇玑图》再次破译，竟得诗词39827首！）

君既为侬死，独活为谁施

出场美女 华山女

华山畿，君既为侬死，独活为谁施？
欢若见怜时，棺木为侬开。

据南陈释智匠《古今乐录》：“《华山畿》者，宋少帝时懊恼一曲，亦变曲也。”与该曲对应的，是一个哀婉凄美的爱情故事。畿（jī），古代靠近都城之地。

相传南朝宋少帝时，南徐（今江苏镇江市）有个年轻的读书人，经过华山畿前往云阳。（今距镇江主城区 30 多公里有姚桥镇华山村，即当年故事发生地。）住客栈时遇见一位年约十八九的女孩，读书人非常喜欢她，见过一面之后就茶饭不思、夜不能寐，得了严重的相思病。

读书人的母亲得知缘由，就到华山寻访，找到这位让儿子一见倾心的姑娘，将儿子的心事告诉她。女孩听了非常感动，但想出的主意事后证明却不甚妥当。她脱下自己的蔽膝，（蔽膝，围于衣服前面的大巾，用以遮护膝盖。《汉书·王莽传》：“母病，公卿列侯遣夫人问疾，莽妻迎之，衣不曳地，布蔽膝。”清褚人获《坚瓠余集·华山畿君》：“女闻之，感慨不胜，因脱蔽膝，令母持归。”）让读书人的母亲带回去悄悄塞在他枕席下面，说这样他的相思病就会好。（岂非饮鸩止渴？）

母亲依计而行，儿子的相思病果然好了，但之后的一天，读书人揭起枕席，偶然见到女孩的蔽膝，顿时激动不已，抱持不放，最后竟塞到嘴里吞咽下去，结果气绝而死。临死前，他对母亲说："葬我的时候，灵车请一定从华山经过。"

送葬那天，母亲遵从儿子的心愿。灵车到了女孩家门前，拉车的牛不肯前行。女孩出来，对读书人的母亲说："请等我一会儿。"于是进去妆点沐浴，完毕后出来，悲歌一曲《华山畿》。歌声未落，棺盖应声而开。女孩从容跃入棺中，棺门随即吻合，任家人怎么叩打，再也不能打开。两家父母只好将两位年轻人合葬一处，呼曰"神女冢"。

因为这个凄美的故事，长江下游一带逐渐形成以《华山畿》为歌调的一种民歌，历久不衰，仅《乐府诗集》收录的以此为名的歌曲就多达 25 首，著名诗句"天下人何限，慊慊只为汝"即出自其中。

丝竹犹在御，愁人独向隅

出场美女 韩兰英

丝竹犹在御，愁人独向隅。
弃置将已矣，谁怜微薄躯？

这是南齐著名才女韩兰英的一首五言诗。丝竹，弦乐器与竹管乐器的总称，泛指音乐；御，皇帝驾临；隅，角落。

韩兰英与鲍参军鲍照的妹妹鲍令晖齐名，吴郡（治今江苏苏州）人。韩氏红颜薄命，年轻守寡，却性格开朗，不甘沉溺。她工于文辞，钟嵘《诗品》评价其诗绮密，“甚有名篇”。《隋书·经籍志》著录有《后宫司仪韩兰英集》四卷，惜已失传。南朝宋孝武帝在位时，韩兰英进献《中兴赋》，被选入宫中。南齐时任后宫司仪，齐武帝时任博士，教六宫书学。因阅历丰富，博闻强记，被尊为“韩公”。

据梁元帝《金楼子·箴戒篇》记载：当时有一位美女颜氏，长得婀娜娉婷，尤擅音乐，新婚不久，因丈夫嗜酒，父母一怒之下将她迎回娘家，还赌气献入宫中乐府。皇上喜爱颜氏，令她朝夕伺候在身边。颜氏及父母后悔不迭，新婚丈夫更是痛不欲生。某日春夜，韩兰英受命入宫。颜氏正为皇上弹筝演奏，皇上令韩兰英现场作诗，韩兰英即席而吟，作了上面这首五言诗。

韩诗的意思是说，颜氏在这儿为皇上弹筝，她的丈夫却在家中面壁而泣。皇帝的恩爱不可能长久，等到颜氏像秋后的团扇被弃置，谁还会来同情这位弱女子呢？

韩诗对颜氏与丈夫失散的境遇深表同情，也隐含顾影自怜的意味。皇帝一时无语，第二天便传旨让颜氏出宫，回到她丈夫身边。

君住襄阳 妾住吴

出场美女 苏小小　苏小娟

燕引莺招柳夹道，章台直接到西湖。
春花秋月如相访，家住西泠妾姓苏。

这是南齐苏小小的一首七言诗。章台，本楚王离宫章华台简称，后泛指青楼妓馆；西泠（líng），杭州西湖风景区地名，今有西泠桥、西泠印社。

据明郎瑛《七修类稿》记载，历史上有两个苏小小，一个南齐人，一个南宋人，皆为钱塘名妓，才情过人，有风流故事传世。

《古乐府》曾录南齐《苏小小歌》曰：

妾乘油壁车，郎骑青骢马。
何处结同心？西陵松柏下。

这首五言诗与开篇七言诗相同，是苏小小向客人自荐的广告词。

苏小小红颜薄命，十九岁命赴黄泉。据宋祝穆《方舆胜览》：“苏小小墓在嘉兴县西南六十步，乃晋之歌妓。今有片石在通判厅，题曰苏小小墓。”中唐诗人李绅《真娘墓》诗序云：“嘉兴县前亦有吴妓人苏小小墓，风雨之夕，或闻其上有歌吹之音。”

也许是李绅的《真娘墓》诗序给了后人灵感，北宋何薳据此创作了《司马才仲遇苏小》的传奇故事，说宋司马才仲在洛阳时，曾经梦见一位美女对他牵帷而歌：

妾本钱塘江上住。花落花开，不管流年度。燕子衔将春色去，纱窗几阵黄梅雨。

才仲很喜欢这首词，询问曲名，答曰《黄金缕》。五年之后，才仲因苏子瞻推荐出任钱塘幕官，向好友秦少章提起旧事，秦少章续其词曰：

斜插犀梳云半吐。檀板轻敲，唱彻《黄金缕》。梦断彩云无觅处，夜凉明月生南浦。

当晚才仲旧梦重温，与五年前的梦中人同床共寝。临别前美女赠诗曰：

长天空阔雁来尽，深院落花莺更多。
发策决科君自尔，求田问舍我如何？

才仲难以接受，摇头说："我少年登第，你竟要我急流勇退吗？"美女笑而不答，自此每晚来与他欢会。同僚得知，提醒他说："公廨后有苏小小墓，你不会被妖所惑吧？"没过几年，才仲身染重病。一次外出乘船，有人望见他携佳人同舟，未几船上火起，才仲竟被烧死。（参见何薳《春渚纪闻》卷七。）

明姜南所撰《蓉塘诗话》也载有弘治初年马浩澜与苏小小湖桥相会的故事。马浩澜与王天璧泛舟西湖。王天璧善箕仙术（江浙一带有所谓卜箕姑之俗），每吟咏有窘，即摇箕呼唤仙人代为咏诵。马浩澜请天璧现场施法，神仙应邀而至。浩澜问仙人名，仙人书曰："有事即问，问毕告名。"浩澜说："有个句子'捧瑶觞南国佳人，一双玉手'，久未有对，请仙人成之。"仙人当即书曰："趺宝座西方大佛，丈六金身。"随后又成一律云：

此地曾经歌舞来，风流回首即尘埃。
王孙芳草为谁绿，寒食梨花无主开。
郎去排云叫阊阖，妾今行雨在阳台。

衷情诉与辽东鹤，松柏西陵正可哀。

诗后书曰：“钱塘苏小小和马先生昨日湖桥首倡。”马浩澜、王天璧览书，惊愕叹息不已。

南宋苏小小，又名苏小娟，其传奇故事见载于凌濛初的《初刻拍案惊奇》，题目为《赵司户千里遗音，苏小娟一诗正果》。（明处囊斋主人《诗女史纂》卷十一也有记载。）因受姐姐苏盼奴生前官司株连，苏小娟被冤枉入狱。公堂上，通判向她出示赵不敏弟弟一首表露心迹的情诗：

当时名妓镇东吴，不好黄金只好书。
借问钱塘苏小小，风流还似大苏无？

这里的大苏，指的是南齐苏小小。通判将情诗递给苏小娟，笑道：“如果你能即时和诗一首，我就判你无罪。”小娟推说不会，通判顿时变脸作色说：“若不和诗，则判赔偿官银。”小娟无奈，只得奉旨而和：

君住襄江妾在吴，无情人寄有情书。
当年若也来相访，还有于潜绢也无？

所谓“于潜绢”，凌濛初《初刻拍案惊奇》中尽叙其详。此诗诙谐有致，怨中有喻，申诉官银案中冤屈。通判阅诗，叹其才情，当即命人取来赵不敏遗赠给苏盼奴的财钱，尽数交给小娟，宣判无罪释放，并助其脱籍。

苏小娟倚仗自身的聪明睿智和诗才不仅赢得官司，更迎来一场爱情，最终与赵不敏的弟弟白头偕老。小娟另有《减字木兰花》一词传世：

别离情绪，万里关山如底数。遣妾伤悲，未必郎家知不知。自从君去，数尽残冬春又暮。音信全乖，等到花开不见来。

从词意足见其爱恋之深。苏氏姐妹本有才情，芳名远扬，再加上与赵家兄弟的一段奇缘，更让时人注目，也令后世文人感怀不已。二人曲折的人生经历成为后世文人吟咏不衰的素材。（如元遗山《虞美人》：“槐阳别院宜清昼，人坐春风秀。美人图子阿谁留？都是宣和名笔内家收。莺莺燕燕分飞后，粉淡梨花瘦。只除苏小不风流，斜插一枝萱草凤钗头。”）借助于文学家的生花妙笔，苏氏姐妹的风流故事久传不衰，香魂长驻人间。

故人恩既重，不忍复双飞

出场美女 卫敬瑜妻

昔年无偶去，今春犹独归。
故人恩既重，不忍复双飞。

这是南朝宋襄州才女王整姊的一首五言诗，题为《孤燕》，诗是写给燕子和自己的，也是借此向短命早亡的丈夫及其家人明志。

古人云燕子既信且义，大约始于晋时。夏侯湛《玄鸟赋》称燕子“类鸾皇之知德，象君子之安仁”，傅咸《燕赋》赞美燕子“信进止之有序，秋背阴以龙潜，春晞阳而凤举。随时宜以行藏，似君子之出处”，“惟里仁之为美，托君子之堂寓。逮来春而复旋，意眷眷而怀旧。一委身乃无口，岂改适而更赴！”这些文绉绉的词句，老百姓觉得生拗，他们更相信燕子重信尚义的依据来自于《南史·孝义传》的一段记载：

霸城王整的姐姐嫁给卫敬瑜为妻，婚后次年，卫敬瑜在汉水游泳溺水而亡。卫敬瑜的家人都觉得王氏年纪轻轻就守寡太不近人情，劝她择人另嫁。王氏却坚决不肯。家人再三规劝，她竟然割下一只耳朵以明志。她亲手在亡夫坟前栽种了数百株松柏。有一年，她发现墓前的柏树忽结连理枝，于是作诗曰：

墓前一株柏，根连复并枝。
妾心能感木，颓城何足奇。

王氏住的房子前有个燕巢，她望着它们成双成对、南去北归的样子很是羡慕。突然有一年，燕子北归时只剩下一只。从此，王氏与这只孤燕成了同病相怜的知己。冬天来临时，王氏用一根红线绳系在燕子的细腿上，告诉它说："去吧，记得明年春天早点回来陪伴我。"次年春天，燕子果然早早归来。王氏心情激动，专门写了一首《孤燕》诗以志纪念，即本文的开篇之作。

雍州刺史西昌侯藻得知王氏为夫守节的故事，专门在卫氏村内建了一座牌坊，题为"贞义卫妇之闾"，以示嘉奖。（《南史》由唐李大师及其子李延寿两代人编撰，记载南朝宋、齐、梁、陈四国一百七十年史事。）

霸城即今襄阳。在这之前，襄阳名女似乎只有朱序的母亲韩夫人和古隆中诸葛亮的妻子黄月英。（韩夫人因率妇女老幼筑城协助抵抗外敌而有名；相传孔明之妻黄月英为"丑女"。襄阳还有另一个名女，即魏夫人魏玩，乃北宋名相曾布之妻。）南北朝之后，卫敬瑜妻王氏与孤燕形影相吊的故事激发了文人的创作情思，使得这一故事不断演变流传。

唐人李公佐撰有传奇小说《燕女坟记》，原作已不复见。宋初李昉等编《太平广记》，卷二百七十载有《卫敬瑜妻》条，所载故事较《南史》简略且无出处，甚至连卫敬瑜妻的娘家姓氏也未提及。（明刻书家许自昌校刻《太平广记》，补注该故事"出《南雍州记》"。该书为郭仲产、鲍至，一说郭仲彦、鲍坚所撰。另《太平御览》卷九百二十二《羽族部》第九"燕"下也录有该故事，标明故事出自《南史》。）

北宋张君房《丽情集》中有《燕女坟》篇，但《丽情集》原书自明代以后似已不复可见。［清虫天子编《香艳全书》第五集第二卷所引《丽情集》仅 12 条、500 余字。另见凌郁之《〈丽情集〉考论》，载《苏州科技学院学报（社会科学版）》2008 年第 8 期。］南宋初曾慥《类说》卷二十九录《丽情集》"燕女坟"篇：

宋末娼家女姚玉京，嫁襄州小校敬瑜。敬瑜溺水而死，玉京守志养姑舅。常有双燕巢梁间，一日，为鸷鸟所获，其一孤飞，悲鸣徘徊，至秋，翔集玉京之臂，如告别然。玉京以红缕系足，曰："新春定来为吾侣也。"明年果至，因赠诗曰："昔踌新偶去，今年春又归。故人恩义重，不忍更双飞。”自尔，秋归春来，凡六七年。其年，玉京病卒，明年复来，周章哀鸣。家人语曰：“玉京死矣，坟在南郭。”燕遂至葬所，亦死。每风清月明，襄人见玉京与燕同游汉水之上。（清乾隆时期《四库全书·子部·杂家类》所录曾慥《类说》卷二十九录《丽情集》“燕女坟”篇内容基本一致，唯“昔踌新偶去，今年春又归”句改为“昔年无偶去，今春犹独归”。）

南宋皇都风月主人所编《绿窗新话》中有“姚玉京持志割耳”篇，故事主角明确为“宋末娼女姚玉京”，内容则大同小异，姚玉京由良家女王整姊变成了与苏小小齐名的娼妓，续写的结尾也非常精彩：姚玉京与那只孤燕同病相怜，成为患难知己，秋归春来“凡六七年”，到第八个秋天，女主人终于倒下。初春，孤燕如期而至，却不见女主人。燕子在女主人的窗前低回盘旋，悲鸣呼唤。姚氏之举族泣曰：“玉京死矣，坟在南城。”哀伤重情的燕子于是飞到姚玉京墓前，低回哀鸣，绝食而死。姚氏族人感慨燕子的贞烈，在姚玉京墓旁筑“燕冢”以志纪念。（李剑国《唐五代志怪传奇叙录》有李公佐《燕女坟》考，认为李延寿《南史》所载王整姊故事“当取自《南雍州记》”。而李公佐《燕子坟记》“乃别有所本，是故事不在梁而在宋末，妻非王整姊而乃倡女姚玉京”。《绿窗新话》“颇疑出《丽情集》”。冯梦龙《情史》卷二三《情通类》也摘录了这则故事，冯氏于文末注解说：“或云：玉京即王氏乳名，加姚者，从母姓也。”李剑国指冯梦龙此种说法“实出臆度”。）

《燕女坟记》强化了寡妇与孤燕的惺惺相惜，将燕子的美德由信义扩展至节义。宋代之后，《丽情集》《类说》《绿窗新话》《青泥莲花记》等争相转录这则故事，燕子从信义、节义到通灵、死义的美德日渐固化，代代传承。（在唐玄宗朝宰相张说的传奇小说《传书燕》中，燕子又化身为爱情信使。）

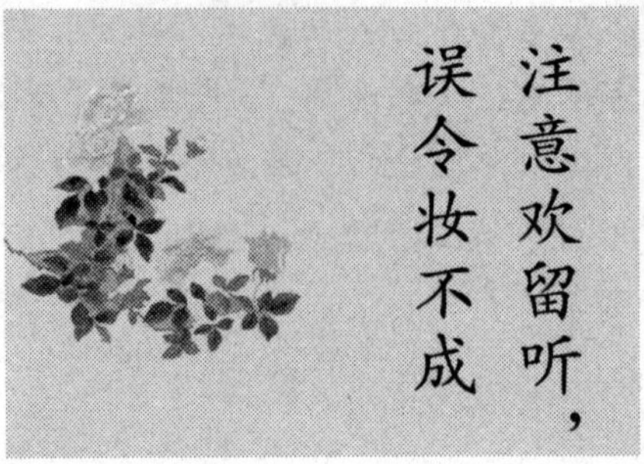

注意欢留听，误令妆不成

出场美女 刘令娴

庭树旦新晴，临镜出雕楹。风吹桃李气，过传春鸟声。
净写山阳笛，全作洛滨笙。注意欢留听，误令妆不成。

这首五言诗，名为《听百舌》，作者是南朝梁女文学家刘令娴。百舌鸟，又称反舌鸟，歌声嘹亮动听，有模仿百鸟之音的特技。百舌鸟立春后鸣啭不已，夏至后即较少发声。该诗将聆听百舌鸟的真实感受，惟妙惟肖地再现于读者面前。

刘令娴，世称“刘三娘”，彭城（今江苏徐州）人，父亲是南齐大司马从事中郎刘绘，哥哥是南梁著名文学家刘孝绰。她十八岁时嫁给太子洗马徐悱。徐悱也才华横溢，婚后夫唱妇随，生活十分美满。

令娴婚后不到一年，徐悱就外出求官。有一天，徐悱回到私舍，只见枕荐蒙尘，不觉愁思绵绵，心生寂寞。于是提笔写了一首五言诗寄给令娴：

日暮想青阳，蹑履出椒房。网虫生锦荐，游尘掩玉床。
不见可怜影，空余黼帐香。彼美情多乐，挟瑟坐高堂。
岂忘离忧者？何隅心独伤。聊因一书札，以代九回肠。

青阳，清扬，眉目秀丽；蹑履，趿拉着鞋；椒房，原指后妃之室，这里指卧室；荐，床垫；黼帐，绣有花纹的幔帐；九回肠，反复思念。

令娴收到丈夫徐悱缠绵悱恻的情诗后，心潮难平，当即回诗一首：

花庭丽景斜，兰牖轻风度。落日更新妆，开帘对春树。
鸣鹂叶中舞，戏蝶花间骛。调瑟本要欢，心愁不成趣。
良会诚非远，佳期今不遇。欲知幽怨多，春闺深且暮。

兰牖，美丽的窗户；骛，通“鹜”，急驰，这里指蝴蝶飞舞。徐悱不能与妻子团聚，相互之间的书信和诗文唱和就成了最好的慰藉。徐悱有一首《对房前桃树咏佳期赠内》写道：

相思上北阁，徙倚望东家。忽有当轩树，兼含映日花。
方鲜类红粉，比素若铅华。更使增心意，弥令想狭邪。
无如一路阻，脉脉似云霞。严城不可越，言折代疏麻。

狭邪，亦作“狭斜”，旧时指娼妓所居之所；严城，防守严密之城；疏麻，粗劣的纸，代指书信。令娴知道丈夫借桃花来赞美她，表达思念之情，便寄诗作答：

东家挺奇丽，南国擅容辉。夜月方神女，朝霞喻洛妃。
还看镜中色，比艳自知非。摛词徒妙好，连类顿乖违。
智夫虽已丽，倾城未敢希。

容辉，美丽的色彩；方，比拟；洛妃，洛水女神，一说甄妃，见曹植《洛神赋》；智夫，聪明的丈夫。末两句的意思是说，承蒙丈夫夸奖，我却没你形容的那么美丽。

梁大同五年（539年），徐悱死在晋安郡郡守任上，遗体运回金陵安葬。令娴痛心不已，含泪作了一篇祭文，深情歌颂丈夫“学比山成，辩同河泻”的过人才华，抒发噩耗初闻时“雹碎春红，霜雕夏绿”的悲痛心情，同时表达“生死虽殊，情亲犹一”“百年何几，泉穴方同”的忠贞不渝。文辞凄怆，思绪缠绵。徐悱的父亲徐勉曾为南梁仆射（相当于副丞相），很有文才，本想写一篇哀文祭悼，见到儿媳的祭文之后，不忍卒读，就此搁笔。（刘令娴祭文曰："惟君德爰礼智，才兼文雅，学比山成，辩同河泻。明经擢秀，光朝振野。调逸许中，声高洛下。含潘度陆，超终迈贾。二仪既肇，判合始分。简贤依德，乃隶夫君。外治徒奉，内佐无闻。幸移蓬性，颇习兰薰。式传琴瑟，相酬典坟。辅仁难验，神情易促。雹碎春红，霜雕夏绿。躬奉正衾，亲观启足。一见无期，百身何赎。呜呼哀哉！生死虽殊，情亲犹一。敢遵先好，手调姜橘。素俎空乾，奠觞徒溢。昔奉齐眉，异于今日。从军暂别，且思楼中。薄游未反，尚比飞蓬。如当此诀，永痛无穷。百年何几，泉穴方同。"）

《隋书·经籍志》称刘令娴有文集3卷，《唐书·经籍志》称为6卷，惜已佚亡。《梁书》评价其文"清拔"，其诗多写闺房之怨，今存8首，见载于《玉台新咏》，除了本文开篇之作《听百舌》，其《答外诗》二首也颇为著名。

春风一夜入闺闼

出场美女 胡太后

阳春二三月，杨柳齐作花。春风一夜入闺闼，杨花飘荡落南家。含情出户脚无力，拾得杨花泪沾臆。秋去春还双燕子，愿衔杨花入窠里。

这是北宋郭茂倩《乐府诗集》中收录的一首名为《杨白花》的歌辞。闺闼，闺门。

在这首看似普通的咏物诗背后，隐藏着一段事涉北魏胡太后的风流故事。

历史上的胡太后不少，这里的胡太后，乃是北魏宣武帝皇后、孝明帝之母。《北史》称其“性聪悟，多才艺”：“太后与明帝幸华林园，宴群臣于都亭曲水，令王公以下赋七言诗。太后诗曰：‘化光造物含气贞。’明帝诗曰：‘恭已无为赖慈英。’……”胡太后之文采可见一斑。

据《乐府诗集·杂曲歌辞》中《杨白花》题解引《梁书》所记：“杨华，武都仇池人也。少有勇力，容貌雄伟，魏胡太后逼通之。华惧及祸，乃率其部曲来降（降梁）。胡太后追思之不能已，为作《杨白华歌辞》，使宫人昼夜连臂蹋足歌之，声甚凄惋。”（《南史》云：“杨华本名白花，奔梁后名华，魏名将杨大眼之子也。”）

《梁书》及《南史》未载《杨白花歌辞》内容，北宋郭茂倩《乐府诗集》载《杨白花》，但作者为无名氏。古代“花”“华”通用。如果没有“逼通”杨华之说，读者完全可以将此歌辞当作一首咏物诗来欣赏。问题是，胡太后在男女关系上的名声非常不好。（作风问题很严重。）《魏书》记载她“逼幸清河王怿，淫乱肆情，为天下所恶”，又“郑俨污乱宫掖，势倾海内；李神轨、徐纥并见亲侍”。既然她有那么多男宠，则逼幸杨华，迫使他“惧及祸”而逃走，也就不是什么稀奇事了。

研究女性文学的现代学者谭正璧认为，从此歌背景可以窥探南北女性的不同性格。北方民族性刚直，女子亦然，所以她们不喜欢柔媚的文士，而爱雄赳赳的武夫，南方则恰好相反。（见谭正璧《中国女性文学史·〈杨白花〉及北朝诗人》。）从《乐府诗集》所载北朝其他民歌来看，似乎多较粗犷。（如“老女不嫁，踏地唤天”之类。）《杨白花》内容缠绵悱恻，明显受到南曲的影响，推断其为向往南方文学的胡太后所作可能性较大。

《乐府诗集》另载有柳子厚（柳宗元）《杨白花》词云：

杨白花，风吹度江水。坐令宫树无颜色，摇荡春光千万里。茫茫晓日下长秋，哀歌未断城鸦起。

南宋许顗《彦周诗话》评价柳宗元《杨白花》一词“言婉而情深，古今绝唱也”。（现代学者对胡太后逼通杨华一事颇多异议。如孙少华《〈杨白花歌辞〉本事及其文学与文化意蕴》认为《梁书》《南史》记载的《杨白花歌辞》本事，与胡太后、杨华其实并无关系，杨华、胡太后史有其人，但关于二人的私情故事，则与历史事实不符。又孙海侨《〈乐府诗集〉之〈杨白花〉考》，也认为胡太后与杨华并无通奸之说，《杨白花歌辞》可能是“胡太后表达对杨氏兄弟叛逃南梁的遗憾之情”。郭茂倩《乐府诗集》承认《杨白花》与《梁书》《南史》所称《杨白花歌辞》在音乐方面有内在联系，但不敢肯定作者即胡太后，但他并录《梁书》《南史》杨华、胡太后事，说明《杨白花》与胡太后《杨白花歌辞》之间存在曲调渊源；他将此词列在柳宗元《杨白花》之前，也说明“无名氏”所作《杨白花》乃唐前作品。）

笑啼俱不敢，方验做人难

出场美女 乐昌公主陈贞

今日何迁次，新官对旧官。
笑啼俱不敢，方验作人难。

这是南陈后主陈叔宝妹妹陈贞的一首五言诗。迁次，窘迫，尴尬。

据唐代孟棨《本事诗·情感第一》：陈贞嫁给南陈太子舍人徐德言，封乐昌公主，才色冠绝。隋晋王杨广率大军攻陈，德言知国家将亡，于是对妻子说："以你的才貌和身份，估计命不至死，如果被掳入长安权贵之家，你一定要活下去。"徐德言将妆台上的圆镜一破两半，递一半给陈贞说："若我侥幸不死，日后必到长安集市上叫卖残镜，就以正月十五为期，希望老天能保佑你我破镜重圆。"

南陈灭亡后，陈贞被越公杨素收入家中，因容貌出众，杨素甚为宠爱。徐德言辗转来到京都，果然与陈贞旧仆对上暗号。得知乐昌近况，徐德言题诗赠曰：

镜与人俱去，镜归人不归。
无复嫦娥影，空留明月辉。

乐昌得诗，涕泣不食。杨素得知真相，怆然改容，于家府摆下盛筵，遍邀嘉宾，忐忑不安的徐德言也在其列。杨素叫出乐昌，请为众宾客献诗。乐昌约略思忖，哽咽咏出了本文开篇的五言诗。四句咏罢，已是泪流满面。杨素当即令乐昌、德言夫妻团圆，并厚赠盘缠，坐者无不感叹。乐昌与德言归隐江南，竟以终老。

色美反成弃，命薄何可量

出场美女 侯夫人

秘洞扃仙卉，雕房锁玉人。
毛君真可戮，不肯写昭君。

这是隋炀帝时期后宫侯夫人的一首五言诗，题为《遣意》，侯夫人因为深宫寂寞，无缘面见圣上，在宫中悬梁自尽，留下《自感》《自伤》《遣意》等诗作。隋炀帝见诗大怒，下令彻查，许廷辅等佞臣被下狱处死。扃（jiōng），关闭；毛君，西汉元帝时画师毛延寿。

据唐韩偓《迷楼记》及明齐东野人编著《隋炀帝艳史》：生性好色的隋炀帝晚年更加沉迷女色。他于扬州建“迷楼”，选后宫良家女数千充实其中，在楼内花天酒地，经月不出。迷楼内宫女数千，炀帝难以尽御。后宫嫔妃宫女更多，多有终生难见炀帝一面者。有一位多愁善感的侯夫人，不仅貌美，更能咏诗作对，眼看进御无望，悒悒乎竟悬梁自尽于宫内。下吊者见她手臂处有个锦囊，内藏纸笺，以为遗书，遂呈给炀帝过目。炀帝先以为只是寻常妃妾，死一两个没甚要紧，笑笑地打开锦囊来看，见是几幅绝精的乌丝笺纸，齐齐整整写着诗词，且字体端楷，笔锋清劲，心下便有几分恻然动念。先展开一幅来看，却是《看梅》诗二首，其一云：

砌雪无消日，卷帘时自颦。
庭梅对我有怜意，先露枝头一点春。

其二云：

香清寒艳好，谁惜是天真。
玉梅谢后阳和至，散与群芳自在春。
（《看梅》后人改为《一点春》，为最早的词调雏形。）

炀帝大惊曰："宫中如何还有这般美才女？"忙展开第二幅来看，却是《妆成》一首、《自感》三首。《妆成》诗云：

妆成多自惜，梦好却成悲。
不及杨花意，春来到处飞。

《自感》三首云：

其一
庭绝玉辇迹，芳草渐成窠。
隐隐闻箫鼓，君恩何处多？
其二
欲泣不成泪，悲来翻强歌。
庭花方烂漫，无计奈春何。
其三
春阴正无际，独步意如何？
不及闲花柳，翻承雨露多。

炀帝见了，连连顿足说："可惜可惜！"再展第三幅来看，却是《自伤》一首：

初入承明日，深深报未央。长门七八载，无复见君王。
春寒入骨清，独卧愁空房。飒履步庭下，幽怀空感伤。
平日新爱惜，自待聊非常。色美反成弃，命薄何可量？

君恩实疏远，妾意徒彷徨。家岂无骨肉？偏亲老北堂。
此身无羽翼，何计出高墙？惟命诚所重，弃割良可伤。
悬帛朱栋上，肝肠如沸汤。引颈又自惜，有若丝牵肠。
毅然就死地，从此归冥乡！（不是深度绝望，没人会选择自尽的。）

炀帝未曾读完，就泫然泪下说：“是朕之过也！朕何等爱才，不料宫闱中竟自失一位才妇，真可痛惜！”再看第四幅，却是《遣意》一首，即本文开篇之作。炀帝勃然大怒道：“原来是这厮误事！”一旁的沙夫人问：“是谁误事？”炀帝道：“朕前日曾叫许廷辅到后宫采选，他如何不选此人？其中一定有弊。这诗说‘毛君真可戮，不肯写昭君’，明明是怨许廷辅不肯选她，故含愤而死。”当即便要叫人捉拿许廷辅。沙夫人劝道：“许廷辅只知观看容貌，哪里识得才华。侯夫人才华固美，不知容貌如何？陛下何不差人去看，若是颜色寻常，罪还可赦；倘才貌俱佳，再拿他未为迟也。”炀帝道：“若不是个绝色佳人，哪有这般锦心绣口！既是妃子如此说，待朕亲自去看。”

隋炀帝别了沙夫人，乘辇还宫，与萧后同往后宫来看。只见侯夫人尚在二十来岁妙龄，虽已死，却装束齐整，颜色如生，腮红颊白，如同含露桃花。炀帝看了，也不怕触污身体，走近前，将手抚着她尸身，放声痛哭道：“朕这般爱才好色，宫闱中却失了妃子；妃子这般有才有色，咫尺间却不能遇朕。非朕负妃子，是妃子生来命薄；非妃子不遇朕，是朕生来缘悭。妃子九泉之下，慎勿怨朕。”（如果不是美女，恐怕就另当别论了。）又道：“都是许廷辅这厮误我大事！”遂传旨将其逮捕下狱，一面叫人备衣衾棺椁，安葬侯夫人，又叫宫人寻遗下诗稿。宫人回奏说：“侯夫人作诗极多，临死之日，哭泣中尽行烧毁，并无所遗。”炀帝痛惜不已，叫人取来纸笔，自制祭文道：

呜呼妃子，痛哉苍天！天生妃子，胡为不全？
容兮佼佼，才兮仙仙。奈何无禄，不享以年。
十五入宫，二十归泉。长门五载，冷月寒烟。
既不朕遇，谁能妃怜！呜呼痛哉，一旦自捐！
览诗追悼，已无及焉。岂无雨露，痛不妃沾。
虽妃之命，实朕之愆。悲抚残玉，犹如花鲜。
不知色笑，何如嫣然！泪下成血，心伤如煎。

纵有美酒，食不下咽。非无丝竹，耳若充悬。
妃不遇朕，长夜孤眠。朕不遇妃，遗恨九泉。
朕伤死后，妃苦生前。死生虽隔，情则不迁。
千秋万岁，愿化双鸳。念妃香洁，酹妃兰荃。
妃其有灵，来享兹筵。呜呼哀哉，痛不可言！

炀帝叫太监赐祭一坛，将祭文烧在她灵前，又差人相择高原之地，卜吉厚葬，又敕郡县官厚恤她家父母。侯夫人虽生前不曾受用，死后倒也享一时荣华。（历朝历代自尽于宫中的如花少女数不胜数，侯夫人之所以千古留名，乃在能诗。隋时女诗人不多，侯夫人诗作因之占有重要地位。但是否史有其人，始终存疑。历代选集收录侯夫人诗者甚众，鲁迅校录《唐宋传奇集》，也将侯夫人诗收录其中。）

人疑月中来

出场美女　杨容华

嗁鸟惊眠罢，房栊乘晓开。
凤钗金作缕，鸾镜玉为台。
妆似临池出，人疑向月来。
自怜终不见，欲去复裴回。

此诗题为《新妆诗》，作者杨容华。房栊（lóng），窗户。

杨容华的叔叔杨炯是“唐初四杰”之一。（另三杰为王勃、卢照邻、骆宾王。）杨容华少年聪颖，学习诗文一点即通，明陆时雍《唐诗镜》卷八称她“清丽，故有家风”。她十三岁时对镜梳妆，心中突来灵感，咏成《新妆诗》一首。大意是：天刚破晓，栖息了一夜的小鸟被晨光惊醒，叽叽喳喳叫个不停。闺房的窗户慢慢打开，一位美丽的小姑娘对着玉台鸾镜梳妆打扮。插上镶有金黄丝缕的凤钗，看着镜中秀美的面容，连自己都觉得惊奇，新妆光彩照人，恰似出水芙蓉，月中仙女。惜乎自己看不到真容，只能面对鸾镜仔细端详，照来照去，怎么也舍不得离开。

杨容华将诗作拿给叔叔杨炯评价。杨炯大加赞赏，将小侄女的诗夹杂在自己的作品里去见诗人郑羲真，请他品评优劣。

杨炯首先诵读了容华的诗作。郑羲真一边随着读诗的节奏击掌，一边连声喝彩。杨炯接着诵读了几首自己的作品，郑氏感觉都不如第一首好。杨炯于是说，《新妆诗》乃是自己十三岁的侄女所作。自此以后，杨炯不敢轻言与侄女比诗，杨容华少女神童的美名由此传开。

《全唐诗》仅存杨容华诗一首，史书及笔记资料未叙原因。明程羽文《鸳鸯牒》曰：“杨容华，莺吭亮溜，鸹戗（guā qiāng）非群，宜即配王子安、骆宾王、卢升之，蜚声振藻，不忝（tiǎn）四家。”

大意是杨容华才情过人，嫁给“初唐四杰”中的另外三人之一倒也不错。但骆宾王、卢升之（照邻）比杨容华叔叔杨炯还大一二十岁，与杨容华属于典型的老少配。王勃虽与杨炯同岁，容貌倒也般配，却与杨炯文人相轻。杨炯曾有“愧在卢前，耻居王后”的说法，程羽文是典型的乱点鸳鸯谱。

千金始一笑，一召讵能来

出场美女　徐惠

> 朝来临镜台，妆罢暂徘徊。
> 千金始一笑，一召讵能来？

这是唐太宗爱妃徐惠的一首即兴五言诗。讵（jù），岂，怎。

徐惠（627—650）是唐太宗众多妃子中较有文采的一位，《旧唐书》《新唐书》均有其传。据称她出生五个月即会说话，四岁通《论语》及《诗》，八岁能著文。其父徐孝德偶然试其才华，以《离骚》体出题《拟小山篇》，徐惠一挥而就，其辞云：

> 仰幽岩而流盼，抚桂枝以凝想。
> 将千龄兮此遇，荃何为兮独往？

父亲大为惊喜，将其作品上呈朝廷。李世民得知其才貌俱佳，遂召入宫，倍加宠爱，先由五品才人晋升为三品婕妤，再升二品充容，其父也擢升为礼部员外郎。

清晨，徐惠像所有妃子一样，起床对镜梳妆，精心打扮，等待皇上召幸。但皇帝嫔妃众多，未必能召见自己。正在徘徊无措，恰好太宗传召。按理应喜上眉梢，捷足而至，可聪明灵巧的徐惠却耍了点小脾气：古人所谓千金难买一笑，现在陛下一声召唤，臣妾岂能立马即到？（摆点儿小谱。）

徐惠迟迟不到，李世民正在生气，见诗仰脸大笑，怒气顿消。

唐太宗驾崩后，徐惠哀伤成疾，拒绝服药，于次年去世，年仅二十四岁，民间誉其为八月桂花花神。

开箱验取石榴裙

出场美女　武则天

看朱成碧思纷纷，憔悴支离为忆君。
不信比来长下泪，开箱验取石榴裙。

这就是武则天那首著名的情诗《如意娘》。看朱成碧，把红色看成绿色。

武则天十四岁入宫，太宗叹其妩媚，赐“武媚”称号，宫中称之“媚娘”。贞观二十三年（649年）五月，太宗去世，媚娘此时已经在后宫做了十一年才人。这十一年，媚娘主要做了两件事：一是增长各类知识才干，丰富阅历；二是确立了与太子李治非同一般的感情关系。太宗驾崩，媚娘入感业寺落发为尼。永徽元年（650年），顺利登基的高宗李治于太宗周年忌日以行香祈福为名来到感业寺，见到了朝思暮想的媚娘。媚娘乍见高宗，一年来难以忍受的相思和寂寞之苦顷刻间化为泪雨，（“泪飞顿作倾盆雨”。）一首泪痕斑斑的诗作《如意娘》瞬时递到了高宗手里：

思念的泪水已模糊了媚娘的双眼，我竟然将红色的石榴裙也看成绿色；身心憔悴，思绪万千，都是因为思君啊！一年来，多少个日日夜夜，就有多少思念的泪水，君若不信，就请开箱验看那泪痕斑斑的石榴裙吧。（太原妓写给欧阳詹的情诗是：“自从别后减容光，半是思郎半恨郎。欲识旧来云髻样，为奴开取缕金箱。”事见唐黄璞《闽川名士传》。）

高宗在政治才能方面与父亲李世民有霄壤之别，且个性懦弱、感情脆弱。（所以才特别欣赏个性刚烈的女人。）见到这首情真意切的诗作，眼圈当下就红了。回宫未久，即将武媚娘召回宫中，拜为昭仪，进号“宸妃”，这一年武媚娘二十七岁。

“诗仙”李白将武则天列为唐朝“七圣”之一，多少有拍马屁之嫌。《全唐诗》等收录武则天诗作58首，多为庙堂祭奠之作，间有记游抒情诗篇，除《如意娘》之外，另有一篇《腊日宣诏幸上苑》也颇为有名：

明朝游上苑，火急报春知。
花须连夜发，莫待晓风吹。

传说某年冬天武则天游上苑，令花神催开百花。花神奉旨，百花齐放，唯牡丹傲骨，独不奉诏。武后大怒，将其贬至洛阳，“故今言牡丹者，以西洛为冠首。”（事见高承《事物纪原》卷十《牡丹》。明胡文焕《稗家粹编》卷三《武媚娘传》：“贞观末，太宗有疾，高宗入侍，悦武氏之貌，将欲私之。彼此以目送情，而未得其便，未几高宗起如厕，武氏捧水盆跪进。高宗盥手，以水洒之，戏吟之曰：‘乍忆巫山梦里魂，阳台路隔岂无门。’武氏续曰：‘未全绵帐风流约，先沐金盆雨露恩。’高宗大悦，遂与武氏私通于宫门小轩，极尽缱绻。”盥，洗手。）

何必珍珠慰寂寥

出场美女 江采苹　杨玉环

桂叶双眉久不描，残妆和泪污红绡。
长门尽日无梳洗，何必珍珠慰寂寥！

这是唐玄宗爱妃江采苹的一首诗，题为《谢赐珍珠》。绡（xiāo），生丝织物；红绡，丝织的轻薄红衣。

梅妃祖籍福建莆田，从小聪慧灵秀，娇俏可人，十五岁时已精通乐器，善歌舞，曾作《萧兰》《梨园》《梅亭》《丛桂》《凤笛》《破盃》《剪刀》《绮窗》八赋，是当地有名的才女。江采苹冰清玉洁，有寒梅傲雪气质，从小喜爱梅花，入宫后被封“梅妃”，备受玄宗宠爱，后来被杨玉环夺宠。一次，玄宗与杨贵妃品尝来自福建莆田的荔枝，想起梅妃，于是差人送去一串珍珠以示体恤。孤傲如梅的梅妃却不领情，将珍珠退回，并附诗《一斛珠》以言志。

玄宗见之，怅然不乐。知其幽怨颇深，于是让梨园子弟谱曲演唱，名曰《一斛珠》。（诗载《全唐诗》卷五，曲牌《一斛珠》即由此而来。）

民间传说梅妃曾与杨玉环当着唐玄宗的面对诗。梅妃诗曰：

撇却巫山下楚云，南宫一夜玉楼春。
冰肌月貌谁能似，锦绣江天半为君。

杨贵妃杨玉环
梅妃江采苹

此诗表面称赞杨贵妃美貌，实际讽刺她原本为唐玄宗儿媳，却不顾人伦，从寿王府转入皇宫，钻进公公被窝，还迷惑皇上，耽误朝政，并讥嘲她如满月般痴肥。

杨玉环当即回诗曰：

美艳何曾减却春，梅花雪里亦清真。
总教借得春风早，不与凡花斗色新。

杨玉环反唇相讥，暗讽梅妃瘦弱不堪，早已失宠，又何必与新春绽开的鲜花争奇斗艳呢？（杨玉环传奇故事见明胡文焕《稗家粹编·续天宝遗事传》。北魏杨衒之《洛阳伽蓝记》：后魏王肃前妻谢氏与后妻陈留长公主之间也曾发生过类似的“诗争”。王肃先为齐秘书丞，聘谢氏。及北投后魏，魏高祖聘为尚书令，令娶陈留长公主。谢氏得知消息，怅然入道为尼。王肃过意不去，接谢氏来北方，建正觉寺安顿。谢氏以诗示肃云：“本为箔上蚕，今作机上丝。得络逐胜去，颇忆缠绵时。”长公主见之，代肃作答曰：“针是贯线物，目中恒任丝。得帛缝新去，何能纳故时？”谢氏见诗，一时哽然无语。）

殷勤凭燕翼，寄与薄情夫

出场美女 郭绍兰

我婿去重湖，临窗泣血书。
殷勤凭燕翼，寄与薄情夫！

这是唐代才女郭绍兰写给丈夫任宗的一首五言诗。与这首诗相关联的“飞燕传书”故事，见载于唐代名臣张说的传奇小说《传书燕》。

张说大概是中国古代与燕子最有缘分的宰相级人物。他出生前母亲曾梦“燕子入怀”，后被封为“燕国公”；（张姓宗祠有联云：玉燕投怀，姓生燕国；出尘慧眼，相赏风尘。上联典指张说之母梦玉燕入怀乃生张说，后张说被封为燕国公。下联典指隋时杨素侍妓张出尘与李靖、虬髯翁张仲坚义结兄妹，号“风尘三侠”。）因《传书燕》的影响，后人将燕子誉为爱情的信使。

据张说《传书燕》：长安“白富美”郭绍兰嫁给商人任宗。“商人重利轻别离”，新婚蜜月刚过，任宗便吻别娇妻外出经商。男人要养家糊口没错，但一去数年杳无音信，则有点说不过去。（要么没把娇妻放在心上，要么外头有人。）寂寞无主的绍兰整天怏怏不乐，没精打采。一日，绍兰倚身窗前，见一对燕子在窗前嬉戏，触景生情，摇头叹说：“唉！真羡煞你俩，成双成对，亲昵呢喃。听说燕子每年春天从海边飞回，必定经过湖湘，你俩能不能给我那忘情的丈夫捎封书信呢？”那对燕子见她喃喃自语，就飞到近前向她点头示意，绍兰试探着说：“如果可以，就请飞到我怀里来吧。”颇有灵性的燕子果真双双飞落到她的胳膊上。

喜出望外的绍兰当即以细绢写了一首诗，系在雄燕的腿上，放手让燕子飞去。此时任宗正在荆湘一带做生意，见到一对燕子在他头上久久盘旋，颇觉奇怪，于是停下来注目它们。一只燕子飞落在他肩上，任宗发现燕子腿上的细绢，解下来一看，竟然是一首诗，即本文的开篇之作。

任宗认识绍兰的笔迹，这才想起告别娇妻已有好几个年头，既感受到妻子绵绵的思念，也对燕子的通灵惊诧不已，于是匆忙写了回信让燕子捎回，随后将生意交割，星夜兼程赶回长安，与妻子团聚。（《开元天宝遗事》也有“传书燕”条专叙此事。任宗是不知经商在外的风险。据谭正璧《中国女性文学史》记载：“孟氏，本寿春妓，后嫁维扬万春为妻。万常年在外经商。春日，孟独自在花园散步，有美少年逾墙而入，赋诗赠答，遂有私合。少年《独游家园》诗曰：‘可惜春时节，依前独自游。无端两行泪，长只对花流。’孟氏《答少年》诗曰：‘谁家少年儿，心中暗自欺。不道终不可，可即恐郎知。’”）

动物有灵性不足为怪。古代交通不发达，信鸽是传递消息最便捷、最重要的工具；较有灵性的燕子偶尔具有信鸽功能，也有一定的可信度。

今生已过也，结取后生缘

出场美女 唐玄宗、唐僖宗朝宫女

沙场征戍客，寒苦若为眠。
战袍经手作，知落阿谁边？
蓄意多添线，含情更著绵。
今生已过也，结取后生缘。

这是唐玄宗年间宫女缝入军衣里的一首五言诗，棉衣寄往边关，为戍边军士所得，由此引出一段奇缘。

唐玄宗开元年间，有一批发给戍边将士的棉衣，系宫内所制。有位士兵从棉衣中得到一首情诗，即本文开篇之作。士兵收到情诗，不敢隐瞒（也可能看不大懂），当即交给长官，然后一级级上报直达朝廷。

玄宗让人将情诗传遍后宫，并表示："写诗的人不必隐瞒，自己说出来则不加罪。"有位宫女站出来，含泪承认是自己所写。唐玄宗笑道："我让你俩结今生缘。"于是批准该宫女嫁给那位交桃花运的士兵。（《全唐诗》卷七百九十七之二：《袍中诗》，开元宫人作，题下附序曰："开元中，赐边军纩衣，制自宫人。有兵士于袍中得诗，白于帅。帅上之朝，明皇以诗遍示六宫，一宫人自称万死。明皇悯之，以妻得诗者，曰：'朕与尔结今生缘也'。"）

《全唐诗》卷七百九十七之七另有《金锁诗》一首，指僖宗朝宫人所作：

玉烛制袍夜，金刀呵手裁。
锁寄千里客，锁心终不开。

题下亦有注云：“僖宗尝自内出袍千领，赐塞外吏士。神策军马真于袍中得锁及诗，主将奏闻。帝令真赴阙，以作诗宫人妻之。”

《金锁诗》《袍中诗》讲述的是完全雷同的故事。宫女在发给戍边将士的棉衣中暗藏情诗和锁头，皆犯宫中大忌。普通良家女一入后宫，便成皇帝禁脔，任何人莫想染指，即便只是一点点红杏出墙的念想，也能招来杀身之祸。玄宗、僖宗不予加罪反予成全，显出二人的另类高明：既彰显皇帝的怜悯之心，又可借机笼络戍边将士。（事实恰恰大相径庭。据《资治通鉴》卷二百五十六记载：黄巢兵败后，弃都城逃跑的僖宗李儇还归长安，“时溥遣使献黄巢及家人首并姬妾，上御大玄楼受之。宣问姬妾：‘汝曹皆勋贵子女，世受国恩，何为从贼？’其居首者对曰：‘狂贼凶逆，国家以百万之众，失守宗祧，播迁巴、蜀；今陛下以不能拒贼责一女子，置公卿将帅于何地乎！’”身为帝国元首和带兵将帅，一帮大男人屁颠逃命，却责怪手无寸铁的弱女子不能以死相拼，保全贞节。对这位女子义正词严的反驳，理屈词穷的唐僖宗无言以对。“上不复问，皆戮之于市。”）

帝王将相富有四海，身边美女如云，将美女作为权术运用之工具，历朝历代都有，本不是新鲜事。（春秋霸主楚庄王有绝缨之宴。隋越国公杨素更曾经三次成人之美：第一次成全乐昌公主与徐德言破镜重圆；第二次放任红拂女与李靖月夜私奔；第三次将青年才俊李百药与宠妾捉奸在床，非但不予治罪，反而向朝廷举荐。事见刘悚《隋唐嘉话》。）被后人誉为可得诺贝尔世界和平奖的宋仁宗，也曾经为才子（宋祈）佳人充当红娘。

经时未架却，心绪乱纵横

出场美女 李冶

无事乌程县，蹉跎岁月馀。
不知芸阁吏，寂寞竟何如。
远水浮仙棹，寒星伴使车。
因过大雷岸，莫忘八行书。

这是唐代风流才女李冶最著名的一首诗，题为《寄校书七兄》，被誉为唐代送别诗范文，涉及一大串文学掌故。唐高仲武《中兴间气集》评价李冶诗作的意境，称“远水浮仙棹，寒星伴使车”，“盖五言之佳境也。上仿班姬则不足，下比韩英则有余。不以迟暮，亦一俊妪”。校书，即校书郎，官名，掌管整理图书工作；乌程县，李冶家乡，在今浙江湖州吴兴南；芸阁，即秘书省，系皇家藏书馆，因芸香可辟纸蠹，故藏书馆又称“芸台”“芸阁”；芸阁吏，即校书郎，此处代指七兄；仙棹，仙人所乘之船；寒星伴使车，传说地上使者有天上使星相伴，又因七兄出使在年终，故称天上使星为寒星；大雷岸，《水经》中有大雷口，也称雷池，在今安徽望江县附近，南朝宋诗人鲍照受临川王征召，由建业赴江州途经此地，写下著名的《登大雷岸与妹书》。

李冶，字季兰，原名李绐，约生于唐玄宗开元初年，江南乌程人。李冶六岁那年，父亲以蔷薇为题，要她咏诗，她信口胡诌一句“经时未架却，心绪乱纵横”，其父见诗大惊，对其母曰：“此女富于文采，然必为失行妇者！”（李季兰与唐太宗爱妃徐惠是老乡，看来湖州盛产女神童。）

小李给十一岁时被父母送入剡中玉真观，改名李冶。生性聪颖的李冶在玉真观得到很好的文学修炼。唐代社会开放，道观并不寂寞，生性放荡的李冶迅速加入了由沦落女子和风流文人组成的社交圈，一度与茶专家陆羽感情笃厚。

说起李冶的放荡不羁，有两则逸事足可证明。陆羽有一位诗僧好友，名唤皎然，生得仪表堂堂，诗画也有较高水准。（本姓谢，乃大诗人谢灵运十世孙。）李冶为皎然的过人才华和非凡气度所吸引，禁不住赠诗暗送秋波、传递柔情。皎然凡心坚定，以一首《答李季兰》表露心曲：

天女来相试，将花欲染衣。
禅心竟不起，还捧旧花归。

对于皎然的拒绝，又恨又恼的李季兰只能自我解嘲，“禅心已如沾泥絮，不随东风任意飞”，悻悻作罢。

另一则故事讲李冶对大诗人刘长卿的调侃。据元辛文房《唐才子传》卷八：

士有百行，女唯四德，季兰则不然。形气既雄，诗意亦荡，自鲍昭以下罕有其伦。又尝会诸贤于乌程开元寺，知河间刘长卿有阴重之疾，乃诮曰：“山气日夕佳”，刘应声曰：“众鸟欣有托。”举座大笑。论者两美之。

刘长卿（字文房）所生“阴重之疾”，中医称之“疝气”，俗名小肠气，症状为肠子下垂，使阴囊肿大，是中年男子的常见病，患者经常要用布兜托起阴囊，方可减缓痛楚。李季兰知刘有此病，故吟陶渊明《饮酒二十首》之五中的“山气日夕佳”句。“山气”乃“疝气”谐音，整句意思是问刘长卿的疝气病近来好些没有。才思敏捷的刘长卿也用陶渊明《读山海经十三首》中一句诗作答：“众鸟欣有托。”（谭正璧《中国女性文学史》对李冶颇多好感，认为她是个“愤世的人，所以也是个热情的人，她对待任何那一个爱她的人，没有分量上的轩轾。我们读她的寄人或怀人的诗，不要去管她是寄何人或怀何人，总觉得首首中都有她真挚的感情、热烈的情绪。譬如《相思怨》一诗，所思者并未指定任何人，但我们觉得任何哪个爱她的人都可装得上：‘人道海水深，不抵相思半。海水尚有涯，相思渺无畔。携琴上高楼，楼虚月华满。弹著相思曲，弦肠一时断。’在这清微淡澹的吟声里，每个字都在叫出她潜藏着的刺人的酸苦的情味，使读者感到凄然”。）

聊题一片叶，寄与有情人

出场美女　唐肃宗朝宫女

> 一入深宫里，年年不见春。
> 聊题一片叶，寄与有情人。

这是见诸唐史的最早的一首“御沟红叶”诗。题诗者为后宫中人，诗中表达了作者的深宫寂寞及情无所寄的苦闷。

据孟棨《本事诗》“情感第一”：顾况在东京洛阳的时候，一次与三位诗友到紧挨后宫的皇家花园游玩，在御沟流水中拾到一片梧桐叶，上有题诗，即本文开篇之作。第二天，顾况跑到流水的上游，也题了一首桐叶诗，放入水流中。其诗曰：

> 花落深宫莺亦悲，上阳宫女断肠时。
> 帝城不禁东流水，叶上题诗欲寄谁？

过了十来天，有人在皇家花园春游，又得到一首桐叶诗，其诗曰：

> 一叶题诗出禁城，谁人酬和独含情？
> 自嗟不及波中叶，荡漾乘春取次行。

（宋庞元英《谈薮》续言：又明皇代，以杨妃、虢国宠盛，宫娥皆衰悴不顾，备掖庭。尝书落叶，随御沟水流出，云：“旧宠悲秋扇，新恩寄早春。聊题一片叶，将寄接流人。”顾况闻而和之。既达圣听，遣出禁内人不少，或有五使之号。况所和即前四句也。）

顾况实有其人。据《旧唐书》卷一百三十记载：顾况者，苏州人。能为歌诗，性诙谐，虽王公之贵与之交者，必戏侮之，然以嘲诮能文，人多狎之。……有文集二十卷。其《赠柳宜城》辞句，率多戏剧，文体皆此类也。

顾况的诙谐嘲诮从宋人尤袤《全唐诗话》中可见一斑。白居易十六岁时怀揣诗文千里迢迢从江南到长安拜谒学界前辈顾况，顾况拿白居易姓名开玩笑说：“长安米贵，居大不易呀。”当翻看诗卷，读到“野火烧不尽，春风吹又生”佳句，击节赞道：“有才如此，居又何难!”（张固《幽闲鼓吹》：白尚书应举，初至京，以诗谒著作顾况，顾睹姓名，熟视白公，曰：“米价方贵，居亦弗易。”乃披卷，首篇曰：“离离原上草，一岁一枯荣。野火烧不尽，春风吹又生。”即嗟赏曰：“道得个语，居即易矣。”因为之延誉，声名大振。）

《旧唐书》在李泌传后列“顾况附”，短短一百多字，未涉及御沟红叶故事。孟棨《本事诗》也没有交代顾况是否与御沟传诗的宫女谋面。因为顾况的浪漫，也因为宫女的多才多情，红叶自此被视为坚贞不渝的爱情象征，这段浪漫的爱情故事，也被称作“下池轶事”在古城洛阳流传。（下池：今洛阳市西有下池村。顾况“红叶诗”，并见谭正壁《 中国女性文学史》。另据《中国香艳全书》一集卷三载宋汝阴王铚《补侍儿小名录·凤儿》：“贞元中进士贾全虚者，黜于春官。春深，临御沟而坐，忽见一花流至全虚之前，以手接之，香馥颇异。旁连数叶，上有五言诗一首，笔迹纤丽，言辞幽怨：‘一入深宫里，无由得见春。题诗花叶上，寄与接流人。’全虚得之，悲想其人，涕泗交坠，不能离沟上。街吏颇疑其事，白金吾奏其实，德宗亦为感动，令中人细询之，乃翠筠宫奉恩院王才人养女凤儿者。诘其由，云：‘初从母学《文选》《初学记》，及慕陈后主孔贵嫔为诗。几日前，临水折花，偶为《宫思》。今败露，死无所逃。’德宗为之恻然，召全虚授金吾卫兵曹，以凤儿赐之，车载其院资，皆赐全虚焉。”此进士“假”而“全虚”，杜撰的可能性很大。）

深洞莺啼恨阮郎

出场美女　红绡妓

深洞莺啼恨阮郎，偷来花下解珠珰。

碧云飘断音书绝，空倚玉箫愁凤凰。

此诗的作者是红绡妓，她与崔生的爱情故事，出自唐代传奇作者裴铏的《昆仑奴》。珠珰，缀珠的耳饰，也泛指缀珠的饰物；“空倚玉箫愁凤凰”，用秦穆公女儿弄玉“吹箫引凤”典故。

唐朝大历年间，有个姓崔的年轻人，其父为长安高官，与当朝某功勋一品大臣（一说即中唐名将郭子仪）关系要好。崔生时任宫廷警卫（类似现在的中南海保镖）。

一品大臣病卧床榻，崔生奉父命前往探望。一品见崔生容貌如玉，英俊挺拔，温文尔雅，风度翩翩，很是喜欢，让他坐在身边说话，又招手唤进三位光彩照人的姬女，个个手捧金饰食器，内盛糖水浸泡的果品。一品让身穿红绡衣者上前端给崔生品尝。崔生在姬女面前显得拘谨，推辞不食。一品命红绡以匙进之，崔生不得已尝了一口鲜桃。红绡抿笑退至一侧。崔生起身告辞。一品说：“郎君闲时记得常来看我，别忘了老夫。”崔生点头答应。一品命红绡送崔生出门。

红绡将崔生送至大门口，一双明亮的大眼睛只盯着崔生看，似有千言万语要说。崔生的脸不觉红了，走了几步，再回头望，见红绡女向他竖起三根葱葱玉指，又将手掌翻转三次，然后指了指胸前的小镜子，深情望他一眼，转身离去。

崔生回家向父亲转达了一品的谢意，然后返回住所。当晚他神思恍惚，茶饭无味，满脑子尽是红绡女脉脉含情的眼睛和那双左右翻转的手掌。夜至三更，崔生在灯下作诗道：

误到蓬莱顶上游，明珰玉女动星眸。
朱扉半掩深宫月，应照琼芝雪艳愁。

崔生的同伴见他失魂落魄的样子，觉得莫名其妙，也未在意。崔生家有位名叫磨勒的昆仑奴，见崔生状态反常，就对他说："郎君没完没了地长吁短叹，到底为何事纠结，不妨说给老奴听听？"崔生苦笑道："我心中的纠结，又岂是你这等人解得开的。"磨勒轻笑道："那也不一定。老奴最善于答疑解惑，再难办的事，老奴也不在话下。"

崔生半信半疑，于是将心事稍加透露。磨勒笑道："原来郎君害的是相思病！此乃小事，何不早说，徒添烦恼！"崔生试着让磨勒解释红绡女的手语。磨勒说："竖起三根指头，是说一品宅中有十院歌姬，她住第三院。手掌反转三次，计有十五根指头，是应十五之数。胸前小镜子，十五月圆如镜，是盼郎君去相见。"

崔生有茅塞顿开的感觉，愁云一扫而光，急切抓住磨勒的手说："你能有什么办法让我见到红绡姑娘吗？"磨勒说："后天就是十五，郎君只需准备两匹深青色绢布，制成束身之衣，其他尽由老奴安排。一品宅歌姬院门前有猛犬把守，其犬产自曹州孟海，凶猛无比，能一击断喉。这世上也许只有老奴能制服它，今晚我先去杀了这畜生。"崔生按捺激动，吩咐厨房安排酒肉厚待磨勒。当夜三更，磨勒携炼椎出门，未久即归，对崔生说："恶狗已击毙，进入宅院再无大碍。"

到了十五月圆之夜，崔生身着青衣，由磨勒提携翻墙越壁，一路来到一品大宅院内，神不知鬼不觉潜到第三院。只见院门轻掩，室内烛光闪烁。崔生近窗探看，隐约看见红绡坐在床沿边长吁短叹，仿佛在等待情郎幽会。她不戴头饰，不施脂粉，满目哀怨，对镜吟出本文开篇之诗。

崔生左右张望，见宅中已无侍卫走动，很是寂静，于是壮着色胆掀开门帘入内。红绡认出崔生，急忙上前拉着他的手说："我知你很聪明，一定能悟出我的手语，可你到底是用什么法术进到深宅大院的呢？”崔生说：“都是我家老奴的主意，是他背我飞到这里。”红绡问磨勒在哪，崔生说就在帘外。红绡于是招手让磨勒进来。红绡以金瓯酌酒满杯相敬，对崔生说：“我本是富贵人家的女儿，家在北方，是一品用武力挟持逼迫我做了他的姬女。苟且偷生于世，脸上虽涂脂抹粉，内心却痛苦之极。纵然吃的是山珍海味，穿的是绫罗绸缎，却非我所好，如同进了监狱一般。既然郎君手下贤仆神术如此高明，何不助我逃出樊笼？只要逃离苦海，我愿终生为奴，侍候在郎君身边。”

崔生一时无语，眼巴巴望着磨勒。磨勒一则路见不平，二则要在主子面前施展手段，便爽朗答应说：“娘子既然如此坚决，逃出虎口乃小事一桩。”磨勒先将红绡的随身妆奁迅速打包，分次背出去，然后说：“再拖天就亮了，赶快走吧。”于是抖擞精神，双手提携崔生和红绡，轻轻飞越高墙，一路回到崔府。（一品家的守卫，如同瞎子聋子一般，竟没半点知觉。）

安顿好红绡女，崔生悄悄回到学院隐藏起来。天亮之后，一品家发觉红绡女走失，又发现猛犬暴毙，大惊失色。一品说：“我家墙高院深，戒备森严，门户紧锁，来人没留一点痕迹，定是会飞檐走壁的侠士，这事千万不可声张，免遭更大的祸灾。”（说得极是。）

红绡女在崔生家深藏两年。第三年春天，崔生和她都放松了警惕，趁着春暖花开去曲江游玩，不巧被一品家人暗中认出。一品疑惑不解，召来崔生追问。崔生不敢隐瞒，据实相告。一品说：“起始是姬女的罪过，但她跟随你好几年了，我也不去追究。但你家恶奴，却万不可留在世上。”于是指派五十名士兵迅速包围崔家，冲入院内抓捕磨勒。磨勒毫不惊慌，手持匕首，飞越高墙，身轻如燕，快如鹰隼。尽管箭矢如雨，却未伤到他半根毛发，顷刻间已不知去向。

崔家多数人未见识磨勒手段，此时大开眼界。曾经驰骋沙场的一品也讶然不已，立即升格了大宅警戒，从此深居简出，小心翼翼。

十多年后，崔家有人游洛阳，看见有个貌似磨勒的人在马路边卖药，容颜和声音几乎没什么改变。（裴铏的《昆仑奴》成为中国功夫小说、功夫电影难以逾越的里程碑。裴铏之后，红绡女、昆仑奴之类的文学形象不断出现在小说、戏剧中，带给人们快乐。）

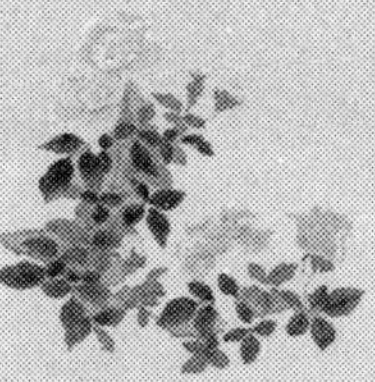

休零离别泪，携手入西秦

出场美女 王韫秀　薛瑶英

路扫饥寒迹，天哀志气人。
休零离别泪，携手入西秦。

这是代宗朝宰相元载发妻王韫秀的一首诗，题为《同夫游秦》。西秦，指长安。

据唐苏鹗《杜阳杂编》：肃宗、代宗两朝宰相元载有两个老婆，都是顶呱呱的大美女。（应该不止两个，史上留名者两个而已。）元载与第一个老婆王韫秀是结发夫妻。两人刚成亲时，家境贫寒，暂住于岳父王缙家中。王家的亲戚比较势利，见元载既不是什么名门望族，也没什么地位，非常轻慢他俩，将夫妻俩当乞儿看待。王韫秀生性率直，性格泼辣。她不甘于亲戚的挖苦，趁机鼓励元载说：“夫君为什么不发愤读书？我所陪嫁的这些钱物服饰，都可以用来供你购书游学。”在妻子的鼓励下，元载决定离家前往长安游学。临行前，元载写诗留别韫秀（《别妻王韫秀》）：

年来谁不厌龙钟，虽在侯门似不容。
看取海山寒翠树，苦遭霜霰到秦封。

王韫秀也不愿待在家里，决定随夫同行，遂赋诗《同夫游秦》予以回应。

小夫妻俩的这一步算是迈对了。元载人很聪明，又会察言观色，勤奋努力加上运气，不久就得到了朝廷的重用。一路顺风顺水，后来竟当上了宰相。夫君有了出息，王韫秀终于可以扬眉吐气，她写诗寄给家中的姨妹（《夫入相寄姨妹》）：

相国已随麟阁贵，家风第一右丞诗。
笄年解笑鸣机妇，耻见苏秦富贵时。

从太原离家出走之后，王韫秀心里一直憋气。她引苏秦由贫及贵、嫂嫂前倨后恭的典故，表达今日扬眉吐气的心情。

元载官居宰相，富贵权重除皇上之外无人能比。他在宅院内大兴土木，修建亭台楼榭，宴请豪门贵族。前来拜会的客人在相府门外排队等候，终日难得一见。王韫秀熟读史书，懂得盛极而衰的道理，于是写诗劝谕丈夫（《喻夫阻客》）：

楚竹燕歌动画梁，春兰重换舞衣裳。
公孙开阁招嘉客，知道浮荣不久长。

元载读了妻子的劝谕诗后，一时有所收敛，时间稍久，依然故我。

元载发迹之后，太原王氏的亲戚前来拜贺。王韫秀将亲戚们安排住下。转日天气晴朗，仆人们在西院里扯上四十条青紫色丝条，每条长三十余丈，将家中软罗、素绸、绮绣等服饰统统搬出来晾晒。每根丝条下还摆放金银香炉，焚燃熏衣。王韫秀特意带亲戚们到西院散步，当面问仆人说："上面晾的是什么？"仆人回答说："是宰相与夫人的晚服。"王韫秀回头对亲戚们说："谁能想到，当年的乞讨儿媳妇，今天还有两件遮体的粗布衣裳呢。"亲戚们听了，个个羞惭满面。王韫秀经常将衣服、饰物馈送他人，却从不送给太原王家的亲戚们。她的解释是："不是我不礼待姑姑、姐妹们，只是想让她们记住当初曾经轻慢我。"（有点过。如果没有当时的轻慢，哪会有今日元载之辉煌？元载最后因此而死，人生很多事，真的是互为因果、一言难尽。）

官大权大，围绕在身边趋炎附势的人必然多，诱惑多了，就很难抵挡，并且官越大，树敌越多。元载最后因贪赃纳贿，生活奢侈，被朝廷赐死。元载被杀时，他的儿子伯和、仲武也被牵连。据说抄没金银珠宝、庄园田产无数。按唐律，罪者妻女不在处斩之列，但要投入宫中做粗活。（上官仪的儿媳郑氏就是这样熬过来的，一直熬到婉儿崛起。）朝廷知道王韫秀是有学问的人（曾经写诗劝夫），于是诏令入宫，让她将亲身经历写出来诫谕后人。（这应该是一件很有意义的事。）

王韫秀接到诏令，拒不进宫，慨然道：“想我王家十二娘子，二十年太原节度使女儿，十六年当朝宰相夫人，死亦幸矣，怎能去书写长信、昭阳宫中曾经发生的那些荣极转衰、宠极生悲的故事呢?”

王韫秀的话凛然有大丈夫气概，最终被京兆尹笞刑致死。（汉将李广晚年战败，诏令他到朝廷受审，李广慨然对左右言：“我和匈奴大小七十多战，现也六十余岁，犯不着再到公堂上受刀笔小吏的污辱。”言毕自刎而死。）

元载的另一个老婆叫薛瑶英。（不是现代意义上的老婆，是小妾或“宠姬”。）据称她“能诗书，善歌舞，仙姿玉质，肌香体轻”，虽“旋波、移光、飞燕、绿珠，不能过也”。（《东周列国志》第八十一回：“又以美婢旋波、移光等六人为侍女，使相国范蠡进之吴国。”或以为移光即西施，又名施移光。）瑶英生母赵娟，本岐王爱妾，后再嫁薛家，生瑶英。因她从小给薛瑶英吃香料，所以瑶英肌体芳香。

元载纳薛瑶英为妾，非常宠爱，使“处金丝之帐，却尘之褥”。“却尘褥”出自勾丽国，以却尘兽毛为之，其色红殷，光软无比。又“衣龙绡之衣，一袭无二三两”。元载认为薛瑶英轻盈娇丽，不堪穿太重的衣服，因而才四处寻索到“抟之不盈一握”的龙绡衣。

元载与贾至、杨炎交往甚厚，经常把二人领到家中欣赏薛瑶英的美貌和歌舞。贾至曾赠诗赞美薛瑶英说：

舞怯铢衣重，笑疑桃脸开。
方知汉武帝，虚筑避风台。

杨炎也作长诗赞美薛瑶英，其中四句是：

雪面淡娥天上女，凤箫鸾翅欲飞去。
玉钗翘碧步无尘，纤腰如柳不胜春。

薛瑶英非常会巧笑献媚，元载沉湎在她的妖娆美色之中，宰相的政务也懒得料理。薛瑶英父亲薛宗本、哥哥薛从义及母亲赵娟往来出入相府，收受贿赂，买官卖官，还与中书主吏卓倩等人互相勾结、狼狈为奸。元载被朝廷处死后，王韫秀自愿求死，薛瑶英却忍辱偷生，嫁给闾里一般人家为妻（“自为俚妻”）。人们谈论此事，都认为元载丧失美德，实在是因宠溺美姬薛瑶英而导致的。（“红颜祸水”呗。）

此时最是思君处

出场美女 晁采　陈丰　舒襟

珍簟生凉夜漏馀，梦中恍惚觉来初。
魂离不得空成病，面见无由浪寄书。
窗外江村钟响绝，枕边梧叶雨声疏。
此时最是思君处，肠断寒猿定不如。

这是中唐才女晁采写给情郎文茂的一首爱情诗。簟（diàn），竹席、凉席。

据明冯梦龙《情史类略·情私类》：唐代大历年间，有美女晁采，小字试莺，与母独居，深娴翰墨，丰姿艳体，映带一时。（其母当为寡妇或弃妇。）有个常去晁采家传播佛学的尼姑，逢人便称赞晁采姿色天下无双，不施丹铅，眉目如画。曾见其夏天着单衫，右手攀竹枝，左手持兰花团扇，将扇子放在膝上，凝目水中游鱼，低咏竹枝小词，声音像黄莺般清丽婉转，仿佛云中仙子。晁采很喜欢看天上的云朵，给自己的闺房取名“窥云室”，书房取名“期云馆”。一日，兰花初绽，其母命其赋之，晁采应声咏曰：“隐于谷里，显于澧浔。贵比于白玉，重匹于黄金。既入燕姬之梦，还鸣宋玉之琴。”其敏慧自此可见一斑。（浔，江边；燕姬，即燕姞，郑文公贱妾燕姞因梦兰而受孕，事见《左传·宣公三年》；又屈原、宋玉常以香兰自喻，宋玉《神女赋》中有“陈嘉辞而云对兮，吐芬芳其若兰”等句，后因以“吹气如兰”形容美女气息芳香袭人，也形容文辞华丽、有韵味。）

晁采的文才及美貌经女尼的传颂远近闻名。因母亲看管甚严，晁采深藏闺中，足不出户，很少有人能一睹芳容。

虽然很少与外界接触，却不妨碍晁采心上有人。邻家书生文茂是她少时的玩伴，两人青梅竹马，情窦初开即相互许下伉俪之约。及稍长大，不能见面，便通过家中侍女暗通书信，互诉相思。春天，文茂写诗寄晁采曰：

晓来扶病镜台前，无力梳头任髻偏。
消瘦浑如江上柳，东风日日起还眠。

又道：

旭日曈曈破晓霾，遥知妆罢下芳阶。
那能化作桐花凤，一集佳人白玉钗。

晁采得到文茂的情诗，当即派侍女给文茂送去十颗青莲子，捎话说："吾怜子也。"文茂问："何以不去心？"侍女转达晁采寓意说："正欲使君知其心苦耳。"文茂吃莲子时，有一粒不小心坠入盆水中。有喜鹊过，恶污其上。（撒了泡尿。）茂遂弃入池内。没过多久，水面上竟开出一朵并蒂莲花。文茂见状大喜，觉得这是心愿达成的吉兆："我与晁采之事成矣！"于是取并蒂莲置于床头案瓶，每日玩赏。数日之后，花儿谢了，长出莲蓬。剖开一看，里面各得五枚果实，如晁采所送之数。文茂连忙写信告知晁采。晁采非常兴奋，"并蒂之谐，此其征矣"，随即以高丽茧纸裁剪成鲤鱼形态，两面俱画鳞甲，在鱼腹内放入诗笺（取古人"鱼腹传书"之意），其诗写道：

花笺制叶寄郎边，的的寻鱼为妾传。
并蒂已看灵鹊报，倩郎早觅买花船。

时光荏苒，转眼入秋。两人虽书信频繁，却一直没机会见面。一天，晁采母亲去参加亲戚家的婚宴并在那儿留宿。机会千载难逢，晁采立即让侍女通报文茂前来欢会。文茂当晚乘月色潜至晁家，两人一夜欢好。晨起整衣，尤不忍别。晁采从头上剪下一缕青丝赠给文茂，殷殷嘱咐："好藏青鬓，早缔白头也。”文茂将晁采的黑发包好，回家后悄悄放在枕畔。每晚躺下睡觉时，都觉得兰香郁烈，馥馥动人。（哪里还睡得着。）文茂写诗寄晁采曰：

几上金猊静不焚，匡床愁卧对斜曛。
犀梳金镜人何处，半枕兰香空绿云。

才情喷涌的晁采拟六朝文体作《子夜歌十八首》表达思念之苦：

侬既剪云鬟，郎亦分丝发。觅向无人处，绾作同心结。
夜夜不成寐，拥被啼终夕。郎不信侬时，但看枕上迹。
何时得成匹，离恨不复牵。金针刺菡萏，夜夜得见莲。
相逢逐凉候，黄花忽复香。颦眉腊月露，愁杀未成霜。
明窗弄玉指，指甲如水晶。剪之特寄郎，聊当携手行。
寄语闺中娘，颜色不常好。含笑对棘实，欢娱须是枣。
良会终有时，劝郎莫得怒。姜蘖畏春蚕，要绵须辛苦。
醉梦幸逢郎，无奈乌哑哑。中山如有酒，敢借千金价。
信使无虚日，玉酝寄盈觥。一年一日雨，底事太多晴。
绣房拟会郎，四窗日离离。手自施屏障，恐有女伴窥。
相思百余日，相见苦无期。褰裳摘藕花，要莲敢恨池。
金盆盥素手，焚香诵普门。来生何所愿，与郎为一身。
花池多芳水，玉杯挹赠郎。避人藏袖里，湿却素罗裳。
感郎金针赠，欲报物俱轻。一双连素缕，与郎聊定情。
寒风响枯木，通夕不得卧。早起遣问郎，昨宵何以过。
得郎日嗣音，令人不可睹。熊胆磨作墨，书来字字苦。
轻巾手自制，颜色烂含桃。先怀侬袖里，然后约郎腰。
侬赠绿丝衣，郎遗玉钩子。即欲系侬心，侬思著郎体。

晁采母亲很少出门应酬，晁采与文茂再无上次一夜绸缪的机会。时值杪（miǎo）秋（秋末），金风渐栗（秋风使人战栗），晁采思念文茂，写诗遣侍儿送给文茂，即本文开篇之作。

文茂当即写诗作答：

忽见西风起洞房，卢家何处郁金香？
文君未奔先成渴，颛顼初逢已自伤。
怀梦欲寻愁落叶，忘忧将种恐飞霜。
惟应分付青天月，共听床头漏渐长。

书信不能解相思之渴。晁采终日郁郁寡欢，茶饭不思，日渐憔悴。母亲看出端倪，再三追问侍女。侍女隐瞒不住，只好道出原委。母亲叹息道：“才子佳人，自应有此缠绵之情；然自古郎才女貌者多难成眷属，我今天当成全他们！”于是拜托媒人，让两人喜结良缘。

晁采之母的确是封建社会开明难得的好母亲。金元好问有《摸鱼儿·问莲根》一词，词前小序曰：

泰和中，大名民家小儿女，有以私情不如意赴水者，官为踪迹之，无见也。其后踏藕者得二尸水中，衣服仍可验，其事乃白。是岁，此陂荷花开，无不并蒂者。

其词曰：

问莲根、有丝多少，莲心知为谁苦。双花脉脉娇相向，只是旧家儿女。天已许，甚不教、白头生死鸳鸯浦。夕阳无语。算谢客烟中，湘妃江上，未是断肠处。

香奁梦，好在灵芝瑞露，人间俯仰今古。海枯石烂情缘在，幽恨不埋黄土。相思树，流年度，无端又被西风误。兰舟少住。怕载酒重来，红衣半落，狼藉卧风雨。

（冯梦龙《情史·情私类》于“晁采”条文末引贾子《说林》云：陈忠有女，名丰。邻人葛勃，有美姿。丰与村中女子戏相谓曰：‘得婿如葛勃，无恨矣。’自是丰与勃，屡通音问。七月七日，丰以青莲子十枚寄勃。勃啖未竟，坠一子于盆水中，明旦开并蒂花云云。自此乡人改双星节为双莲节。冯梦龙指《晁采传》乃仿陈丰故事。所谓“怜子苦心”，也是借汉代女子舒襟私通元群故事。据曹绣君《古今情海·情中通》引《谢氏诗源》：汉朝时有女子舒襟，聪颖敏慧，事事皆能。与俊生元群相好，曾寄莲子元群，并让婢女捎话说："我莲子！"意即"我怜爱你"。元群问："何不去心？"舒襟又让婢女回答："正想知你心内苦。"南朝时《子夜歌》中有"见莲不分明"等语，均乃效仿其意。）

纵使君来岂堪折

出场美女 柳氏

> **杨柳枝，芳菲节，可恨年年赠离别。**
> **一叶随风忽报秋，纵使君来岂堪折。**

这是中唐才女柳氏（一说柳摇金）回赠丈夫韩翃的一首言志诗，题为《杨柳枝》。

据唐许尧佐《柳氏传》：诗人韩翃客居富商李宏府宅，李宏以爱姬柳氏相赠。（韩翃乃名诗《寒食》作者：“春城无处不飞花，寒食东风御柳斜。日暮汉官传蜡烛，轻烟散入五侯家。”）韩翃与柳氏郎才女貌，又得李宏重金资助，从此如鱼得水。

韩翃参加礼部侍郎杨度主持的科考，高中第一。韩翃将柳氏安置在长安，回家乡清池跑官。不久安史之乱爆发，叛兵攻入长安，城中百姓纷纷逃难。柳氏因姿色出众，自思城破后难免落入贼寇之手，于是剪去长发，躲入法灵寺暂避。（经验证明，把老婆另置一处蕴藏着极大的风险，尤其是漂亮老婆。据五代王定保《唐摭言》卷十五：昔赵嘏尝家于浙西，有美姬，嘏甚溺惑。洎计偕，将携西上，为母所阻，遂不携去，因留之鹤林寺。会中元斋会，居人士女，竞游其间，赵姬亦往，浙帅窥见，乃强致去，因为奄有。嘏知之，亦无奈何。明年登第，乃以一绝箴之曰：“寂寞堂前日又曛，阳台去作不归云。当时闻说沙吒利，今日青娥属使君。”浙帅得诗，乃遣归。嘏时方出关，途次横水驿，见兜舁人马甚盛，偶讯其左右，对曰：“浙西尚书差送新及第赵先辈娘子入京。”姬在舁中亦认嘏。嘏下马揭帘视之，姬抱嘏恸哭而卒，遂葬于横水之阳。）

安史之乱平定后，长安稍定，韩翃派人到京城暗寻柳氏。他用白绸子口袋装着沙金，在口袋上题《寄柳氏》诗曰：

章台柳，章台柳，颜色青青今在否？
纵使长条似旧垂，也应攀折他人手。

韩翃猜想柳氏可能已名花移主。信使费尽千辛万苦，终于找到柳氏。柳氏得书及沙金，见韩翃怀疑她的气节，悲情难抑，当即提笔和诗一首，即本文开篇的《杨柳枝》。

柳氏向韩翃表达了自己的忠贞，同时也期望韩翃早日归来，再不离分。韩翃公务在身，一时难回长安。当时番将沙吒利因参与平叛有功，驻扎京郊。探知柳氏美貌，派人将柳氏强抢回府，倍加宠爱，看管极严。沙氏容颜凶悍，柳氏不敢反抗，只能偷偷掩泣。

数年后韩翃回京遍访柳氏，方知已为沙氏所掳。河北籍青年将领许俊路见不平，从沙宅抢回柳氏。后经皇帝裁断，柳氏判归韩翃，沙吒利得二百万赏钱。（《柳氏传》故事一经发表，即在坊间盛传。“章台”“章台柳”“沙吒利”更成为专用名词，被后世文人反复引用。明梅鼎祚《玉合记》、张四维《章台柳》、吴大震《练囊记》等作品，均由许尧佐《章台柳》演绎而来。另五代有崔素娥者，乃韦洵美妾。后梁邺王罗绍威聘韦为从事，闻素娥姝丽，羡其能文，逼献之。素娥作诗别夫云：“妾闭闲房君路歧，妾心君恨两依依。神魂倘遇巫娥伴，犹逐朝云暮雨归。”是夜，洵美独宿长吁，有同行者，问知此事，欻然而去。至三更，以皮囊贮素娥至，洵美遂挟以他遁。参见谭正璧《中国女性文学史》。）

不结同心人，空结同心草

出场美女 薛涛

风花日将老，佳期犹渺渺。

不结同心人，空结同心草。

这是中唐著名才女薛涛的一首五言诗，题为《春望》。渺渺，悠远，幽远。

据明梅鼎祚《青泥莲花记》：薛涛，字洪度，本长安良家女。父薛郧因官寓居四川。薛涛八九岁知声律。其父一日坐庭中，指井梧示之曰："庭除一古桐，耸干入云中。"令涛儿续之，涛应声曰："枝迎南北鸟，叶送往来风。"父愀然久之。（薛父认为"迎送""往来"之词乃不祥之兆，故黯然许久。）

薛涛十四五岁的时候出落得亭亭玉立，如清水出芙蓉，极有诗才，父亲病故后沦落为妓。据何光远《鉴诫录》：薛涛"每承连帅宠念，或相唱和，出入车舆，诗达四方。中朝一应衔命使车每届蜀，求见涛者甚众。而涛性亦狂逸，所有见遗金帛往往上纳"。武元衡辟为"校书郎"，"校书"因此成倡优之雅称；又因薛涛居处曰"枇杷巷"，后"枇杷巷"也被用以借指风月场所。

薛涛名声远播，往来川中的名流均以与之交游唱和为荣。当时文学界名流元稹、白居易、张籍、王建、刘禹锡、杜牧、张祜等均与其有诗词唱和。王建有赠诗曰：

薛涛

万里桥边女校书，枇杷花里闭门居。

扫眉才子于今少，管领春风总不如。

诗人元稹以监察身份出差四川，还与薛涛谈过一场姐弟恋。虽持续时间不长，薛涛却是倾情投入。元稹离开四川南游，未久即与歌女刘采春打得火热。薛涛得知消息，作五言诗《春望》表达心中的忧愤及失望。

经此之变，薛涛转而郁郁寡欢，“屏著浣花溪，著女冠服，好制松花小笺，时号薛涛笺”，不再参与诗酒花韵之事。比薛涛小十来岁的元稹早逝，只活了五十三岁。消息传到成都，正在病中的薛涛慨叹世事无常，未久也辞世而去。（薛涛的故事，《唐语林》《元氏长庆集》《清异录》《鉴诫录》《纪异录》《芝田录》《唐诗纪事》等均有记载。皇都风月主人《绿窗新话·薛涛妓滑稽改令》评曰：人情之皆爱者，必其物之甚美者也。昔元稹之使蜀，见薛涛有才色，府公严司空，知元之情，遣涛往侍焉。后元登翰林，以诗寄涛曰：“锦江滑腻蛾眉秀，幻出文君与薛涛。言语巧偷鹦鹉舌，文章分得凤凰毛。纷纷辞客多停笔，个个公卿欲梦刀。别后相思隔烟水，菖蒲花发五云高。”若涛者，可谓信然者矣。）

暮雨潇潇郎不归

出场美女 吴二娘

深花枝，浅花枝。深浅花枝相间时，花枝难似伊。

巫山高，巫山低。暮雨潇潇郎不归，空房独守时。

这是中唐杭州名妓吴二娘的一首词，题为《长相思》（简称“吴词”）。

据明梅鼎祚《青泥莲花记》记载：吴二娘丰姿美态，色艺冠绝一时。她的“相思”体颇为著名。《全唐诗》卷八百九十也收录有白居易《长相思》一首（简称“白词”）：

汴水流，泗水流。流到瓜洲古渡头，吴山点点愁。思悠悠，恨悠悠。恨到归时方始休，月明人倚楼。

深画眉，浅画眉。蝉鬓鬅鬙云满衣，阳台行雨回。巫山高，巫山低。暮雨潇潇郎不归，空房独守时。

以上《长相思》在林大椿辑《唐五代词》、黄昇《唐宋诸贤绝妙词选》、张宗橚《词林纪事》、朱彝尊《词综》中皆明确为白居易作品，但冯金伯《词苑萃编》卷一引《词苑》，却指《长相思》“深画眉”词为吴二娘作品。

杨慎《升庵诗话》卷四“吴二娘”条云：吴二娘，杭州名妓也。有《长相思》一词云：“深花枝。浅花枝，深浅花枝相间时，花枝难似伊。巫山高，巫山低。暮雨潇潇郎不归，空房独守时。”白乐天诗：“吴娘暮雨潇潇曲，自别江南久不闻。”又：“夜舞吴娘袖，春歌蛮子词。”注云：“吴二娘歌词有暮雨潇潇郎不归之句。”《绝妙词选》以此为白乐天词，误矣。吴二娘亦杜公之黄四娘也，聊表出之。（杜公，杜甫；黄四娘，杜甫《江畔独步寻花七绝句》其六有：“黄四娘家花满蹊，千朵万朵压枝低。留连戏蝶时时舞，自在娇莺恰恰啼。”）

有论者质疑杨慎的说法，认为吴词前半阕不可信，与《全唐诗》所录白词紧凑连贯相去甚远。也有论者提出白词中前半部分为白居易所作，自“深画眉”开始至结束，则为吴二娘作品。

比较说得通的解释是：吴二娘与大诗人白居易为同时代人，白居易又曾在杭州为官，喜爱美女音乐、风流浪漫的白居易与吴二娘熟识是很自然的事情。检索白居易诗集，当可发现一些蛛丝马迹。如白居易《听弹湘妃怨》诗中云：

玉轸朱弦瑟瑟徽，吴娃徽调奏湘妃。

分明曲里愁云雨，似道萧萧郎不归。（江南新词有云：暮雨萧萧郎不归。）

又白居易《寄殷协律多叙江南旧游》：

五岁优游同过日，一朝消散似浮云。

琴诗酒伴皆抛我，雪月花时最忆君。

几度听鸡歌白日，亦曾骑马咏红裙。（予在杭州日，有歌云：听唱黄鸡与白日。又有诗云：著红骑马是何人?）

吴娘暮雨萧萧曲，自别江南更不闻。（江南吴二娘曲词云：暮雨萧萧郎不归。）

从以上诗作、特别是诗下注解，可以看出白居易与吴二娘是熟识的。（叶申芗所著《本事词》，其中有“吴二娘，江南名姬也，善歌。白香山守苏州时，尝制《长相思》词……吴喜歌之。故香山有‘吴娘暮雨潇潇曲，自别江南久不闻’之咏，盖指此也”。）白居易的文才绝对在吴二娘之上，很可能是吴二娘的佳句给了白居易灵感和启发，像“巫山高，巫山低”“阳台行雨回”等句，均属古代比较露骨的性语言，很可能白词根本就是两人在耳鬓厮磨过程中共同创作完成的。到底孰是孰非，只有白居易和吴二娘当场对质才说得清楚。(《长相思》本为唐教坊曲名，调名出自古乐府“上言长相思，下言久离别”句。这是唐宋词坛上出现较早且颇有特色的小令词调，唐宋两朝文人以此为题者，如欧阳修、周邦彦、万俟咏、陆游、刘克庄等皆有名作。如刘克庄《长相思·惜梅》曰：“寒相催，暖相催，催了开时催谢时，丁宁花放迟。角声吹，笛声吹，吹了南枝吹北枝，明朝成雪飞。”)

相思一夜情多少

出场美女 关盼盼　韩香　杨爱爱　李翠娥　王巧儿　汪怜怜

楼上残灯伴晓霜，独眠人起合欢床。
相思一夜情多少，地角天涯不是长。

这是中唐徐州官员张建封遗孀关盼盼所作《燕子楼》三首中的一首。另两首是：

其二

北邙松柏锁愁烟，燕子楼中思悄然。
自埋剑履歌尘散，红袖香销一十年。

其三

适看鸿雁岳阳回，又睹玄禽逼社来。
瑶瑟玉箫无意绪，任从蛛网任从灰。

据明梅鼎祚《青泥莲花记》：张建封节制武宁时，门下客皆词人名士，府中侍妾婢女等，也多能咏诗作画（《妆楼记》：“徐州张尚书，妓女多涉猎经史。人有借其书者，往往粉指痕迹印于青编。”），关盼盼则是其中的佼佼者。（“徐府奇色也”。）

张建封初纳盼盼于燕子楼，“三日乐不辍，后别构新楼贮宠之”。张建封死后，尚在妙龄的关盼盼感其恩重，闭门守节，十年不嫁，“或有问答，皆以诗，有《燕子楼集》三百首”传世。明徐𤊹《红雨楼题跋记》对关盼盼评价尤高：“唐有天下三百年，妇人女子能诗者不过十数，娼妓诗最佳者薛洪度、关盼盼而已。”（薛洪度，即薛涛。）令人惋惜的是，“诗最佳者”却死于“诗杀”，因诗殒命。其“罪魁祸首”，居然是中唐风流才子白居易！

据白居易《燕子楼三首》诗序：徐州张尚书，有爱妓盼盼，善歌舞，雅多风态。白居易为校书郎时，游徐泗间，张尚书设宴招待。酒至酣时，张氏出盼盼佐欢。白氏因即席赠诗，落句云：“醉娇胜不得，风袅牡丹花”，一欢而去。未久，司勋员外郎张仲素（字绘之）拜访白居易，呈上关盼盼所作《燕子楼》三首，告知曰：“尚书既殁，归葬东洛，而彭城有张氏旧第，第中有小楼，名燕子。盼盼念旧爱而不嫁，居是楼十余年，幽独于今尚在。”

白居易见其诗婉丽，甚是喜爱，便依韵而和，也是三首：

其一

满窗明月满帘霜，被冷灯残拂卧床。
燕子楼中霜月夜，秋来只为一人长。

其二

钿晕罗衫色似烟，几回欲著即潸然。
自从不舞霓裳曲，叠在空箱十一年。

其三

今春有客洛阳回，曾到尚书墓上来。
见说白杨堪作柱，争教红粉不成灰？

白氏余兴未了，又赠绝句云：

黄金不惜买蛾眉，拣得如花三四枝。
歌舞教成心力尽，一朝身去不相随。

白居易不过即兴之作，但闭楼自锁的关盼盼却从白诗中读出了弦外之音（要她殉节尽忠的意思），当下泣曰：“自公薨背，妾非不能死，恐百载之后，人以我公重色，有从死之妾，是玷我公清范也，所以偷生尔。”乃和白公诗云：

自守空楼敛恨眉，形同春后牡丹枝。
舍人不会人深意，讶道泉台不去随。

盼盼怏怏旬日，不食而卒。死前吟诗云：

儿童不识冲天物，漫把青泥污雪毫。（事见《白氏长庆集》《丽情集》等。）

关盼盼为白居易“诗杀”，后世文人唏嘘不已。苏东坡夜登燕子楼，梦会关盼盼，作《永遇乐》词云：

明月如霜，好风如水，清景无限。曲港跳鱼，圆荷泻露，寂寞无人见。紞如三鼓，铿然一叶，黯黯梦云惊断。夜茫茫，重寻无处，觉来小园行遍。

天涯倦客，山中归路，望断故园心眼。燕子楼空，佳人何在，空锁楼中燕。古今如梦，何曾梦觉，但有旧欢新怨。异时对，黄楼夜景，为余浩叹。（苏门四学士之一晁补之评论苏词“燕子楼空，佳人何在，空锁楼中燕”三句“说尽燕子楼一段事，奇哉!”）

又秦少游《调笑令》咏盼盼曰：

百尺楼高燕子飞，楼上美人颦翠眉。
将军一去音容远，只有年年旧燕归。
春风昨夜来深院，春色依然人不见。
只余明月照孤眠，唯望旧恩空恋恋。

曲曰：

恋恋楼中燕，燕子楼空春日晚。将军一去音容远，空锁楼中深怨。春风重到人不见，十二阑干倚遍。

毛滂（字泽民）也有《调笑令》咏关盼盼：

武宁节度客最贤，后车摛藻争春妍。曲眉丰颊亦能赋，惠中秀外谁争怜。

花娇叶困春相逼，燕子楼头作寒食。月明空照合欢床，霓裳罢舞犹无力。（争怜，一作取怜。）

曲曰：

无力。倚瑶瑟，罢舞霓裳今几日。楼空雨小春寒逼。钿晕罗衫烟色。帘前归燕看人立，却趁落花飞入。

宋陈荐《燕子楼》诗云：

仆射新阡狐兔游，侍儿犹住水边楼。
风清玉簟慵敧枕，月好珠帘懒上钩。
寒梦觉来沧海阔，新诗吟罢紫兰秋。
乐天才思如春雨，断送残花一夕休。

元代大诗人萨都剌（字天锡）亦有《彭城杂咏》一首：

雪白杨花扑马头，行人春尽过徐州。
夜深一片城头月，曾照张家燕子楼。

据梅鼎祚《青泥莲花记》，陶九成曰：妓妾之以色艺取怜妒宠于主家者，亦曰："我之富与贵，有以感动其中耳。"设遇患难贫病，彼必戚戚然为求脱身之计，又肯守志不贰者哉！如金谷园绿珠，燕子楼盼盼，韩香之于叶氏，爱爱之于张逞者，真绝无仅有也。大元混一以来，得三人焉，亦可以追踪前古之懿德矣。三人为李翠娥、王巧儿、汪怜怜。（陶九成，即陶宗仪，著有《南村辍耕录》。"金谷园绿珠"，即西晋石崇宠妾。孙秀围攻崇绮楼，向石崇讨要绿珠，石崇对绿珠道："我今因你获罪，奈何?" 绿珠答曰："妾当效死君前，不令贼人得逞。" 言罢纵身跳楼而亡。

"韩香之于叶氏"，据徐士銮《宋艳》引陈世崇《随隐漫录》：韩香，南徐妓也。色艺冠一时，与大将叶氏子交，闭门谢客，将终身焉。叶父怒，投牒有司，集官军于射圃中，妻以一老卒。香欣然同归，谓曰："夫妇有礼，汝宜买羊沽酒，召亲故以成礼。" 宾至，酒三行，入更衣，久不出，已自刎死矣。

"爱爱之于张逞者"，据张君房《丽情集》：爱爱姓杨氏，钱塘娼家女也。七夕，泛舟西湖采荷香，为金陵少年张逞所调，相携潜遁于京师。余二年，逞为父捕去，后或传逞已卒，致爱爱感念而亡。小婢锦儿出其故绣、手籍、香囊、缬履，郁然如新。又苏舜钦《爱爱集》："爱爱，姓杨氏，本钱塘娼家女。年十五，善歌舞，为金陵少年张逞所诱，相携潜遁京师。后逞为其父捕去，不及与爱爱别。一日人传逞死，爱爱自此素服蔬膳，不近乐器。好事有力百计调之，终不可及。后三年，念逞之勤，感疾而死。"

李翠娥，《青泥莲花记》作翠荷秀。据元夏庭芝《青楼集》：翠荷秀姓李氏，杂剧为当时所推，自维扬来云间，石万户置之别馆。石没，李誓不他适，终日却扫，焚香诵经。石之子云壑万户、孙伯玉万户，岁时往拜之。余见其年已七旬，鬓发如雪，两手指甲皆长尺余焉。

王巧儿，据元夏庭芝《青楼集》：王巧儿歌舞颜色，称于京师。陈云峤与之狎，王欲嫁之。其母密遣其流辈开喻曰："陈公之妻，乃铁太师女，妒悍不可言。尔若归其家，必遭凌辱矣。" 王曰："巧儿一贱倡，蒙陈公厚眷。得侍巾栉，虽死无憾。" 母知其志不可夺，潜挈家僻所，陈不知也。旬日后，王密遣人谓陈曰："母氏设计置我某所，有富商约某日来。君当图之，不然，恐无及矣。" 至期，商果至，王辞以疾，悲啼宛转，饮至夜分，商欲就寝。王掐其肌肤皆损，遂不及乱。既五鼓，陈宿构忽剌罕赤挞缚商，欲赴刑部处置。商大惧，告陈公曰："某初不知，幸寝其事，愿献钱二百缗以助财礼之费。" 陈笑曰："不须也。" 遂厚遗其母，携王归江南。陈卒，王与正室铁皆能守其家业，人多所称述云。

汪怜怜，也见元夏庭芝《青楼集》：湖州角妓，美姿容，善杂剧，涅古伯经历甚属意焉。汪曰：若不弃寒微，当以侧室处我。涅遂备礼纳之。克尽妇道，人无间言。数年涅没，汪髡发为尼，公卿士夫多访之。汪毁其形，以绝众之狂念，而终身焉。)

泪珠零落枕函边

出场美女 颜初元

> 月瘦花残不似前，泪珠零落枕函边。
> 可怜为有金条脱，臂上依然伴妾眠。

这是中唐才女颜初元写给丈夫白居易的一首七言诗。金条脱，据宋吴曾《能改斋漫录·辨误》记载，文宗问宰臣："条脱是何物？"宰臣未对，上曰："真诰言，安妃有金条脱为臂饰，即金钏也。"

白居易是唐代最潇洒风流的文人之一，也是中国美女文化史上名列前茅的重量级人物，身边美女如云，其吟咏美女的诗歌也是不胜枚举。"小蛮腰"、"樊素口"、《长恨歌》、"琵琶女"是他对中国美女文化的卓越贡献；他与关盼盼、杨琼等美女的情感瓜葛，也是美女文学研究者绕不开的话题。

生活在开放时代的白居易，名媛才女环绕，小妾婢女成堆，还常与元稹等人玩换妾游戏。小蛮、樊素是白居易最疼爱的小妾众所周知；除二者之外，还有一位"潇溪女史"，也曾雁过留声。

据清景星杓《山斋客谭》：女史姓颜，字待月，名初元。母亲生她时梦见天降大雪，似乎预示她此生如坠寒冬。

颜初元姿容秀美，聪慧颖悟，能诗善文，因号"潇溪女史"。她十九岁时嫁给白居易为妾，深受白居易喜爱，也由此引起小蛮和樊素的嫉妒。两人不断在白居易面前说她的坏话，久而久之，白居易开始疏远她。

女史失宠后终日忧郁，竟至病倒。白居易安排她到灵隐山静养。绿树深深，幽静而寂寞。她在病中写诗寄给丈夫，即本文开篇之七言诗。诗中感叹自己身心憔悴，娇容不再，独处山寺，夜冷人寂，只有丈夫赠送的金钏相伴而眠。

读到颜氏的诗作，白居易有所感悟，当即派人到灵隐山接她回家。生性孤傲的女史难以忍受失宠的冷落及小蛮和樊素的白眼，最终选择留在灵隐山潜心修佛。唐会昌六年（846年）闰七月初九，颜氏病逝于西湖灵隐山女真庵。弥留之际，她对守护在身边的婢女说："白尚书已为海山院主，先我五月逝世，现在他来叫我，我要跟他走了。"说完端坐而死，面容极为安详。

殷勤谢红叶，好去到人间

出场美女 韩氏　云芳子　韩翠苹

流水何太急，深宫尽日闲。
殷勤谢红叶，好去到人间。

这是唐宣宗时期宫女韩氏的一首红叶诗，诗作被中书舍人卢渥获得，由此引出一段富有传奇色彩的爱情佳话。

据晚唐“五云溪人”范摅《云溪友议》卷十“题红怨”：唐宣宗时期，中书舍人卢渥赴京应举，偶过御沟边，拾得红叶一片，上有题诗，即本文开篇之作。卢渥将红叶收藏。后宣宗裁减宫女，下诏将宫女许配给百官司吏，但不包括未及第的举人，尚未婚配的卢渥未得到机会。

后来卢渥出任范阳令，得配一位韩姓宫女。韩氏在卢渥书箱里见到他收藏的红叶诗，嗟叹良久说：“当时我只是偶然题诗放入水中，没曾想却为郎君收藏。”

卢渥对照韩氏书迹，果然分毫不差。《太平广记》卷三百五十四在转述这段故事时，作者变成了宫中侍书云芳子，男主则为进士李茵。李茵游御苑得到红叶诗，小心珍藏。唐僖宗巡幸四川期间，李茵在南山巧遇云芳子，交往中云芳子见到红叶诗，感叹机缘巧合、造化弄人。二人一起前往四川，一路上云芳子讲了很多宫闱秘闻。到了绵州，宫中太监田大人认出云芳子，将她强行带走。李茵非常难过。当晚，李茵正在旅店烦闷，云芳子突然折回来说：“我用重金贿赂田大人放我回来，今后我跟你走。”李茵带云芳子回到家乡襄阳。几年后，李茵得病身体消瘦，道士说他脸上带有鬼气。云芳子这才向李茵坦白说："那年在绵竹和你相遇时，我其实已经上吊死了。为了报答你的情意我才跟随你。人鬼殊途，我岂能害你呢？"当晚云芳子与李茵对饮赋诗，随后失踪。（另见宋孙光宪《北梦琐言》卷九。）

在宋魏陵人张实的作品《流红记》里，故事的版本又有新的变化：唐僖宗年间，某日傍晚，青年才俊于祐在皇城宫墙外漫步，于御沟流水中洗手，偶见漂流而过的红叶中有一片稍大的红叶上似有墨印，探手拾来，上面竟有题诗一首，即中书舍人卢渥、进士李茵所见之诗。

出于好奇，于祐将红叶诗带回家中。夜深人静时，于祐取出红叶诗仔细端详，猜想这首幽怨伤感的小诗应为宫中多愁善感的才女所作。想入非非的于祐将红叶诗收藏，思慕牵挂之情难以去怀。几天后，他也挑拣一片红叶，在上面题了两行字：

曾闻叶上题红怨，
叶上题诗寄阿谁？

于祐将红叶诗置于御沟上游流水中，眼望它徐徐漂入宫中，在流水边徘徊许久，随即到下游出口长久等待，直至天黑才怅然离去。

酒后饭余，于祐将红叶题诗的故事讲给朋友们听，有人笑他痴愚，也有人夸他浪漫。

大千世界，芸芸众生，因巧合方成奇遇。于祐屡试不第，受河中贵人韩泳相邀至家中任私塾。一日，韩泳告诉他说："帝禁宫人三千余得罪，使各适人，有韩夫人者，吾同姓，今出禁庭来居吾舍。子今未娶，年又逾壮，困苦一身，无所成就，孤身独处，吾甚怜汝。今韩夫人箧中不下千缗，本良家女，年才三十，姿色甚丽，吾言之使聘子，何如？"于祐感激下拜。新婚之夜，于祐见韩夫人貌若天人，以为误入仙境。韩氏在于祐竹书篮内发现他珍藏多年的红叶诗，十分讶然："此吾所作之句，君何故得之？"于祐如实告之。韩氏曰："吾于水中也得红叶诗，不知何人所作。"于是开箱取出红叶，墨迹犹存，正是于祐当年所写。两人相对叹息，感泣良久，同声道："事岂偶然，莫非前定乎？"韩氏说，当日得到郎君所题红叶诗，也曾回诗曰：

独步天沟岸，临流得叶时。
此情谁会得，肠断一联诗。

从前听于祐讲过红叶诗的朋友得知此事，莫不惊叹称奇。韩泳宴请于祐夫妻，席上笑曰：“子二人今日可谢媒人也!”韩氏答说：“吾为祐之合乃天也，非媒氏之力。”韩泳道：“莫非赖红叶之功?”韩氏含笑点头，取笔作七绝一首道：

一联佳句题流水，十载幽思满素怀。
今日却成鸾凤友，方知红叶是良媒。

于祐夫妻鸾凤和谐。宰相张濬得知这一传奇故事，也作诗凑兴：

长安百万户，御水日东注。水上有红叶，子独得佳句。
子复题脱叶，流入宫中去。深宫千万人，叶归韩氏处。
出宫三千人，韩氏籍中数。回首谢君恩，泪洒胭脂雨。
寓居贵人家，方与子相遇。通媒六礼具，百岁为夫妇。
儿女满眼前，青紫盈门户。兹事自古无，可以传千古。

此诗是否张濬所作存疑。与此前的御沟红叶故事相比，张实的《流红记》情节更为丰满，元人白朴、李文蔚分别据以改编成杂剧《韩翠苹御水流红叶》《金水题红怨》等，御沟红叶故事从此登上戏剧舞台，代代传唱。（参见宋刘斧《青琐高议》。）

“御沟红叶”故事因情节离奇、故事浪漫为历代文人津津乐道。周邦彦《扫花游》：“信流去，想一叶怨题，今到何处。”《六丑》：“漂流处，莫趁潮汐，恐断红、尚有相思字，何由见得。”张炎《渡江云·次赵元父韵》：“惟只有，叶题堪寄，流不到天涯。”张孝祥《满江红》：“红叶题诗谁与寄，青楼薄幸空遗迹。”朱德润《题红叶题诗图》：“金殿风微拾坠红，题诗聊寄玉沟东。”孙觌《熊夫人遣介欲婿泽民小诗戏之》：“不信侯门深似海，水流红叶谩题诗。”赵长卿《小重山·残春》：“人已远，红叶莫题诗。”《鹧鸪天·偶有鳞翼之便，书以寄文卿》：“自从别后难相见，空解题红寄好诗。”王实甫《西厢记》："不闻黄犬音，难传红叶诗，驿长不遇梅花使。"侯寘《满江红》："海阔锦鱼传不到，洞深紫凤期难约。漫彩笺，牙管倚西窗，题红叶。"周密《南楼令·又次君衡韵》："湖外霜林秋似锦，一片片，认题红。"吕渭老《梦玉人引》："自检罗囊，要寻红叶留诗。"马致远《集贤宾·思情》："倦题宫叶字，羞见海棠开。"高明《二郎神·秋怀》："无情红叶偏向御沟流，诗句上分明永配偶，对景触目恨悠悠。"瞿佑《剪灯新话·秋香亭记》："月老难凭，星期易阻，御沟红叶堪烧。"张景《飞丸记》："若是传波红叶机缘辏，坦腹何须另觅可。"

"御沟红叶"故事究竟要向世人传递什么？除了宫中闺怨、姻缘命定，最主要还是文人的浪漫情怀。经历代文人反复咏诵，"御沟红叶"成为中国文学史上的一处旖旎风光。（与文学浪漫形成鲜明对照的，是残酷的血淋淋的现实。红叶题诗故事几乎都发生在唐朝绝非偶然。据《新唐书·宦者上·序》："开元、天宝中，宫嫔大率至四万。"皇帝嫔妃成群，宫女累万，这些良家女子于豆蔻年华入宫，除极少数得封后妃，绝大多数生活凄凉，命运悲惨，她们"夜长无寐天不明"，"唯向深宫望明月"。诚如白居易《上阳白发人》所言："上阳人，苦最多。少亦苦，老亦苦。少苦老苦两如何？"元稹《行宫》一诗虽仅20字，却道尽了这些老死宫中的白发宫女的无尽辛酸："寥落古行宫，宫花寂寞红。白头宫女在，闲坐说玄宗。"）

劝君惜取少年时

出场美女 杜秋娘　灼灼　李师师

> 劝君莫惜金缕衣，劝君惜取少年时。
> 花开堪折直须折，莫待无花空折枝。

这首千古名诗，出自晚唐金陵名女杜秋娘之手，唐杜牧《杜秋娘诗》有记载。金缕衣，缀有金线的华服。

杜秋娘，江苏润州（今镇江）人，年少为歌伎，身姿婀娜，眉目传情，活泼洒脱，能歌善舞，尤擅《金缕衣》。据杜牧《杜秋娘诗并序》：

> 杜秋，金陵女也，年十五为李锜妾。后锜叛灭，籍之入宫，有宠于景陵。穆宗即位，命秋为皇子傅姆。皇子壮，封漳王。郑注用事，诬丞相欲去己者，指王为根。王被罪废削，秋因赐归故乡。予过金陵，感其穷且老，为之赋诗。

李锜叛朝兵败被杀后，杜秋为唐宪宗所得，封秋妃，宠冠后宫，历宪宗、穆宗、敬宗、文宗四朝凡三十载。后因参与漳王李凑铲除宦官势力事泄未果，被削籍为民，终老于乡里。

《金缕衣》是一首典型的劝谕诗。其诗或作二解：一曰青春苦短，当及时行乐，所谓“少年不玩老来悔”之意；二曰劝君不必珍爱华服，而应珍惜青春大好时光，趁鲜花盛开时抓紧采摘，莫待花朵凋零仅剩空枝，此所谓

“少壮不努力，老大徒伤悲”之意。

晚唐善舞《柘枝》的歌伎灼灼，也与“穷且老”的杜秋娘身世经历相同。晚唐至五代时期诗人韦庄有《伤灼灼》一诗曰：

尝闻灼灼丽于花，云髻盘时未破瓜。
桃脸曼长横绿水，玉肌香腻透红纱。
多情不住神仙界，薄命曾嫌富贵家。
流落锦江无处问，断魂飞作碧天霞。

诗前小序云：“灼灼，蜀之丽人也。近闻贫且老，殂落于成都酒市中，因以四韵吊之。”

李师师被誉为北宋第一美女，“靖康之乱”后，师师南徙，有人在湖湘之地看见她，见其衰老憔悴，无复往日风态。刘子翚有诗云：

辇毂繁华事可伤，师师垂老过湖湘。
缕衣檀板无颜色，一曲当年动帝王。

（刘子翚，号屏山，参见梅鼎祚《青泥莲花记》。）

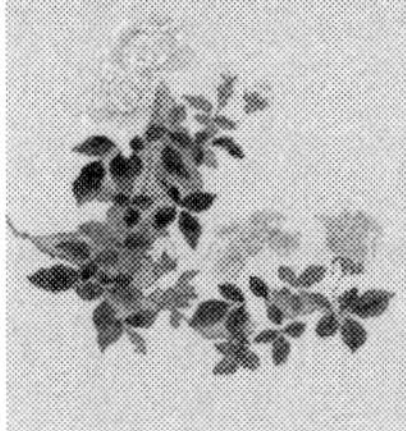

恋恩肠断出门时

出场美女 崔紫云

从来学制斐然诗，不料霜台御史知。
忽见便教随命去，恋恩肠断出门时。

这是晚唐名臣李愿府上乐妓崔紫云的一首赠别诗。斐然，有文采的样子；霜台御史，此处指时任监察御史的杜牧。

据唐孟棨《本事诗·高逸》及宋王铚《补侍儿小名录》：李愿罢镇北都，为尹东洛，家妓盛列，"声伎豪华，为当时第一"，乐妓崔紫云词华清峭，眉目端丽，乃其中佼佼者。

一日，李愿在府上大开宴席，遍邀名流，莺歌燕舞。杜牧时任监察御史，至洛未久，未在邀请之列。(《本事诗》谓"以杜持宪，不敢邀置"。另一原因是：杜牧疏狂放荡，乃猎艳高手。李愿不邀请他，也有防其横刀夺爱之意。)

宴席方开，杜牧却不请自来。舞乐方张，众乐妓华妆丽服，歌吹绕梁，争芳斗艳。杜牧几杯酒下肚，醉眼蒙眬对李愿道："闻有紫云者，孰是？"李愿手指众乐妓中一穿紫衣者道："正是这位。"杜牧点头道："名不虚传，宜以见惠。"(果然不差，应当送我吧？)李愿大笑，众乐妓闻知，也掩嘴而笑。(以为杜御史酒后失态。)杜牧却意气闲逸，旁若无人，连饮三大杯，口占一诗道：

华堂今日绮筵开，谁唤分司御史来。
忽发狂言惊满座，两行红粉一时回。

诗罢，掷盏拂袖而出，“升车亸鞚而归”。［亸鞚（duǒ kòng），松弛马勒之意。］众宾客面面相觑。李愿忌惮杜牧身份，担心他向朝廷参奏，当即以紫云相赠。

紫云临行，含泪向李愿献上本文开篇的诗作。从诗意看，她对主子还是念念难舍的。（苏轼《闻李公择饮傅国博家大醉二首》之二云：“不肯惺惺骑马回，玉山知为玉人颓。紫云有语君知否，莫唤分司御史来。”即是咏紫云故事。）

从今而后谢风流

出场美女 张好好

孤灯残月伴闲愁，几度凄然几度秋。

哪得哀情酬旧约，从今而后谢风流。

这是晚唐湖州名妓张好好脱籍嫁人前创作的一首七言诗。

据元辛文房《唐才子传》：晚唐诗人杜牧“美容姿，好歌舞，风情颇张，不能自遏”，因而颇具女人缘，湖州名妓张好好便是他最要好的青楼知己之一。两人心心相印，却因种种原因未能走到一起。后来张好好与杜牧断绝音讯，被迫嫁人，出嫁时留诗一首，即本文开篇之作，托人转交杜牧。

杜牧得见此诗，心中凄然，连夜兼程赶赴湖州探访。张好好自感内疚，不愿相见。杜牧在湖州一等数日，伤心而归。

大中六年（852 年），杜牧在长安忧悒去世，时年五十岁。张好好得知杜牧病亡消息，瞒着家人潜赴长安悼祭。因悲伤过度，竟自尽于杜牧坟前。

据宋皇都风月主人《绿窗新话》，杜牧有书法《张好好诗并序》真迹存世，价值连城。其诗并序曰：

牧太和三年，佐故吏部沈公江西幕。好好年十三，始以善歌来乐籍中。后一岁，公移镇宣城，复置好好于宣城籍中。后二岁，为沈著作述师，以双鬟纳之。后二岁，于洛阳东城，重睹好好。感旧伤怀，故题诗赠之。

君为豫章姝，十三才有余。翠茁凤生尾，丹叶莲含跗。
高阁倚天半，章江联碧虚。此地试君唱，特使华筵铺。
主人顾四座，始讶来踟蹰。吴娃起引赞，低徊映长裾。
双鬟可高下，才过青罗襦。盼盼乍垂袖，一声雏凤呼。
繁弦迸关纽，塞管裂圆芦。众音不能逐，袅袅穿云衢。
主人再三叹，谓言天下殊。赠之天马锦，副以水犀梳。
龙沙看秋浪，明月游朱湖。自此每相见，三日已为疏。
玉质随月满，艳态逐春舒。绛唇渐轻巧，云步转虚徐。
旌旆忽东下，笙歌随舳舻。霜凋谢楼树，沙暖句溪蒲。
身外任尘土，樽前极欢娱。飘然集仙客，讽赋欺相如。
聘之碧瑶佩，载以紫云车。洞闭水声远，月高蟾影孤。
尔来未几岁，散尽高阳徒。洛城重相见，婥婥为当垆。
怪我苦何事，少年垂白须。朋游今在否，落拓更能无？
门馆恸哭后，水云秋景初。斜日挂衰柳，凉风生座隅。
洒尽满襟泪，短歌聊一书。

为失三从泣泪频

出场美女 徐月英　聂胜琼　王幼玉　杨玉　舞柘枝女

为失三从泣泪频，此身何用处人伦。
虽然日逐笙歌乐，长羡荆钗与布裙。

这是晚唐名妓徐月英的一首名作，题为《叙怀》。

徐月英乃晚唐江淮间名妓，有集行于世，已佚，《全唐诗》存诗二首，除《叙怀》之外，另有《送人》诗曰：

惆怅人间万事违，两人同去一人归。
生憎平望亭前水，忍照鸳鸯相背飞。

徐月英风趣幽默，诗作颇多佳句，其“枕前泪与阶前雨，隔个窗儿滴到明”，后来被北宋名妓聂胜琼化用。据明梅鼎祚《青泥莲花记》：北宋时李之问在汴京结识都下名妓聂胜琼，两人相好一段时间后，李之问辞别南归。聂胜琼作《鹧鸪天》一词相寄：

玉惨花愁出凤城，莲花楼下柳青青。樽前一唱《阳关》后，别个人人第五程。　寻好梦，梦难成。况谁知我此时情？枕前泪共芭蕉雨，隔个窗儿滴到明。

李之问于归途中收到词作，将其收藏于行李箱内，抵家后为妻子所得，李之问据实汇报。没想到妻子很喜欢聂胜琼的词作，主动让李之问前往京都助其脱籍，并将其迎娶回家。聂胜琼来到李家后，洗去铅粉，换上普通农家服装，对正妻极为恭敬，一家人和睦相处，远近传为佳话。（徐诗在前，聂词在后，虽有抄袭之嫌，化用倒也贴切。）

《叙怀》在徐月英传世作品中最为著名。“虽然日逐笙歌乐，长羡荆钗与布裙”，被认为代表了天下为妓者盼望从良的普遍心声。北宋柳师尹笔下的长发美妓王幼玉有言：

> **今之或工或商，或农或贾，或道或僧，皆足以自养。惟我侪涂脂抹粉，巧言令色，以取其财，我思之，愧赧无限。逼于父母姊弟，莫得脱此。倘从良人，留事舅姑，主祭祀，俾人回指曰：‘彼人妇也。’死有埋骨之地。**（语见淇上柳师尹撰《王幼玉记》，参见宋刘斧《青琐高议》前集卷十。）

南宋绍兴年间，全州司户单符郎见官妓杨玉满面泪痕，哭泣甚哀，惑而问之：“如今你鲜衣美食，备受爱宠，还有什么不满足的呢？”杨玉回答说：

> **妾闻女子，愿为有家。若嫁一小民，布裙短衾，啜菽饮水，亦是良妇。今在此迎新送故，是何情绪！**（语出冯梦龙《情史·情缘类》“单飞英”篇。）

杨玉的回答，正是徐月英《叙怀》一诗的白话注解！（据《绿窗新话》卷下《韦中丞女舞柘枝》：李八座翔，潭州席上有舞柘枝者，匪疾而颜色凄怛。殷侍御尧藩当筵赠诗曰：“姑苏太守青娥女，流落长沙舞柘枝。满座绣衣皆不识，可怜红脸泪双垂。”因问之，乃苏州韦中丞爱姬所生女也。曰：“妾以昆弟夭丧，无以从人，委身于乐部，耻辱先人！”言讫，涕咽，情不能堪。亚相为之吁叹，且曰：“吾与韦族，其姻旧矣。”速命更其舞衣，饰以袿襦，延与韩夫人相见。顾其言语清楚，宛有冠盖风仪，抚念如其所媵，遂于宾榻中选士嫁之。舒侍郎元舆闻之，自京驰诗赠李公曰：“湘江舞罢忽成悲，便脱蛮靴出绛帏。谁是蔡邕琴酒客，魏公怀旧嫁文姬。”此事亦见载于范摅《云溪友议》、计有功《唐诗纪事》。）

处士不生巫峡梦

出场美女 莲花

> 莲花为号玉为腮，珍重尚书遣妾来。
> 处士不生巫峡梦，虚劳神女下阳台。

这是晚唐江西名妓莲花的一首七言诗。“巫峡梦”“阳台”皆性语，出自宋玉《高唐赋》。

据梅鼎祚《青泥莲花记》：莲花，唐豫章名妓。岭南（一云鄱阳，一云剑浦）人陈陶居南昌西山，尚书严宇主政豫章，遣美妓莲花前往西山为陈陶侍寝。（陈陶，字嵩伯，自号三教布衣，唐武宗会昌初前后在世；严宇为节度使。）未料陈陶心如止水，并不为美色所动。莲花于是怅然作诗相赠。陈陶也以诗答之：

> 近来诗思清于水，老去风情薄似云。
> 已向升天得门户，锦衾深愧卓文君。

陈诗的意思很明白：我年事已高，近来专心诗书，对女色已无兴趣，多谢严尚书和莲花小姐的美意。（《万首唐人绝句》所载有所不同：“清于水”作“清于月”，“老去”作“老大”。又北宋年间有道士陈抟，赐号希夷先生。据北宋庞觉《希夷先生传》：先生初弃家隐泰山，唐末多游京索间，僖宗待之甚谨，封先生为清虚处士，仍以宫女三人赐先生。先生为谢书，及有诗曰："雪为肌体玉为腮，深谢君王送到来。处士不生巫峡梦，虚劳云雨下阳台。"以付宫使，即时遁去。此诗与莲花赠陈陶诗韵意皆同。)

对镜那堪重理妆

出场美女　侯氏　班昭　解忧公主

睽离已是十秋强，对镜那堪重理妆。
闻雁几回修尺素，见霜先为制衣裳。
开箱叠练先垂泪，拂杵调砧更断肠。
绣作龟形献天子，愿教征客早还乡。

这是晚唐会昌年间孟县美妇侯氏献给皇上的一首回文诗。尺素，小幅的丝织物，如绢、帛等，此处指书信。汉乐府诗《饮马长城窟行》有“呼儿烹鲤鱼，中有尺素书”。练，白色的熟绢。杵，捣衣用的棒槌。砧，承托捣衣的石块。

据《太平广记·才妇》：唐武宗会昌年间，山西孟县有美少妇侯氏，颇多文采，因其夫张揆（一作睽）戍边十余年未归，乃作回文诗一首，绣作龟形，诣阙上武宗。（诣阙：诣，前往；阙，宫廷。此处指前往京城上呈皇帝。）

武宗览诗，龙颜大悦，当即特批侯氏的丈夫张揆还乡与娇妻团聚，又赐给侯氏宫绢三百匹以示恩宠。（估计皇帝当日心情特好。宋计有功《唐诗纪事》也载此事。另据清乾隆《山西志辑要·孟县·列女》：“唐张睽妻侯氏，会昌中，睽戍边十年，侯氏绣回文诗作龟形，诣阙献之，睽得归。”）

侯氏另有《闻雁》五言诗曰：

何处惊飞起，雝雝过草堂。
早是愁无寐，忽闻意转伤。
良人沙塞外，羁妾守空房。
欲寄回文信，谁能付汝将。

按该诗意思，此诗当作于侯氏想出向皇帝献诗的主意之前。（侯氏很可能从开元年间《袍中诗》故事得到启发，才大胆一试。）

侯氏向皇帝写诗恳请丈夫退役还乡，被传为千古美谈。早在东汉永元年间，著名才女班昭也曾上书和帝，请求恩准她年迈的哥哥班超从西域返回中原：

妾窃闻古者十五受兵，六十还之，亦有休息不任职也。缘陛下以至孝理天下，得万国之欢心，不遗小国之臣，况超得备侯伯之位，故敢触死为超求哀，丐超余年。一得生还，复见阙庭，使国永无劳远之虑，西域无仓卒之忧，超得长蒙文王葬骨之恩，子方哀老之惠。

以上是班昭上书的最后一段。班超先曾有书信寄达朝廷，但和帝未与理会。班昭代兄求情，字字血泪，终于打动和帝，准他返回中原。（这就是文采的魅力。已逾古稀之年的班超于永元十四年回到洛阳，一个月后病逝，终于故土，死得瞑目。）

西汉时美才女解忧公主的故事与此类似。解忧是汉武帝时期楚王刘戊的孙女，“乌孙公主”刘细君死后，朝廷又派解忧公主远嫁乌孙国王岑陬。解忧文采璀璨，性格开朗。岑陬死后，解忧依照当地风俗嫁给岑陬的堂弟翁归靡，生了三个儿子。翁归靡死后，解忧再嫁新王泥靡，生一子。

解忧公主在遥远的乌孙国生活长达半个世纪，历朝四代，三度嫁人，其中的辛酸与委屈一言难尽。甘露年间，年过七旬的解忧公主心系故土，含泪上书汉宣帝，请求东归。宣帝得书，为她的真情感动，于甘露三年（前51年）派人远赴乌孙将她及两个孙子接回长安，赐以宅田侍婢。解忧回到长安，已是满头白发，见者无不动容。解忧公主在长安安享了两年幸福时光后去世。

易求无价宝，难得有心郎

出场美女 鱼玄机

羞日遮罗袖，愁春懒起妆。
易求无价宝，难得有心郎。
枕上潜垂泪，花间暗断肠。
自能窥宋玉，何必恨王昌。

这是晚唐才女鱼玄机的一首五言诗，题为《赠邻女》。王昌，情郎代称。梁武帝萧衍《河中水之歌》中有“恨不早嫁东家王”句，晚唐诗人李商隐《代应》诗有云：“本来银汉是红墙，隔得卢家白玉堂。谁与王昌报消息，尽知三十六鸳鸯。”

鱼玄机与薛涛、李冶并称唐代三大美才女，字幼微，一字蕙兰，“玄机”乃出家时道号。唐皇甫枚《三水小牍》赞其“色既倾国，思乃入神”，清鲍桂星《唐诗品》称其“形气幽柔，心悰流散”。鱼玄机年少即机敏颖悟，有过人诗才，与温庭筠、左名扬、李近仁等名士诗词唱和。十六岁嫁与李亿为妾，为正室裴氏不容。裴氏视鱼玄机为眼中钉，必欲拔之而后快。到长安三日，鱼玄机遭日日暴打，伤痕累累。李亿拗裴氏不过，只好以一纸休书将鱼玄机扫地出门。满怀愧疚的李亿将鱼玄机安排到曲江咸宜观，好语宽慰说：“请爱妾暂时隐忍，未久必能重逢。”

长夜难眠，思念夫君的鱼玄机含泪作《寄子安》诗曰：

醉别千卮不浣愁，离肠百结解无由。
蕙兰销歇归春圃，杨柳东西绊客舟。
聚散已悲云不定，恩情须学水长流。
有花时节知难遇，未肯厌厌醉玉楼。

起初，无论李亿还是鱼玄机都怀抱满腔热情，渴望早日重逢。无奈裴家势力遍布京华，李亿胆小懦弱，不敢轻举妄动。鱼玄机日夜期盼，每梦成空，一片痴情只有付诸诗笺。一首《情书寄李子安》写道：

饮冰食檗志无功，晋水壶关在梦中。
秦镜欲分愁堕鹊，舜琴将弄怨飞鸿。
井边桐叶鸣秋雨，窗下银灯暗晓风。
书信茫茫何处问，持竿尽日碧江空。

情诗写成，却无寄处。只有投诸曲江，任其随波逐流。

如此苦熬三年。一天，鱼玄机从来道观请愿的香客口中偶然得知，李亿早已携娇妻出京，远赴扬州履新。鱼玄机悲痛欲绝，几次想悬梁自尽，却心有不甘。入夜，精神极度颓伤的鱼玄机创作了本文的开篇之作《赠邻女》。

《赠邻女》全诗借宋玉《登徒子好色赋》中的"邻女"（东家子）来表达自己的情感。首联写邻女白天以"罗袖"遮面，满腹"春愁"，懒于梳妆打扮。颔联是邻女的内心独白，写得极为沉痛，也是诗人自伤身世，对"知己难求"的慨叹。颈联进一步描写无限的悲伤情绪。尾联则点明自己好比《登徒子好色赋》中那"登墙窥臣三年"的邻家女，但这位自负的才女，尚有一分矜持。魏晋时的王昌是一个"姿仪俊美，为世所共赏共知"之人，在此暗喻李亿。一种幽怨从字里行间奇峰一转道出：我一定能找到属于自己的心上人，又何必怨恨爱过却抛弃自己的负心郎呢？

这首千古传诵的名篇被认为是鱼玄机人生的分水岭。如果说此前鱼玄机还是一位秀外慧中、痴情万缕的贤淑才女；自此之后，她便淡看人间真情，成为纵情极欲、放浪形骸之人，直至将自己送上断头台。（鱼玄机最后以杀人罪问斩，但历代文人对这位美才女始终宽容。后人辑鱼玄机诗共50首，其诗多清词丽句，对仗工稳，《全唐诗》卷八〇四存其诗1卷。对于鱼玄机杀婢事件，谭正璧以为大有可疑。因定鱼玄机死罪者京兆尹温璋本身即贪污酷暴。参见谭正璧《中国女性文学史》。)

武昌无限新栽柳

出场美女 武昌妓

悲莫悲兮生别离，登山临水送将归。
武昌无限新栽柳，不见杨花扑面飞。

此诗前两句为唐末鄂岳观察使韦蟾从《文选》中择取，后两句为武昌某歌妓所续，合为《杨柳枝词》。因史料不曾记载这位多才歌妓的生平，所以只能称她为“武昌妓”。

据宋张靓《雅言杂载》：韦蟾任鄂岳观察使期间，为官清正廉明，待卸任时，宾客幕僚设宴为他饯行。席间，韦蟾挥笔题写《文选》句云：悲莫悲兮生别离，登山临水送将归。而后他将纸笔递给属僚，请续写下句。（“悲莫悲兮生别离”出自屈原《九歌·少司命》。）在座的宾客怅然相望，一时都觉得不好应对。此时，在场的一位歌妓泫然而起道：“妾身不才，不敢染墨，可以口占两句吗？”韦蟾大为惊异，令人照她口说的写下来，两句诗是：武昌无限新栽柳，不见杨花扑面飞。

续诗与前两句珠联璧合，在座的宾客无不称许赞叹。（韦写情，妓写景，以杨柳写离情，乃诗中通例。宋晏殊《踏莎行》“春风不解禁杨花，蒙蒙乱扑行人面”或脱胎于此。）韦蟾令她将四句合在一起，配上曲谱唱作《杨柳枝词》。宴会极欢而散。宾客与幕僚们合赠韦蟾数十幅题笺，韦蟾均笑纳之。

次日，韦蟾携家眷出发，武昌妓因续诗显露才华，得韦氏相助连夜脱籍，随同返乡。[韦蟾，字隐珪，唐下杜（今陕西西安东南）人。大中七年进士及第，咸通中，历翰林学士、中书舍人、刑部侍郎。乾符初，出为鄂岳观察使。]

吃得肚婴撑

出场美女 杨苎萝

吃得肚婴撑，寻思绕寺行。
空中设罗网，只待杀众生。

这是唐代洛阳名妓杨苎萝的一首咏物诗，所咏者是蜘蛛。与这首小诗相关的，有一个有趣的故事。

据《全唐诗话》：洛阳名妓杨苎萝有闭月羞花之貌，聪慧敏捷，享誉北里。（唐长安平康里位于城北，亦称“北里”，其地为妓院所在地。后泛称娼妓聚居之地。）后得秘书郎杨凝式所助脱离欢场。某日，凝式好友讲经僧云辨前往拜访。宾主在客室品茗交谈，忽见一只蜘蛛从檐前垂丝而下，正对着苎萝、云辨、凝式三人。凝式笑对苎萝说：“你若能以此为题作诗且戏谑得体，云辨大师定会赏你五匹绸绢。”苎萝秀眉微拧，口占一诗，即本文开篇的五言诗。

云辨大师身高体胖，所以苎萝借蜘蛛与他开了个玩笑。杨凝式见诗，笑得前仰后合；云辨大师也忍俊不禁，笑着让人送来绸绢五匹以为奖赏。（和尚也有财啊。）

阿谁乱引闲人到

出场美女 王苏苏

怪得犬惊鸡乱飞，羸童瘦马老麻衣。
阿谁乱引闲人到，留住青蚨热赶归。

此诗是唐代名妓王苏苏的一首七言诗，为反击心高气狂的进士李标而作。麻衣，布衣，旧时特指赴试举子的衣服，亦用作举子的代称；青蚨，古代传说中的昆虫，后用来借指铜钱；热赶，立即驱赶。

据明梅鼎祚《青泥莲花记》引唐孙棨《北里志》：王苏苏在南曲中（南曲、前曲、北里，皆妓院别称），屋室宽博，卮馔有序。（生活条件优越。）女昆仲数人，亦颇善谐谑。（相处的几个姐妹，都很风趣幽默。）有进士李标者，自言李英公勣之后久在大谏王致君门下。（李英公，即李勣或李世勣，本名徐世勣，字懋功；大谏，唐、宋时谏议大夫别称；王致君，即王调。）一次，李标与王调弟侄一同到南曲拜访王苏苏。酒至半酣，李标当场题诗曰：

春暮花枝绕户飞，王孙寻胜引尘衣。
洞中仙子多情态，留住刘郎不放归。

王苏苏先未识得此诗深意，既而对其“留住刘郎不放归”不乐意了：“阿谁留郎君，莫乱道！”于是取笔续一首，即本文开篇之七言诗。诗中头两句对李标等人的档次极尽贬低，末尾一句“留住青蚨热赶归”更是毫不留情，意思是留下钱财，赶快滚吧！因王苏苏这首七言诗，“热赶郎”自此成为嫖客的戏称。

李标心胸狭窄，见诗顿时满面通红，命人驾车匆匆离去。过后苏苏见到王家弟侄，还笑着追问：“那个自夸题诗的热赶郎还好吗？”［宋金盈之《新编醉翁谈录》卷之八《苏苏和诗讥进士》也记此事。另据唐孙棨《北里志·狎游五事》其一云：裴思谦状元及第后，作红笺名纸十数，诣平康里，因宿于里中。诘旦，赋诗曰：“银缸斜背解鸣珰，小语低声贺玉郎。从此不知兰麝贵，夜来新惹桂枝香。”《全唐诗》中有两首内含“状头”二字的诗作，均有故事。一为卢储所作《催妆》：“昔年将去玉京游，第一仙人许状头。今日幸为秦晋会，早教鸾凤下妆楼。”幕后故事是：唐元和十四年（819年），江淮考生卢储进京，向尚书李翱投卷，求其举荐。李翱因急事外出，将其诗文置于案上，被十五岁的女儿看见，连读数遍，爱不释手，随即对侍女说：“此人必为状头！”李翱闻听此言，颇为赏识，便命下属到馆驿向卢储表明招婿之意，卢储应允。一年后，卢储果然得中状元，遂完婚。洞房之夜，卢储遂作此诗。另一首为郑合所作《及第后宿平康里诗》：“春来无处不闲行，楚润相看别有情。好是五更残酒醒，时时闻唤状头声。”背后故事是：郑合于唐乾符三年（876年）考入进士前十名，兴奋之际便去狎妓，半醉半醒中还想着当状元。］

应是前生有宿冤

出场美女 楚儿

应是前生有宿冤，不期今世恶因缘。
蛾眉欲碎巨灵掌，鸡肋难胜子路拳。
只拟吓人传铁券，未应教我踏青莲。
曲江昨日君相遇，当下遭他数十鞭。

这是唐代名妓楚儿写给同版使郑昌图（字光业）的一首自嘲诗。铁券，即所谓打死人不偿命的免死券；子路拳，孔门弟子中以子路最有勇力，因有此称；踏青莲，一说“踏金莲”，借用南齐时东昏侯萧宝卷宠爱潘妃“步步生金莲”典故。

据明梅鼎祚《青泥莲花记》：楚儿，字润娘，是平康里群倡中的佼佼者，能言善辩，颇有文才，常有好的诗句在坊间流传。

楚儿年岁稍大，被万年县名捕郭锻纳为小妾，置于别室。楚儿在平康里无拘无束生活惯了，现在有了管束，觉得不习惯。郭锻公务缠身，家中又有正室，看望楚儿的时间很少。楚儿耐不住寂寞，每有过去的相好路过家门，总会到窗前掀开帘子打招呼，或派人捎话，甚而以手巾诗笺相送。身为捕快的郭锻性情冷血粗暴，知道楚儿出格的行为后常以皮鞭抽打，楚儿心中痛恨，依然故我。

有一天，楚儿在曲江边上与郭锻随行，前后相距十多步，同版使郑昌图时任补衮，与楚儿迎面相遇。楚儿掀开帘子向他招手，郑昌图也点头微笑。

郭锻回头看见，就将楚儿拽到马路中间，用马鞭奋力抽打。楚儿大声喊冤，路边行人都驻足观看。郑昌图远远望着，又惊又悔，真担心她难以忍受皮肉之苦。

第二天，郑昌图专门绕道经过她居住的地方观察，发现楚儿已坐到临街的窗前弹琵琶。郑昌图勒马驻足，派人上前表达慰问，不一会儿，使者带回楚儿用彩笺写的一首诗，即本文开篇的七言自嘲诗。诗中大意是：应该是前世有仇吧，我居然与郭锻结了一段恶姻缘。他那巨灵神一般的手掌，子路一般猛的铁拳打得我好惨。“只拟吓人传铁券”，大概是说郭锻自称是郭子仪后人，家中有免罪铁券，打死人不用抵罪，以此恐吓楚儿。（《唐传奇》原注：汾阳王有铁券免死，今则无矣，盖恐吓之词。）“未应教我踏青莲”，以南齐时东昏侯萧宝卷宠爱潘妃，凿金为莲花状为地板砖，让潘妃在上面行走，名曰“步步生莲”，此处指对女子娇宠。意为郭锻对我一味打骂，一点也不怜爱娇宠。

郑昌图当即取笔和诗一首，诗曰：

> **大开眼界莫言冤，毕世甘他也是缘。**
> **无计不烦干偃蹇，有门须是疾连拳。**
> **据论当道加严棰，便合披缁念法莲。**
> **如此兴情殊不减，始知昨日是蒲鞭。**

郑昌图也是性情中人，寻常不拘小节，无所畏惧，所以敢勒马应对，使人将和诗送达。见此情景，一旁的人都吓得不行。郭锻主管京都治安，周边为非作歹的人听到他的名字无不心惊胆跳，一般人都畏他三分。（据宋金盈之《新编醉翁谈录》卷之七《岛仙少有诗名》：“岛仙，字清卿，蓬仙之女弟也。素为三曲之尤，而又辩惠，往往有诗句可称。为女儿时，为新月诗，有‘待得团员时候，樽前问这时节’之句。后为万年县郭进思所纳，置于他所。岛仙在倡中，狂劣特甚，及被拘击，未能息心。进思又主繁务，而有正室，到岛仙处亦稀。每有旧相识经从其门者，多于窗隙间招呼，或使人询讯，亦以巾笺送遣。”据上所述，疑此岛仙即本文楚儿也。上观郑昌图诗意，对身为妓女的楚儿并无太多同情。“无计不烦干偃蹇”，“偃蹇”一词出自楚辞“望瑶台之偃蹇兮，见有娀之佚女”，原意为高耸貌，此处用来比喻自己倾慕的女子。这句话有洗白之意：我并不想招惹你。尤为可恶的是，郑昌图竟然说："如此兴情殊不减，始知昨日是蒲鞭"——看你今天兴致挺高，依旧和男人调笑，昨天应是打得轻了。蒲鞭，用蒲草制成的鞭子，落身自然不痛。）

等闲花里送郎归

出场美女 步飞烟

画檐春燕须同宿，兰浦双鸳肯独飞。
长恨桃源诸女伴，等闲花里送郎归。

这是晚唐才女步飞烟（《全唐诗》作“步非烟”）着写给情郎赵象的一首情诗。画檐，有图饰的屋檐；后两句借用刘义庆《幽明录》中刘郎、阮郎天台山遇仙女的故事。

据晚唐皇甫枚《三水小牍·飞烟传》：飞烟祖籍苏州绣乡，“容止纤丽，若不胜绮罗。善秦声，好文笔，尤工击瓯，其韵与丝竹合”。年少丧父，家道中落，嫁与河南府功曹参军武公业为妾。武家邻居赵象，年方二十，端秀有文才，时居丧在家。一日，赵象从南墙缝隙窥见飞烟，惊其美貌，茶饭不思，于是暗中贿赂公业家守门人，以其妻居中传递消息。赵象先递诗与飞烟：

一睹倾城貌，尘心只自猜。
不随萧史去，拟学阿兰来。

萧史，即秦穆公女儿弄玉的丈夫；阿兰，指仙女杜兰香。赵象诗意是劝飞烟不要像弄玉那样追随萧史飞天成仙，而应学杜兰香下嫁人间。飞烟曾暗中一睹赵象丰采，也是心有所属。于是回诗曰：

绿惨双蛾不自持，只缘幽恨在新诗。
郎心应似琴心怨，脉脉春情更泥谁？

赵象心知有戏，遂再递诗曰：

珍重佳人惠好音，彩笺芳翰两情深。
薄于蝉翼难供恨，密似蝇头未写心。
疑是落花迷碧洞，只思轻雨洒幽襟。
百回消息千回梦，裁作长谣寄绿琴。

飞烟也回诗道：

无力严妆倚绣栊，暗题蝉锦思难穷。
近来羸得伤春病，柳弱花欹怯晓风。

赵象再寄诗曰：

见说伤情为见春，想封蝉锦绿蛾颦。
叩头与报卿卿道，第一风流最损人。

如此情诗传递，往来月余，最终演变为赵象越墙与其相会。初次欢会后，飞烟执赵象之手泣曰："今日相遇，乃前生姻缘耳。勿谓妾无玉洁松贞之志，放荡如斯。乃因你的品格情调使我不能自控，希你细加体察。"赵象也山盟海誓说："我羡慕你世上少有的美貌，高于常人的心性。兹对天发誓，愿永远和你欢乐和洽。"（说得倒是不差。）越明日，赵象托守门人赠飞烟诗曰：

十洞三清虽路阻，有心还得傍瑶台。
瑞香风引思深夜，知是蕊宫仙驭来。

飞烟览诗微笑，也回赠赵象诗曰：

相思只恨难相见，相见还愁却别君。
愿得化为松上鹤，一双飞去入行云。

武公业于军中当值，经常连日不归，赵象遂有机会与飞烟频频欢会，如此持续年余。飞烟曾因轻微过失责打婢女，婢女怀恨在心，将赵、步二人偷情之事尽告主人。公业大怒，招飞烟诘之。飞烟“色动声战，而不以实告”，“公业愈怒，缚之大柱，鞭楚血流”，飞烟但云“生得相亲，死亦何恨”，至死不屈。（才女鱼玄机也是栽在婢女身上。步飞烟与赵象偷情，因为诗词唱和，便添了无数诗情画意，否则一般意义的苟合或通奸，何至于名传千古？皇甫枚在《三水小牍·飞烟传》中评价赵、步偷情一事说：“妖艳的容貌每个时代都有，纯净真挚的情操则鲜有所闻。读书人恃才德薄，美女炫耀姿色情操难守。如能谦逊自持，则皆为端士淑女矣。飞烟之罪虽不可恕，但观她的心志，也可悲也！”宋皇都风月主人《绿窗新话》中有《华春娘通徐君亮》《何会娘通张彦卿》等篇，记载华春娘、何会娘偷情故事，不过结局皆甚美满。二人与步飞烟最大的不同，在于其身乃为自由身。古往今来，名花有主的妇人偷情，风险总是很大的。）

愿得儿夫似春色

出场美女 谭意歌

> 潇湘江上探春回，消尽寒冰落尽梅。
> 愿得儿夫似春色，一年一度一归来。

这是晚唐才女谭意歌写给丈夫张正宇的一首情诗。

据北宋秦醇《谭意歌传》：谭意歌，小字英奴，乃晚唐名士谭从道的女儿。父亲去世后，谭意歌流落长沙，八岁又丧母，为竹匠张文收养，十岁时被官妓丁婉卿看中收买，沦为乐妓。（秦醇另著有《赵飞燕别传》，在中国美女文化史上颇具影响。）谭意歌个性刚强，当张文要将她卖入妓院时，便怒诘张文道："我虽然不是你的亲生女儿，你就忍心将我卖入妓院吗？请你将我嫁人，哪怕贫穷人家也心甘情愿。"

谭意歌落入妓院后，丁婉卿对她百般引诱，终于使她就范。到十四岁时，谭意歌出落得肌清骨秀，发绀眸长，荑手纤纤，宫腰袅袅，棋琴书画，无不精通，尤擅诗歌。一时门前车马填巷，人喧若市。

谭意歌文采名播长沙，一日随运使周公共登岳麓。众人诗词递和，谭意歌也作诗进呈：

> 真仙去后已千载，此构危亭四望赊。
> 灵迹几迷三岛路，凭高空想五云车。
> 清猿啸月千岩晓，古木吟风一径斜。

鹤驾何时还古里，江城应少旧人家。

周公见诗赞叹，谓“诗之妖也”。得知谭意歌身世，心有怜悯。谭意歌乘机进言曰：“我为娼妓已有数年，个中辛酸难以言表。倘若能脱籍从良，便是您的大恩大德。”周公即当众人之面，传令将谭意歌除籍，许其从良自寻佳偶。（尹温仪一首《玉楼春》，竟也使郭公大发慈悲，准其从良，这就是会诗词的好处。）

谭意歌从良后，与长沙茶官张正宇相好。两年后，张正宇改任他官。分别前，谭意歌道：“你乃名门世家，我乃烟花娼妓。以贱配贵，绝非佳偶。今日分手，就是永别。”张正宇则信誓旦旦，称绝不背弃。谭意歌此时已有身孕，张正宇离去后，她从此闭门不出。买田百余亩自给，亲教其子。张正宇久别长沙，谭意歌日夜思念，写诗寄情，即本文开篇之七言诗。（北宋天圣中，礼部郎中孙冕“三英诗”中《寄远》与谭意歌诗相仿：“锦江江上探春回，消尽寒冰落尽梅。争得儿夫似春色，一年一度一归来。”）

见张正宇无书信回复，谭意歌又作词一首，名《极相思令》：

湘东最是得春先，和气暖如绵。清明过了，残花巷陌，犹见秋千。

对景感时情绪乱，这密意、翠羽空传。风前月下，花时永昼，洒泪何言。

张正宇收到诗词，只能装聋作哑。只因分别之后，张正宇心态迅速发生变化。家人认为以张家的地位和张正宇的身份，与娼妓结终身之好不合时宜。在家庭的主导下，张正宇另娶孙殿丞（孙贯）之女为妻。（不过婚后毫无感觉，因此心中闷闷不乐。）谭意歌得知张正宇另娶的消息，大为愤怒，修书一封，致张正宇曰：

妾之鄙陋，自知甚明。事由君子，安敢深扣。……苟有未至，固当垂诲。遽此见弃，致我失图。求之人情，似伤薄恶。揆之天理，亦所不容。业已许君，不可贻咎。……稚子今已三岁，方能移步。期于成人，此犹可待。……教其子知诗书之训，礼义之重。愿其有成，终身休庇妾之此身，如此而已。其他清风馆宇，明月亭轩，赏心乐事，不致如心久矣。……饮泣为书，意绪无极。千万自爱。

张正宇读信后“日夕叹怅”，三年后，他的妻子孙氏谢世。张正宇思念牵挂谭意歌和儿子的情绪日浓，得知真情的朋友都谴责张正宇不道德。张正宇难以忍受思念之苦和舆论压力，亲往长沙探视。寻到谭意歌住处，谭意歌闭门不出。张正宇苦苦哀求，又托人居中调停。谭意歌道：“我昔日倾慕你，才入你门。你若真心，就请明媒正娶，依礼行事。”于是张正宇请媒妁、行大礼，将谭意歌迎回京都。

谭意歌不计前嫌，治家有方，与亲族相处和睦，为张正宇再添一子，二子俱以进士登第。夫妻二人也白头到老。（正剧的套路。）

羞将离恨向东风

出场美女 姚月华

春水悠悠春草绿，对此思君泪相续。

羞将离恨向东风，理尽秦筝不成曲。

这是唐代才女姚月华写给情人杨达的一首情诗。

据元伊世珍《琅嬛记》载：姚月华幼时丧母。一日夜晚，忽梦明月坠落妆台，梦醒后悟性陡增，无师自通。此后握笔成篇，张口成诵，词意俱佳。(《琅嬛记》作者有争议，一说系明人桑怿伪托。)

姚月华豆蔻年华时随父居于扬子江畔。端午节时，月华乘船观看龙舟大赛，邻船书生杨达见她乌发如云，头上斜插玉凤首饰，玉腕系五彩丝绳，惊为仙女下凡，不禁神飞魄荡，遂作《泛龙舟》一诗，叙说邂逅之感，又附《昭君怨》自荐才华。(俗话说，佛要金装，人要衣装，此是明证。)

姚月华很喜欢《昭君怨》中“匣中纵有菱花镜，羞向单于照旧颜”等句，便让丫鬟向杨达索求更多诗稿。杨达当即联缀一首艳体诗表达情思。二人自此鱼雁往来不断。月华每次收到杨达私信，细读多遍后即烧成灰烬放入酒中喝掉，为之取名“款中散”。(爱情佳酿。)

日夜思念月华的杨达斗胆拜访姚公，姚公盛情款待，杨达假装醉酒，留在姚家休息。月华私下让丫鬟送来合欢竹钿枕和温凉草文席。杨达见了闺房中物，情思荡漾却也无可奈何，当日怅然而归。

次日杨达写信，向月华赠送“不律”“隃麋”致谢。丫鬟问“不律”

“隃麋”为何物，月华说：“楚地称之为‘聿’，吴地称其‘不律’，燕地呼之为‘弗’，均乃笔之别名。‘隃麋’则是汉代墨名。”月华巧于丹青，以此消遣解闷。一日正好画成一幅《芙蓉匹鸟图》，便让送信人将画带给杨达。（匹　鸟，成对的鸟，特指鸳鸯，是爱情的象征。）杨达见画作泼墨浓淡适宜，形象栩栩如生，爱不释手，回信表示感谢。月华又赠杨达二尺“洒海刺”布料，称此布乃西域所产宝物，以此为鞋，任是踏霜履雪，即刻溶化。又作诗《制履赠杨达》曰：

金刀剪紫绒，与郎作轻履。
愿化双仙凫，飞来入闺里。

原来月华虽与杨达赠诗送画，传音通信，却因其父管教甚严，始终未能相会。杨达读罢此诗，急忙贿赂丫鬟，让其安排机会与月华会面。在小丫鬟的掩护下，一对有情人终于成功幽会。姚父忙于生意，姚月华趁其父不在，便使丫鬟撮合。两人将长时间的幽会称之“大会”，短时间的幽会称之“小会”，时间稍长的幽会称之“鹣鹣会”，瞬时会面则称“白鹢会”。一日，杨达爽约不至，满心惆怅的月华作《有期不至》曰：

银烛清尊久延伫，出门入门天欲曙。
月落星稀竟不来，烟柳胧朣鹊飞去。

正当两人如胶似漆、难舍难分之际，月华父亲突然提出前往江右，吩咐当日启程。（恐是有所察觉。）月华得知消息，仓促无计，只能传信告知杨达，挥泪而别。

月华终日思恋杨达，饮食无味，睡眠不香，便模仿东汉“徐淑体”写诗寄给杨达：

妾生兮不辰，盛年兮逢屯。寒暑兮心结，夙夜兮眉颦。
循环兮不息，如彼兮车轮。车轮兮可歇，妾心兮焉伸。
杂沓兮无绪，如彼兮丝棼。丝棼兮可理，妾心兮焉分。
空闺兮岑寂，妆阁兮生尘。萱草兮徒树，兹忧兮岂泯。

幸逢兮君子，许结兮殷勤。分香兮剪发，赠玉兮共珍。
指天兮结誓，愿为兮一身。所遭兮多舛，玉体兮难亲。
损餐兮减寝，带缓兮罗裙。菱鉴兮慵启，博炉兮焉熏。
整袜兮欲举，塞路兮荆榛。逢人兮欲语，鞈匝兮玩嚚。
烦冤兮凭胸，何时兮可论。愿君兮见察，妾死兮何瞋。

杨达捧读诗作，呜咽不止。后杨达重访月华故居，只见双燕交飞，落英满地。他又到江右寻觅，也毫无结果。每当与友人提及此事，杨达总是泪痕满面。

姚月华传世诗作中，除了长诗《怨诗效徐淑体》之外，另有《怨诗寄杨达》二首。其一即本文开篇之作，其二云：

与君形影分吴越，玉枕经年对离别。
登台北望烟雨深，回身泣向寥天月。

另有《楚妃怨》一首，同样动人心弦：

梧桐叶下黄金井，横架辘轳牵素绠。
美人初起天未明，手拂银瓶秋水冷。

柔肠结尽转相思

出场美女　梁意娘

尺素缄愁不忍窥，柔肠结尽转相思。

薄情忍作经年别，何日相逢一解衣？

这是五代时才女梁意娘写给情郎李生的一首爱情诗。缄，封闭，闭藏。

据宋罗烨《新编醉翁谈录》己集卷一《梁意娘与李生诗曲引》：梁意娘，五代周时人，出生书香门第，年十五，能诗笔，而又体态轻盈。与李生为两姨之亲，两家往来不疏。一日，意娘因父母外出参加喜宴，遂与李生相好。（“亦以平时属意之久，迨此亦天作之合也。”）自后情爱相牵，形于颜色，为家人所觉，遂严加看管，一年间两人再无往来。意娘使丫鬟密传诗柬，又为家人截获。父亲见女儿渐大，遂与其母道：“天地交而万物生，人道交而功勋成；男女居室，人之大欲存焉。与其不义以绝恩爱，不如让两人结秦晋之好，以塞外议。”其母点头应允。于是选择吉日，为两人大操大办。周边知道内情的人议论说：“此桩婚姻玉成，一赖父母贤德，二赖意娘诗笔之力也。”

意娘诗才究竟如何了得？以下是她写给李生的几首诗词。

《秦楼月》词一首：

春宵短，香闺寂寞愁无限。愁无限，一声窗外，晓莺新啭。起来无语成娇懒，柔肠易断人难见。人难见，这些心绪，如何消遣？

赠李生七绝二首，其一即本文开篇之作；其二曰：

踪迹萍浮落五湖，一番相别一番疏。
不知此去从何去，还许春风得见无？

又有《茶瓶儿》词曰：

满地落花铺绣，春色着人如酒。晓莺窗外啼杨柳。愁不奈，两眉频皱。关山杳，音尘悄，那堪是昔年时候。盟言辜负知多少，对好景，顿成消瘦。

与李生《相思歌》缠绵悱恻、情深意长：

落花落叶竞纷纷，尽日思君不见君。肠欲断兮肠欲断，泪珠痕上更添痕。一片白云青山内，一片白云青山外。青山内外有白云，白云飞散青山在。

我有一片心，无人向我说。愿风吹散云，顶对天边月。携琴上高楼，楼高月空满。弹得相思曲，滴人弦琴断。

人道海水深，未为相思半。海深尚有底，相思无边岸。君在湘江头，儿在湘江尾。相思不相见，共饮湘江水。

出我相思门，入我相思户。不见相思人，知我相思苦。

长相思兮长相忆，短相思兮无穷极。早知相思欲断肠，悔不当初莫相识。

赠李生《相思赋》洋洋洒洒、才华横溢：

凄凄惶惶，故人相别兮懒对梅妆。添绵绵之苦恨，断寸寸之柔肠。虽凭雁帛鱼书，难明厚意；争奈鸳衾凤枕，空有余香。　　当其情正洽而意方浓，妾倚门而君上马。晨钟初扣兮南楼上，晓月尚照兮西廊下。轻离轻别，曾知到此忆人无；渐远渐疏，及至如今成病也。　　诉地告天，度日如年。偷蹙眉黛，懒移步莲。罗衣泪滴兮温又湿，眼儿望断兮穿复穿。镇夕厌厌，休言扁鹊能调药；终宵悄悄，便做陈抟怎生眠？

苦苦冤冤，担担阁阁。清风去来兮转憔悴，黄昏前后兮添萧索。木傍目而谩及瞻视，田下心而徒劳忖度。云情雨意，还记得那回会；海誓山盟，又何似当初莫。　　瘦减香肌，衣宽带垂。相如之琴挑兮情何在？神女之云行兮意何归？昔何厚而今何薄，面何是（而）心何非。莫是我们无分，料想那边怎知。好模好样好精神，见伊没计；不痛不疼不寒热，似病难医。　　思昔崔生之属意兮，终遂姻连；倩女之离魂兮，竟成婚对。何彼之时兮所欲如愿，何今之人兮动辄得碍。此日钗分两处，苦恨难消；当时带结同心，欢情安在？　　胡不观相窥者犹闻于钻穴，得妻者尚见于逾墙。况亲娅之有素，虽谱锦以何伤？伊怜我而我怜伊，忍教轻弃；去又来而来又去，抑亦何妨？我今焚香顶礼兮仰告三光，驰志依违兮早谐双美，在天兮愿为比翼，在地兮愿为连理。何当镜再合而月重圆，永同鱼水！（宋罗烨《新编醉翁谈录·梁意娘与李生诗曲引》：“今但录意娘之所作者于右，以表妇人女子有此之技能也。”）

天下负心人，不识相思字

出场美女 任氏

拭翠敛蛾眉，郁郁心中事。
搦管下庭除，书成相思字。
此字不书石，此字不书纸。
书在桐叶上，愿逐秋风起。
天下有心人，尽解相思死。
天下负心人，不识相思字。
有心与负心，不知落何地。

这是成都豪门闺秀任氏的一首五言诗，诗是写在一片大桐叶上的，后为前蜀尚书侯继图所拾。搦管，握笔，执笔为文；庭除，庭前阶下，庭院。

侯继图，前蜀尚书，出身书香门第。据宋人《玉溪论事》记载：侯继图在成都做官时，闲暇时有游览名胜古迹的爱好。中秋某日，侯继图在大慈寺倚栏观景，秋风劲起，将一片大桐叶飘送而至。侯继图取而观之，上有五言诗一首，即本文开篇之作。侯继图见字体娟秀，诗意绵绵，遂将桐叶带回家中珍藏。

五年之后，侯继图以媒妁之言聘娶成都豪门闺秀任氏为妻。任氏不仅容颜端丽，且精通诗文，对这桩不由自主的婚姻颇有怨言。

一日，任氏无意中发现了侯继图收藏的题诗桐叶，甚为惊讶。原来这首诗正是她五年前游大慈寺时所题。她将桐叶诗拿到侯继图面前询问说：“此乃妾所书，怎得在公处？”侯继图回答说：“偶在大慈寺阁倚栏得之。”任小姐面上愁云一扫而光，侯继图也谐语道：“即知今日聘君非偶然也。”自此夫妻恩爱有加。（这就叫作千里姻缘一线牵。古人云：百年修得同船渡，千年修得共枕眠。）

清香不与群芳并

出场美女 楚娘

去年梅雪天，千里人归远。
今岁雪梅天，千里人追怨。
铁石作心肠，铁石钢犹软。
江海比君恩，江海深犹浅。

这是北宋名妓楚娘的一首《生查子》，表达的是对远行的丈夫的怀念及对正妻冷眼相待的怨恨。

据明梅鼎祚《青泥莲花记》：宋时有名妓名曰楚娘，以姿学自负，曾作《游春》《桂花》诗夸耀于人。（元龙辅《女红余志》："楚娘，名妓也，寝玳瑁之床，悬翡翠之帐。"）

其《游春》诗曰：

破晓寻春缓辔行，满城桃李斗芳英。
桃红李白皆粗俗，争似冰肌莹眼明。

其《桂花》诗曰：

丹桂迎风蓓蕾开，摘来斜插竞相偎。
清香不与群芳并，仙种原从月里来。

来自三山地区的林叔茂在建昌做官，很喜欢楚娘的才貌，于是设计将她带回家中。（罗烨《新编醉翁谈录》乙集卷一《林叔茂私挈楚娘》叙述最详。）其妻李氏难以接受，“稍不能容”，楚娘心中憋屈，题《生查子》于壁，倾诉正妻的铁石心肠，期盼深爱她的丈夫早日归来，为她撑腰。

李氏把楚娘的词看了好几遍，大概是担心丈夫回家不好交代，自我宽慰说：“人非土木，胡不能容耶?”于是做了一床大被，拉楚娘同寝。梅鼎祚《青泥莲花记》更夸张，说是做“长衾大被，三人共寝”。（林叔茂想来年龄不小，其妻李氏只怕更是人老珠黄。若无“下堂”之忧，当不会如此大度。梅鼎祚注曰：闻者以诗嘲之，见载于《吟堂集》，“甚俚不录”。罗烨《新编醉翁谈录》则照录不误：“三山城内有神仙，一个夫人一个偏。开口笑时真似品，直身眠处恰如川。并头难叙胸中事，欹枕须防背后拳。王恺石崇池里藕，分明两个大家莲。”）

美人犹自意嫌轻

出场美女 蒨桃

> 一曲清歌一束绫，美人犹自意嫌轻。
> 不知织女萤窗下，几度抛梭织得成。

这是北宋名相寇准的侍妾蒨桃写给歌伎的一首劝谕诗。

史称蒨桃“淑灵能诗”。据北宋胡仔《苕溪渔隐丛话》引宋刘斧《翰府名谈》“公（寇准）自相府出镇北门，有善歌者，至庭下，公取金钟独酌，令歌数阕，公赠之束彩，歌者未满意。蒨桃自内窥之，立为诗二章呈公。”其一即本文开篇之作，其二云：

> 夜冷衣单手屡呵，幽窗轧轧度寒梭。
> 腊天日短不盈尺，何似妖姬一曲歌。

（蒨桃的这两首诗作，很容易让人联想起20世纪90年代一些当红歌星疯狂走穴的情景。唐代诗僧处默有《织妇》诗曰：“蓬鬓蓬门积恨多，夜阑灯下不停梭。成缣犹自陪钱纳，未直青楼一曲歌。”南唐李询也有《赠织锦人》一首，与蒨桃诗意接近：“札札机声晓复晡，眼穿力尽竟何如。美人一曲成千赐，心里犹嫌花样疏。”看来文艺圈“一歌值千金”的情景，历朝历代都有啊！）

寇准观蒨桃诗作，也诗兴勃发，提笔和道：

将相功名终若何，不堪急景似奔梭。
人间万事君休问，且向樽前听艳歌。

据说，寇准贬官岭南时，途经浙江杭州，蒨桃重病在身，对寇准说："妾必不起，愿葬我于天竺山下。"蒨桃死后，寇准遵其遗愿，将其埋葬在西子湖畔天竺山下。清朝诗人陈文述称赞蒨桃为"妾媵中能诗谏者"，其《天竺吊蒨桃墓》诗中说："流传讽谏新诗在，寒女机窗感鬓鸦。"（站在歌伎者的角度来看，是寇准迂腐，跟不上时代脉搏。歌伎们要的是真金白银，缯绢丝绸这类劳什子还得拿到市场上交换，添几多麻烦。蒨桃有感而发，写织女辛苦，实际上也是在为歌伎的不易发声。歌伎大多出身底层，应该很能理解织女的辛苦；但青春易逝，歌伎职业生涯短暂，不趁年轻多攒点银子，老了还不得喝西北风吗？）

忍看回首自梳翎

出场美女　周韶　胡楚　龙靓

陇上巢空岁月惊，忍看回首自梳翎。
开笼若放雪衣女，长念观音般若经。

这是北宋时杭州名妓周韶的一首咏物诗，咏诵对象为白鹦鹉，是宋哲宗时重臣苏颂的命题作文。

据宋赵令畤《侯鲭录》：濠州太守侯德裕侍郎藏有苏东坡一帖，上面载有杭州营妓周韶因诗脱籍的故事。

周韶、胡楚、龙靓皆乃杭州营妓，容色秀美，姿态婀娜，且以诗才闻名。周韶喜爱收藏珍异之茶，曾与茶道名家蔡襄打赌胜出。苏颂路过杭州，太守陈述古设宴招待，周韶、胡楚、龙靓等慕其才华，皆应邀作陪。

酒至半酣，周韶趁机向苏颂请求助她脱籍。苏颂指着屋檐上的一只白鹦鹉说："请以此为题咏七绝一首。"周韶提笔一挥而就，草成本文开篇的七言诗。

当时周韶有孝在身，一身白衣。诗作将笼中鹦鹉与身为妓女的相同境遇及向往自由的愿望表达得淋漓尽致，一时满座皆叹。苏颂当场宣布解除周韶的营妓身份。

周韶含泪磕头拜谢。一同前往的姐妹皆以诗相贺。胡楚赠周韶诗曰：

淡妆轻素鹤翎红，移入朱栏便不同。

应笑西园旧桃李，强匀颜色待东风。

龙靓赠诗写道：

桃花流水本无尘，一落人间几度春。
解佩暂酬交甫意，濯缨还作武陵人。

[苏颂（1020—1101），字子容，福建泉州南安人。]

聚散匆匆，此恨年年有

出场美女 魏玩

波上清风，画船明月人归后。渐消残酒。独自凭阑久。　　聚散匆匆，此恨年年有，重回首。淡烟疏柳。隐隐芜城漏。

这首《点绛唇》，作者是北宋女词人魏玩。隐隐，隐约；芜城，广陵，今江苏扬州，曾在战乱中荒芜，鲍照为之作《芜城赋》，故名；漏，更漏，古代报时器。这是一阕月夜送别词，作者借清风、明月、淡烟、疏柳、隐隐鼓漏等来映衬、烘托情怀，创造出优美的意境。吴蘅照在《莲子居词话》中说："言情之词，必藉景色映托，乃具深婉流美之致。"魏玩的词正具有这种特色。

魏玩，字玉如，一作玉汝，邓城（今湖北襄阳）人，出身世家，北宋诗论家魏泰之姊，宰相曾布之妻，初封瀛国夫人，后封鲁国夫人，人称魏夫人。

魏玩自幼聪颖，博览群书，工诗擅词，诵咏佳句为时人称道。其词作清丽婉约，意境隽永感人。曾布十三岁时父亲病故，在兄长曾巩的悉心培养下考中进士，后在王安石门下任职。熙宁年间，曾巩任职洪州，曾布调任潭州路过洪州，曾巩异母弟曾肇也来洪州探亲，三兄弟聚会洪州，欢喜之情溢于言表，魏玩当即题写一联曰："金马并游三学士，朱幡相对两诸侯"，一时传为佳话。

魏玩嫁给曾布时，曾布尚未取得功名；曾布高中进士走上仕途，魏玩却未享受到夫荣妻贵的幸福，她被可怜巴巴地丢在江西老家，满腹幽怨只能洒向纸笺，一首《菩萨蛮》写道：

溪山掩映斜阳里，楼台影动鸳鸯起；隔岸两三家，出墙红杏花。绿杨堤下路，早晚溪边去。三见柳绵飞，离人犹未归。

“三见柳绵飞，离人犹未归”，是说曾布把她扔在家里已经三年。“隔岸两三家，出墙红杏花”颇值得玩味。隔墙的杏花不安分地越过墙来，似乎是在隐喻、警示着什么。

曾布因对王安石的变法主张颇有微词而被贬出京，从此夫妇离别日多，思夫自此成为魏玩词作的第一主题。一首《系裙腰》写道：

灯花耿耿漏迟迟。人别后，夜凉时。西风潇洒梦初回。谁念我，就单枕，皱双眉。　锦屏绣幌与秋期。肠欲断，泪偷垂。月明还到小窗西。我恨你，我忆你，你争知？（《花草粹编》卷七）

好一个“我恨你，我忆你，你争知？”最通俗的口语，信手拈来，却成了最周整、最经典的词句，令人难忘。

一首《江城子》，抒发着同样的情绪，遣词造句也是一贯的娇嗔风格：

别郎容易见郎难。几何般，懒临鸾。憔悴容仪，陡觉缕衣宽。门外红梅将谢也。谁信道，不曾看。　晓妆楼上望长安。怯轻寒，莫凭阑。嫌怕东风，吹恨上眉端。为报归期须及早，休误妾，一春闲！（《唐宋诸贤绝妙词选》卷十）

曾布的官运总算不错，后来高居相位，魏夫人跟着丈夫到达京都汴梁。物质生活的优越，并没有改变她的多愁善感和精神层面的失落。一首《卷珠帘》写道：

记得来时春未暮。执手攀花，袖染花梢露。暗卜春心共花语，争寻双朵争先去。　多情因甚相辜负。轻折轻离，欲向谁分诉。泪湿海棠

花枝处，东君空把奴分付。（《京本通俗小说·西山一窟鬼》）

我们不知道曾布与魏玩之间到底发生了些什么，但这首词作中的确透露出一丝不祥。据说，曾布在海州怀仁（今江苏赣榆）当县令时，手下有一位姓张的监酒使，中年丧妻，留下一个年仅六岁的女孩，十分可爱，魏玩将其收养，当亲生女儿看待，教她读书画画、咏诗填词。女孩长大后，出落得楚楚动人，曾布便以近水楼台之利，将其收为偏房。魏玩病死后，作为学生和义女的张氏前来哭吊，还写了一首五言诗称颂曰：

香散帘幕寂，尘生翰墨闲。
空传三壶誉，无复内朝班。

三壶，传说中的海上三神山（方丈、蓬莱、瀛洲），此处有高山仰止之意，又“三壶”或为“一壶”之误，据道家传说，壶中别有天地，因常以“一壶”喻宇宙或仙境。内朝班，东汉文史大家班昭。斯人已逝，香消玉殒，书案上已积满灰尘，虽然誉满天下，但世间再无堪比班昭的大家！如此之高的评价是否出自真心，就不得而知了。

魏玩一生著作颇多，尤以词作见长，著有《魏夫人集》，惜已散佚。宋理学大师朱熹评价说：“本朝妇人能文者，惟魏夫人、李易安二人而已。”明杨慎在《词品》中也说：“李易安、魏夫人，使在衣冠之列，当与秦观、黄庭坚争雄，不徒擅名于闺阁也。”

惟有知情一片月

出场美女 萧观音

> 宫中只数赵家妆，败雨残云误汉王。
> 惟有知情一片月，曾窥飞燕入昭阳。

这是曾任辽道宗耶律洪基皇后的萧观音的一首七言诗，题为《怀古》。赵家妆，指赵飞燕、赵合德姐妹；昭阳，即昭阳宫，汉成帝为赵飞燕所建。就因为这首怀古诗，惹出一桩惊天大案，导致萧观音被人诬陷与宫廷乐师赵惟一私通而被处死，此案在史学界存疑至今。

萧观音（1040—1075）是萧耨斤（辽兴宗的生母钦哀皇后）之弟萧惠的女儿，辽道宗耶律洪基的皇后，其因诗惹祸，招致白绫赐死的通奸案，疑云重重、真相莫辨。（史称“十香词冤案”。）

萧观音多才多艺，少女时代即擅诗词、通音律、精琵琶，并能自制歌词。初嫁道宗，有专房之宠，清宁初立为皇后，生下太子耶律濬后，与道宗帝更是伉俪情深。但萧观音太过单纯，不了解道宗帝乖戾、刚愎自用的个性，对宫廷斗争的突发性、凶险性、残酷性也缺乏认识。道宗帝沉迷狩猎、荒废朝政，她便效法唐太宗宠妃徐惠乘时进谏，道宗帝喜谀恶直，自此对她疏远。

萧观音精心制作了名为《回心院》的歌词，并请人谱成曲子，加紧操练，准备向道宗帝演奏，重拾旧宠。（这首奠定萧观音在辽代文学史上地位的扛鼎之作，也是载着她滑入无底深渊的轮子。）歌词原文如下：

回心院十首

其一：扫深殿，闭久金铺暗。游丝络网尘作堆，积岁青苔厚阶面。扫深殿，待君宴。

其二：拂象床，凭梦借高唐。敲坏半边知妾卧，恰当天处少辉光。拂象床，待君王。

其三：换香枕，一半无云锦。为是秋来展转多，更有双双泪痕渗。换香枕，待君寝。

其四：铺翠被，羞杀鸳鸯对。犹忆当时叫合欢，而今独覆相思块。铺翠被，待君睡。

其五：装绣帐，金钩未敢上。解却四角夜光珠，不教照见愁模样。装绣帐，待君贶。

其六：叠锦茵，重重空自陈。只愿身当白玉体，不愿伊当薄命人。叠锦茵，待君临。

其七：展瑶席，花笑三韩碧。笑妾新铺玉一床，从来妇欢不终夕。展瑶席，待君息。

其八：剔银灯，须知一样明。偏是君来生彩晕，对妾故作青荧荧。剔银灯，待君行。

其九：爇薰炉，能将孤闷苏。若道妾身多秽贱，自沾御香香彻肤。爇薰炉，待君娱。

其十：张鸣筝，恰恰语娇莺。一从弹作房中曲，常和窗前风雨声。张鸣筝，待君听。

整篇歌词摇尾乞怜，奴态毕现。因操练新词，萧观音得以与伶官赵惟一接触，从而引发了备受后世争议的通奸案。

萧观音所作《十香词》及《怀古》，是通奸案之主要书证。其《十香词》曰：

青丝七尺长，挽作内家装。不知眠枕上，倍觉绿云香。
红绡一幅强，轻阑白玉光。试开胸探取，尤比颤酥香。
芙蓉失新艳，莲花落故妆。两般总堪比，可似粉腮香。

蝤蛴那足并，长须学凤凰。昨宵欢臂上，应惹领边香。
和羹好滋味，送语出宫商。定知郎口内，含有暖甘香。
非关兼酒气，不是口脂芳。却疑花解语，风送过来香。
既摘上林蕊，还亲御苑桑。归来便携手，纤纤春笋香。
风靴抛合缝，罗袜卸轻霜。谁将暖白玉，雕出软钩香。
解带色已战，触手心愈忙。那识罗裙内，消魂别有香。
咳唾千花酿，肌肤百和装。元非啖沉水，生得满身香。

萧观音曾向道宗帝辩解："《十香词》乃宋国忒里蹇所作，妾是应单登请求为其誊抄。"（平心而论，即便是抄录，其"解带色已战，触手心愈忙。那识罗裙内，消魂别有香"之类的性描写，也不符合她母仪天下的皇后身份。）

最要命的是本文开篇的《怀古》诗，因内含"赵惟一"三字，遂成萧、赵二人通奸的铁证。

在宰相耶律乙辛（辽朝权相奸臣，字胡睹衮，五院部人）的授意下，由单登口述、辽国第一才子张孝杰执笔润色的《奏懿德皇后私伶官疏》送达道宗皇帝手里：

大康元年十月二十三日，据外直别院宫婢单登及教坊朱顶鹤陈首：本坊伶官赵惟一向要结本坊入内承直（官名）高长命，以弹筝琵琶得召入内。沐上恩宠，乃辄干冒禁典，谋侍懿德皇后御前。忽于咸雍六年九月，驾幸木叶山，惟一公称有懿德皇后旨，召入弹筝。于时皇后以御制《回心院》曲十首，付惟一入调。

自辰至酉，调成，皇后向帘下目之，遂隔帘与惟一对弹。及昏，命烛，传命惟一去官服，着绿巾金抹额，窄袖紫罗衫，珠带乌靴。皇后亦着紫金百凤衫，杏黄金缕裙，上戴百宝花髻，下穿红凤花靴，召惟一更入内帐，对弹琵琶。

命酒对饮，或饮或弹，至院鼓三下，敕内侍出帐。（单）登时当直帐，不复闻帐内弹饮，但闻笑声。（单）登亦心动，密从帐外听之。闻（皇）后言曰："可封有用郎君。"惟一低声言曰："奴具虽健，小蛇耳，自不敌可汗真龙。"（皇）后曰："小猛蛇，却赛真懒龙。"此后但闻惺惺若小儿梦中啼而已。

院鼓四下，后唤（单）登揭帐。曰："惟一醉不起，可为我唤醒。"（单）登叫惟一百通，始为醒状，乃起，拜辞。（皇）后赐金帛一箧，谢恩而出。其后驾还，虽时召见，不敢入帐。（皇）后深怀思，因作《十香词》赐惟一……

这一重点突出、锋芒直指要害的奏疏，直接将萧观音送上了断头台。临死前，萧观音乞求见皇上一面。道宗心中厌恶，断然回绝，萧观音作《绝命词》曰：

嗟薄祜兮多幸，羌作俪兮皇家。承昊穹兮下覆，近日月兮分华。
托后钩兮凝位，忽前星兮启耀。虽衅累兮黄床，庶无罪兮宗庙。
欲贯鱼兮上进，乘阳德兮天飞。岂祸生兮无朕，蒙秽恶兮宫闱。
将剖心兮自陈，冀回照兮白日。宁庶女兮多惭，遏飞霜兮下击。
顾子女兮哀顿，对左右兮摧伤。其西曜兮将坠，忽吾去兮椒房。
呼天地兮惨悴，恨今古兮安极。知吾生兮必死，又焉爱兮旦夕！

赋词毕，含泪自尽于椒房。

大辽在萧绰时代达到鼎盛。至道宗时，因皇后通奸案及太子谋反案株连甚众，造成巨大内耗，从此由盛转衰，一蹶不振。公元1101年，萧观音之孙耶律延禧继位，史称天祚帝。观书殿学士王鼎著《焚椒录》为萧观音平反，指陈整个"通奸案"系北院枢密使耶律乙辛一手策划，是一桩彻头彻尾的政治冤案，其最终目的是扳倒太子。"伶官得入宫帐"，"叛家之婢得近左右"，"此祸之所由生也"。王鼎在《焚椒录》里的警示，的确令人沉思。（晚清文坛有所谓"丁香花疑案"，讲女诗人顾太清与龚自珍情事，曾朴小说《孽海花》有涉及。传龚自珍因此事被下毒致死。女诗人顾太清有"亡肉含冤谁代雪？牵萝补屋自应该""更谁究，妖言颠倒，赖有名言昭雪"等诗句，暗喻她与龚自珍情事实乃冤屈。）

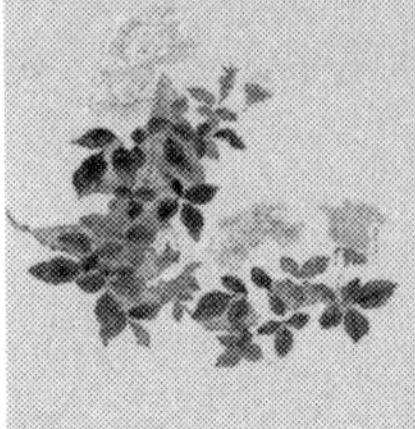

窃取金杯作照凭

出场美女 醉酒美妇

月满蓬壶灿烂灯，与郎携手至端门。贪看鹤阵笙歌举，不觉鸳鸯失却群。

天渐晓，感皇恩，传宣赐酒饮杯巡。归家恐被翁姑责，窃取金杯作照凭。

这首《鹧鸪天》的作者是一位美艳少妇，讲述的是北宋宣和年间元宵观灯之夜盗取金杯、因词免罪的故事。

宋徽宗宣和初年，首都汴京（开封）繁华至极。元宵观灯，乃是一年中最热闹的时节。满城张灯结彩，皇帝与民同乐，看灯游客，不问贵富贫贱老少尊卑，都可到端门（宫殿南面正门）下领御赐酒一杯。

宋无名氏《宣和遗事》曾记载这样一件趣事：宣和六年（1124 年）元宵之夜，鳌山脚下人丛闹里，有一位美艳少妇喝了御酒，顺手将金杯藏在怀里，正要溜走时，被光禄寺人当场捉住："这金盏是御前宝玩，休得偷去！"看守金杯的守卫将美少妇带到端门下，奏请皇帝发落。皇帝询问因由，这位面带红晕的美妇十分机灵，上前奏说："贱妾与夫婿同到鳌山下看灯，人闹里相互走散。蒙皇帝赐酒，妾面带酒容，又不与夫同归，恐为公婆怪责，欲借皇帝金杯归家与公婆为照。臣妾有一词名唤《鹧鸪天》，上奏天颜。"

徽宗披览词作，虽知她现场编造，对其机敏和才华却大为赞赏；又见她素面生春、楚楚可怜的样子，遂仰脸一笑，吩咐将金杯赐给她。一旁的教坊大使曹元宠急忙上前奏道："圣上且慢，适来妇人之词，恐是她与丈夫事先填好，专门来骗陛下金盏。现可当面命题，令妇人重新撰词。果然有才，再赐金盏不迟，否则当按律法处置。"

皇帝觉得有理，于是令妇人重作一词。美妇面无惧色，娇声道："请圣上命题。"皇帝说："就以金盏为题，《念奴娇》为调。"美妇领了圣旨，秀眉微皱，口占一词道：

> 桂魄澄辉，禁城内、万盏华灯罗列。无限佳人穿绣径，几多妖艳奇绝。凤烛交光，银灯相射，奏箫韶初歇。鸣梢响处，万民瞻仰宫阙。
>
> 妾自闺门给假，与夫携手，共赏元宵。误到玉皇金殿砌，赐酒金杯满设。量窄从来，红凝粉面，尊见无凭说。假王金盏，免公婆责罚臣妾。

此词与开篇《鹧鸪天》异曲同工，将宫殿华丽、皇恩浩荡、元宵胜景大加渲染，而窃杯理由也描绘得天衣无缝。皇帝龙颜大悦，衣袖一挥，当即将金杯赐给了这位才华横溢、机敏过人的美貌少妇。（这就是有才有貌的好处。）

扬鞭那忍骤花骢

出场美女 幼卿

目送楚云空，前事无踪。漫留遗恨锁眉峰。自是荷花开较晚，孤负东风。

客馆叹飘蓬，聚散匆匆。扬鞭那忍骤花骢。望断斜阳人不见，满袖啼红。

这首《浪淘沙》的作者，是宋徽宗宣和年间一位名叫幼卿的美女。词作见载于《能改斋漫录》卷十六，词前还有一段序言，有100多字：

幼卿少与表兄同砚席，雅有文字之好。未笄，兄欲缔姻。父母以兄未禄，难其请，遂适武弁公。明年，兄登甲科，职教洮房（今甘肃临潭），而良人统兵陕右，相与邂逅于此。兄鞭马，略不相顾，岂前憾未平耶？因作《浪淘沙》以寄情云。

序言大意是，幼卿与表兄青梅竹马，经常在一起读书写字，两人都很喜欢文学。幼卿十三四岁的时候，表兄托人上门说亲，幼卿的父母认为他尚未取得功名，回绝了这门亲事，并幼卿许配给一名军官。大概是受到刺激，表兄发愤努力，第二年就高中进士，被朝廷委派到洮房担任地方官，碰巧的是，幼卿的丈夫也统兵驻扎在陕西一带。一次，幼卿与表哥在客馆偶然相遇，表兄见到幼卿与武官，视而不见，当即扬鞭策马而去。幼卿知道表兄因为求亲遭拒，一直耿耿于怀，于是写下这篇《浪淘沙》，抒发心中的情伤。

词的上阕，讲往事已成过眼云烟，只留下难以挽回的遗恨。都怪父母过于看重功名，而表兄当时又未登甲科，所以错过了一段天作地合的好姻缘。下阕讲两人偶然在客馆相遇，表兄竟形同陌路，连个招呼也不打，就快马加鞭扬长而去。望着表兄远去的背景，幼卿泪眼婆娑，满腹委屈。

这首《浪淘沙》基本上是一首叙事词。从词作结尾的句子看，幼卿对表兄还是一往情深、念念不忘的。

良辰美景在西楼

出场美女　苏琼　尹温仪　赵才卿

> 韩愈文章盖世，谢安情性风流。良辰美景在西楼。敢劝一卮芳酒。
> 记得南宫高选，弟兄争占鳌头。金炉玉殿瑞烟浮。高占甲科第九。

这是北宋朝姑苏名妓苏琼献给当朝权臣蔡京的一首《调寄清平乐》。卮（zhī），盛酒的器皿。

据南宋吴曾《能改斋漫录》：姑苏官妓苏琼，排行第九（因称苏九），娇体丰盈，机敏过人。蔡元长（蔡京，字元长）路过苏州，太守设宴召饮，琼亦侍觞（陪酒）。元长闻苏琼能词，命其即席献词。苏琼请韵，蔡即以排行九字为韵。苏琼略加思索，献上本文开篇之《调寄清平乐》。

其词上阕将蔡京与韩愈、谢安相比，恭维蔡京既具韩愈文才，又似谢安风流。此刻西楼饮宴，恰逢良辰美景，于是斗胆进献美酒。下阕写蔡京当年登第盛景。神宗熙宁三年（1070 年）开科取士，殿试时蔡京高中甲科第九。苏琼巧将蔡京中甲科第九名用上，其词对蔡京极尽奉承，蔡京见之大喜，令人厚赏苏琼。[蔡京、蔡卞兄弟二人同榜登第，卞第十一，京第九，一时风光无限。北宋末国事危急，开封太学生陈东等联名上书，要求严惩以蔡京为首的“六贼”，钦宗遂下令将蔡京流放至海南儋州。途中，又下令将其最俊美的宠妾邢氏、武氏、慕容氏奉送金人。蔡京倍感凄凉，赋诗感慨曰：“为爱桃花三树红，年年岁岁惹春风。如今去逐他人手，谁复尊前念老翁。”南行至潭州（治今湖南长沙），想起往日奢华，怆然泪下，又作《西江月》词曰："八十一年住世，四千里外无家。如今流落向天涯，梦到瑶池阙下。玉殿五回命相，彤庭几度宣麻，止因贪此恋荣华，便有如今事也。"]

明梅鼎祚《青泥莲花记》所记略有不同：成都官妓尹温仪（尹词客），本良家女，后失身妓籍。蔡相帅成都，酷爱之，尹告蔡乞除乐籍。蔡戏曰："若樽前成一小阕，便可除免。"尹曰"乞腔调。"蔡答以"西江月"。尹又乞严韵，蔡曰："汝排行第九，用九字。"即便应声云：

韩愈文章盖世，谢安才貌风流。良辰开宴在西楼。敢劝一杯芳酒。
记得南宫高过，弟兄争占鳌头。一门玉殿御香浮。名在甲科第九。

南宋陈元靓《岁时广记》、明陈耀文《花草粹编》、清叶申芗《本事词》等记载了类似故事。苏琼变尹温仪，蔡京变蔡尹，其所用"九"韵，乃时逢九九重阳节。《岁时广记》称，尹温仪因此词与蔡尹产生感情，蔡愿出钱为尹脱籍，成都官者"郭帅"乐促其成，让尹作《玉楼春》一首，允其从良。其《玉楼春》词曰：

浣花溪上风光主。宴集瀛仙开幕府。商岩本是作霖人，也使闲花沾雨露。

谁怜氏族传簪组。狂迹偶为风月误。愿教朱户柳藏春，莫作飘零堤上絮。

南宋周密《齐东野语》载，蜀地娼妓多能诗著文，大抵乃薛涛遗风。据《古今词话》：成都官妓赵才卿，性黠慧，有词速敏。帅府作会以送都钤，帅命才卿作词，应命立就《燕归梁》曰：

细柳营中有亚夫，华宴簇名姝。雅歌长许佐投壶，无一日、不欢娱。汉王拓境思名将，捧飞诏、欲登途。从前密约尽成虚，空赢得、泪如珠。

都钤大赏其才，以饮器数百件赠之，帅亦赏叹焉。

裙拖六幅潇湘水

出场美女 琴操

山抹微云，天连衰草，画角声断斜阳。暂停征辔，聊共饮离觞。多少蓬莱旧侣，频回首、烟霭茫茫。孤村里，寒鸦万点，流水绕红墙。

魂伤。当此际，轻分罗带，暗解香囊。谩赢得、青楼薄幸名狂。此去何时见也？襟袖上、空有余香。伤心处，高城望断，灯火已昏黄。

这是北宋杭州歌妓琴操的一首词作，题为《满庭芳》，实则是以“阳”字为韵、改秦观著名词作《满庭芳·山抹微云》而成。

据南宋吴曾《能改斋漫录》卷十六：杭州歌妓琴操，容颜俏丽，身形婀娜，能歌善舞，精通韵律，通晓佛学，与大文豪苏东坡、秦观等时有酬唱。某日，有新任通判官在西湖闲唱秦观的《满庭芳》，错吟其中之句为“画角声断斜阳”。琴操在旁纠正说：“画角声断谯门，非斜阳也。”通判便将她一军，戏问能否将秦词改为“阳”字韵。琴操轻放古筝，稍有沉吟，随即舒缓歌喉，把一首“阳”字韵的《满庭芳》有板有眼地演唱出来。（据南宋杨湜《古今词话》：有时相本寒生，及登位，尝以措大自负。遇生日，都下皆献寿。有一妓易欧阳修《朝中措》数字为寿曰：“屏山栏槛倚晴空。山色有无中。手种庭前桃李，别来几度春风。文章宰相，挥毫万字，一饮千钟。行乐不须年少，日前看取仙翁。”时相既喜其改易，又爱欧阳公《朝中措》之名，厚赏之。以一妓之识，而能承意顺旨，而推赏如此。若才卿者，诚不易也。按：欧阳修《朝中措》原词：“平山栏槛倚晴空。山色有无中。手种堂前垂柳，别来几度春风。文章太守，挥毫万字，一饮千钟。行乐直须年少，尊前看取衰翁。”）

另据《事文类聚》引《泊宅编》及梅鼎祚《青泥莲花记》：苏子瞻（苏轼，字子瞻）守杭日，有妓琴操，颇通佛书，解言辞，子瞻喜之。一日游西湖，戏语琴操曰：“我作长老，汝试参禅。”琴操敬诺。子瞻问曰：“何谓湖中景?”对曰：“落霞与孤鹜齐飞，秋水共长天一色。”“何谓景中人?”对曰：“裙拖六幅潇湘水，鬓锁巫山一段云。”“何谓人中意?”对曰：“随他杨学士，鳖杀鲍参军。”操问：“如此究竟如何?”子瞻曰：“门前冷落车马稀，老大嫁作商人妇。”操于言下大悟，遂削发为尼。（杨学士，即“初唐四杰”之一的杨炯；鲍参军，即南朝宋著名文学家鲍照。）

帘卷西风，人比黄花瘦

出场美女 李清照

薄雾浓云愁永昼。瑞脑消金兽。佳节又重阳，玉枕纱厨，半夜凉初透。　　东篱把酒黄昏后。有暗香盈袖。莫道不消魂，帘卷西风，人比黄花瘦。

这是婉约派词人李清照的一首词，题为《醉花阴》。瑞脑，一种薰香，又称“龙脑”；消，指香料逐渐燃尽；金兽，兽型的铜香炉。

李清照，号易安居士，齐州章丘（今山东章丘西北）人。词基本分豪放、婉约两派，易安堪称婉约派掌门。清王士祯评价说：“张南湖论词派有二：一曰婉约，一曰豪放。仆谓婉约以易安为宗，豪放惟幼安称首，皆吾济南人，难乎为继矣。”[幼安即辛弃疾。南宋文学大家王灼赞称：“若本朝妇人，(易安)当推词采第一。”清王僧保《论词绝句》赞云：“易安才调美无伦，百代才人拜后尘。比似禅宗参实意，文殊女子定中身。”]清照端庄典雅，情趣高致，气质浪漫，不媚时俗，疾恶如仇。时人以诗词、书画、音律、弈棋为其四绝。

李清照十八岁嫁给金石专家赵明诚，夫唱妇随，羡煞同侪。赵明诚仰其才华，称其为“亦师，亦友，亦妻房”。(谭正璧叹曰：“夫妇静好而真能情投意合，求之女文学家中竟十难得九。像宋之李清照与赵明诚、清之吴榴阁与方云骏，古今能有几人?”按：吴榴阁，字允宜，桐城女诗人，有《长命女·春日闲吟》词云：“东风悄。女伴秋千双拜巧。花落春应少。意倦思归

李清照

画阁，扑蝶轻纨力小。额上梅花妆谢了，眉淡呼郎扫。”又有《鹧鸪天·送夫子游吴越》云：“晓起牵衣强送行，承欢客邸和皋鸣。秋江一路芙蓉艳，并蒂花开独有情。吴水白，越山青。西湖花月虎丘灯。兰桡到处都佳境，囊里应多忆内吟。”）

据元伊世珍《琅嬛记》：一次，李清照作词《醉花阴》赠予丈夫。赵明诚捧词叹赏不已，又不愿甘拜下风，遂闭门谢客，废寝忘食，耗时三日，一口气炮制出十五阕词。（他以为批发胜于零售。）他将李清照《醉花阴》词后三句杂入其中，请友人陆德夫品评。陆德夫将他十五首呕心之作连看三遍，末了说：“唯三句绝佳。”赵明诚问是哪三句，陆德夫答曰：“莫道不消魂，帘卷西风，人比黄花瘦。”

自此，赵明诚对李清照心悦诚服、五体投地。

李清照著有《易安居士文集》《易安词》等，后散佚。今有据《漱玉词》辑本整理的《李清照集校注》传世。后人公推词作《声声慢》最能代表其词作特色：

> 寻寻觅觅，冷冷清清，凄凄惨惨戚戚。乍暖还寒时候，最难将息。三杯两盏淡酒，怎敌他。晚来风急。雁过也，正伤心，却是旧时相识。
>
> 满地黄花堆积，憔悴损，如今有谁堪摘？守着窗儿，独自怎生得黑？梧桐更兼细雨，到黄昏、点点滴滴。这次第，怎一个愁字了得！

李清照虽为婉约派掌门，间或也有豪放之作，如《夏日绝句》诗曰：

> **生当作人杰，死亦为鬼雄。**
> **至今思项羽，不肯过江东。**

李清照身处两宋之交，目睹金兵入侵，山河破碎，南宋小朝廷偏安一隅、不思抗敌，于悲愤交加中写下掷地有声的铿锵诗句。（这就叫“愤怒出诗人”。另，史上有李清照改嫁张汉舟之说，清人俞正燮、李慈铭及现代学者谭正璧均予否认。谭氏认为系李心传《建炎以来系年要录》根据鄙恶小说诬言之。参见谭正璧《中国女性文学史》。）

月上柳梢头，人约黄昏后

出场美女 朱淑真

去年元夜时，花市灯如昼。月上柳梢头，人约黄昏后。
今年元夜时，月与灯依旧。不见去年人，泪湿春衫袖！

这首《生查子·元夕》，唐圭璋编《全宋词》归在欧阳修名下，明杨慎《词品》则以为是朱淑真作品。虽然对欧阳修、朱淑真二人来说，有没有这篇《元夕》，均无撼二人在中国文学史上的地位。学术界占主流的观点认为此词乃欧阳修所作，但笔者仍愿将其归为朱淑真名下。兹因为从身世遭遇看，属于朱淑真似乎更恰当一些。（唐圭璋《全宋词》注云：此首别又误作朱淑真词，见《词品》卷二。又误作秦观词，见《续选草堂诗余》卷上。方回《瀛奎律髓》卷十六又引“月上柳梢头”句以为李清照作，亦误。）

朱淑真，祖籍安徽歙州，生于北宋末南宋初，与婉约派女掌门李清照约略同时。朱氏秀丽端雅，多愁善感，诗画均有功底。少女时代的朱淑真天真烂漫，对新生活充满幻想，一首《探梅》写道：

温温天气似春和，试探寒梅已满坡。
笑折一支插云鬓，问人潇洒似谁么？

严冬刚过，乍暖还寒。和煦的春风撩拨着少女的柔情。暖暖春景唤起朱淑真对美好爱情的向往：折一枝娇艳怒放的寒梅，矜笑着插上发髻，低低地问一句：我漂不漂亮？像谁呢？

一首《秋日偶成》诗曰：

初合双鬟学画眉，未知心事属他谁？
待将满抱中秋月，分付萧郎万首诗。

双鬟初合，标志着少女时代结束。未来所嫁的夫婿会是怎样的人呢？朱淑真最希望他能诗会赋（嫁赵明诚的李清照可能是重要参照）。但现实偏偏不能如愿，经父母之命和媒妁之言，朱氏最终嫁给一位县衙小吏（一说商人）。这位老公不会诗不懂诗不爱诗，也不会拍马屁，朱淑真有《伤春》一首表达心中郁闷：

阁泪抛诗卷，无聊酒独亲。
客情方惜别，心事已伤春。
柳暗轻笼日，花飞半掩尘。
莺声惊蝶梦，唤起旧愁新。

朱淑真在精神上无法与老公相处，三年后回娘家一去不返，写诗明志说："宁可抱香枝上老，不随黄叶舞秋风。"（实际上是另有所属，始终放心不下，难以释怀。）她的举动遭到父母反对。父母将她锁于闺阁，严禁她随便外出（怕她与从前的相好重续前缘）。尽管与从前的恋人住所相距很近，想取得联系却非常困难（不像现在通信这么发达）。朱淑真只能借诗言愁：

欲寄相思满纸愁，鱼沉雁杳又还休。
分明此去无多地，如在天涯无尽头。（《寄情》）

天可怜见，朱淑真终于有机会与他重逢一次。那是一年一度的元宵佳节。宋时元宵佳节非常隆重。平时在家大门不出、二门不迈的少妇少女均可堂而皇之出门，通宵达旦玩耍，父母不加禁止。（唐宋传奇中很多耸人听闻的闹剧就是在这一夜发生的。）朱淑真写诗纪念这难得的相会：

火树银花触目红，揭天鼓吹闹春风。
新欢入手愁忙里，旧事惊心忆梦中。
但愿暂成人缱绻，不妨常任月朦胧。
赏灯哪得工夫醉，未必明年此会同。(《元夜》)

以往朱淑真诗词中的景物多与悲愁相关，就算是风和日暖、莺歌燕舞的春光，在她看来也了无生气；这一夜的景物却是“火树银花触目红，揭天鼓吹闹春风”。虽然旧时的冤家已“新欢入手”，但此时的朱淑真也顾不上计较了。

一次欢会之后，下一次见面的日子在哪里？元宵刚过，朱氏又开始犯愁，一首《江城子》写道：

斜风细雨作春寒，对尊前，忆前欢。曾把梨花，寂寞泪阑干。芳草断烟南浦路，和别泪，看青山。　昨宵结得梦夤缘，水云间，悄无言。争奈醒来，愁恨又依然。展转衾裯空懊恼，天易见，见伊难。

没经历过相思之苦的人，又哪能体味到那种度日如年、一天天扳着手指头数日子的感受？在朱淑真看来，秦观所说的“两情若是久长时，又岂在朝朝暮暮”完全是站着说话不腰疼，一首《鹊桥仙》表达了她的观点：

巧云妆晚，西风罢暑，小雨翻空月坠。牵牛织女几经秋，尚多少、离肠恨泪。

微凉入袂，幽欢生座，天上人间满意。何如暮暮与朝朝，更改却、年年岁岁。

朱淑真恨不得与她的薄情郎时时欢会，现实却给了她摧毁性的打击。次年的元宵灯会，薄情郎不知是畏于人言还是沉溺新欢，竟不来赴约。苦等一年，朱淑真心中的悲苦可想而知。本文开篇的《生查子・元夕》，纵然不是朱淑真的作品，也真切地道出她心底的悲伤与失望。

(罗烨《新编醉翁谈录》壬集卷一载《红绡密约张生负李氏娘》，李氏本节度使姬，于某年元夕以红绡帕裹诗掷于路边，约得之者来年元夕会于相蓝后门。宦子张生得之，如期而往，姬果在，遂与生偕潜逃于吴。这种唐突的约会蕴藏着极大的风险。后李氏果为张生所负。李氏《书红绡帕》诗二首云："囊里真香谁见窃？鲛绡滴血染成红。殷勤遗下轻绡意，好与才郎怀袖中。""金珠富贵吾家事，常渴佳期乃寂寥。偶用至诚求雅合，良媒未必胜红绡。"另据《万锦情林》卷四：戴伯龄，福州良家女，与兄友林士登通。与士登书曰："龄独处闺中，寝食俱废，思慕之情，无时不在郎之左右也。兹值三五元宵，且父兄大小俱出观灯，务期一会，幸勿负约，独坐搜肠，偶成鄙句，聊以寄衷怀之意耳。诗云：写罢佳音又写诗，情郎莫负枕边时。元宵移玉临蓬舍，重与灯前话是非。"且一日士登失约，伯龄又寄以诗云："忆昔当初错认君，妾今轻贱染红尘。云情雨意深如梦，海誓山盟总不真。柳毅不传空口信，王魁元是负心人。好花自有栏杆主，乱蝶狂蜂枉费神。"见士登不至，亲制鞋一双，并寄以诗云："与君结发未知心，别后如何绝信音。枕上相思情默默，闺中渴想意沉沉。遣怀窗下吟新句，拭泪灯前刺绣针。做就双鞋今寄去，不知何日共鸳衾。"士登竟绝期约。伯龄又寄二绝云："潜步下高堂，凭栏凝望郎。忆情人不到。空惹一身霜。默默倚栏杆，无缘对面看。若逢元宵夜，便可到巫山。"后为父母所觉，自缢而死。观此则士登真薄情而此女真可惜矣。）

"自古男子多薄幸"。朱淑真终于绝望，"待封一掬伤心泪，寄与南楼薄幸人"。从少女时代即真情相托、为了一份并不实在的期望和不值得的寄托，她已耗费全部精力，如今终于支撑不住。元宵过后的一个夜晚，朱淑真于西湖畔投水自尽。

朱淑真死后，父母以为是女儿沉迷诗文之过，将其诗稿尽行焚毁。（谭正璧说："不知为什么缘故，能文的女性，十九工愁。"在朱家父母看来，这都是读书之祸。也因为朱氏父母一把火，朱淑真的诗作从此弥足珍贵。"旅邸中好事者往往传诵朱淑真词，每窃听之，清新婉丽，蓄思含情，能道人意中事，岂泛泛者所能及，未尝不一唱三叹也。"南宋诗人魏仲恭有感于朱淑真"颜色如花命如叶"，从此着力收集整理朱淑真诗作，合计 300 余首，辑为《断肠集》传世。魏氏在《断肠集序》中感叹说："其死也，不能葬骨于地下，如青冢之可吊，并其诗为父母一火焚之。今所传者，百不一存，是重不幸也。呜呼，冤哉！"）

脱身还籍探花郎

出场美女 静女

绿筠劈破条条直，红线相连眼眼齐。
为爱互花成片段，遂令失节致参差。

这是南宋高宗年间一位名叫静女的女孩的一首咏物诗，所咏者为竹帘，折射的却是一段风流故事，属于古代常见的命题作文。

“静女”，一个令小资男人浮想联翩的名字。《诗经·邶风》中说：“静女其姝，俟我于城隅。爱而不见，搔首踟蹰。”（善良的女孩真美丽，她正在城门角楼等我相见；心仪的人儿怎不出现，害我焦急踱步一直挠头。静，“靖”的假借字，善。城隅，城上的角楼。）此处的静女美丽清纯，性感怀春。唐朝诗人孟郊有《静女吟》一诗曰：“艳女皆妒色，静女独检踪。任礼耻任妆，嫁德不嫁容。君子易求聘，小人难自从。此志谁与谅，琴弦幽韵重。”此处的静女品貌端庄，德容俱佳，是传统谦谦君子最为心仪的佳偶。

南宋高宗年间，延平郡（今福建南平）也有一位静女，其出身贵族世家，因父早亡而家道中落。静女性喜读书，年幼即入学堂读书，十岁时涉猎经史，琴棋书画，无所不通。因家境萧条，年方二八尚未议定婚姻。与静女家相邻不远有位青年秀才，姓陈名彦臣，仰慕静女的才貌，壮着胆子托媒人上门求婚。静女母亲怀念过去的贵族生活，想借女儿的婚姻为跳板攀结高门，重温过去的奢华旧梦，因此断然拒绝了出身贫寒的陈彦臣。

静女正当花季，对年轻英俊的陈彦臣颇为向慕，遂乘乞巧节（七夕节）

托同里老妪转递诗笺，表达爱意。陈彦臣喜出望外，当即复诗约静女于七月十五幽会。

中元之夜，两位相互倾慕的年轻人私会于陈彦臣家中，一夜缱绻缠绵，至天亮才洒泪而别。

转眼又到中秋，静女思念彦臣心切，乘母睡熟之机潜出，再度来到彦臣家与之欢会，不意归家时被母亲发现，从此被母亲严加管制。彦臣久无静女音讯，十分焦急思念，乘月黑风高逾墙潜入静女闺房，其母听到动静，当场将其拿获，送入官府治罪。

其时新晋探花郎王纲中出任福建路宪台，巡视延平，巧遇这起风流案。他见陈彦臣、静女二人供词斟酌讲究，文辞优美，便亲自坐堂审问。问过事情缘由，手指窗前竹帘，要静女吟诗一首。静女秀眉轻蹙，当即口占一绝，即本文开篇之作。绿竹从中破开，斩成若干片段，以红线串连，所谓“失节”，只因有爱。

王纲中点头赞许。他见屋檐上蜘蛛正网中一只蝴蝶，便令彦臣以此为题赋诗，彦臣也成诗一首云：

只因赋性太颠狂，游遍花丛觅异香。
今日误投罗网里，脱身还藉探花郎。

此诗借物喻人，请求御史出手相救，词意恳切。王纲中哈哈大笑，遂问二人愿否结为夫妻。二人双双下跪，齐答“万死一生，全赖化笔。”王纲中微微点头，当即挥毫写下一纸判词，也是七言绝句：

佳人才子两相宜，致福端由祸所基。
判作夫妻永谐老，不劳钻穴隙相觑。

探花郎的判词俨然当今派出所开具的结婚证书，静女母亲莫能奈何，一对有情人终结百年之好。王探花也因此留下“王方便”的雅称。（按：王纲中，南宋高宗朝实有其人，但高中进士第二，是为榜眼，为抗金主战派。明冯梦龙《醒世恒言》记载了与上述相仿的故事，但男女主角变成了张松茂和金媚兰，故事发生地也移为福建龙溪。）

山盟虽在，锦书难托

出场美女 唐婉

世情薄，人情恶，雨送黄昏花易落。晓风干，泪痕残，欲笺心事，独语斜阑。难！难！难！

人成各，今非昨，病魂尝似秋千索。角声寒，夜阑珊，怕人寻问，咽泪装欢。瞒！瞒！瞒！

这是南宋陆游表妹兼前妻唐婉的一首词作，题为《钗头凤·世情薄》（或为《和陆游钗头凤》）。充满忧伤的词作背后，承载着一个凄惨的爱情故事。

据南宋陈鹄《耆旧续闻》卷十：余弱冠之年客居会稽，游许氏园，见壁间有陆放翁题词（陆放翁即陆游，此时沈园已归许氏所有），笔势飘逸，书于沈氏园。辛未（1151 年）三月题。放翁先室内琴瑟甚和（室内即唐婉），然不当母夫人意，因出之。夫妇之情，实不忍离。后适南班士名某，家有园馆之胜。务观一日至园中（务观，陆游字），去妇闻之，遣遗黄封酒果馔，通殷勤。公感其情，为赋此词。其妇见而和之，有“世情薄，人情恶”之句，惜不得其全阕。未几，怏怏而卒。闻者为之怆然。此园后更许氏。淳熙间，其壁犹存，好事者以竹木护之。今不复有矣。（陆游、唐婉为陆母所逼，被迫分离；陆游偶至唐婉后夫庄园，唐婉夫妇设酒相待；陆游借酒浇愁，题《钗头凤》于壁；唐婉见词而和，忧郁成疾，不久去世。南宋刘克庄《后村诗话》也载有类似故事。）

南宋周密《齐东野语》卷一指唐婉与陆游分离后改嫁同郡宗子赵士程。因春日出游，相遇于“禹迹寺南之沈氏园”。陆游题《钗头凤》于壁的时间为绍兴乙亥年（1155年）。唐婉死后，深深的怀念之情始终萦绕在陆游心头。陆游晚年每逢春季必往沈园凭吊，或诗或词，必有寄情。

绍熙壬子年（1192年），陆游六十七岁，有诗及序云：

禹迹寺南，有沈氏小园。四十年前，尝题小词一阕壁间。偶复一到，而园已三易主，读之怅然。

枫叶初丹槲叶黄，河阳愁鬓怯新霜。
林亭感旧空回首，泉路凭谁说断肠。
坏壁醉题尘漠漠，断云幽梦事茫茫。
年来妄念消除尽，回首禅龛一炷香。

陆游七十五岁时作《沈园二题》：

其一

城上斜阳画角哀，沈园非复旧池台。
伤心桥下春波绿，曾是惊鸿照影来。

其二

梦断香消四十年，沈园柳老不吹绵。
此身行作稽山土，犹吊遗踪一泫然。

嘉定己巳年（1209年）岁暮，陆游八十四岁最后一次春祭，作两绝句云：

其一

路近城南已怕行，沈家园里更伤情。
香穿客袖梅花在，绿蘸寺桥春水生。

其二

城南小陌又逢春，只见梅花不见人。

玉骨久成泉下土，墨痕犹锁壁间尘。

史界对唐婉是否陆游表妹存疑，也有人认为本文开篇之《钗头凤·世情薄》乃好事者附会之作。陆游那首“肇事”的《钗头凤》词云：

红酥手，黄縢酒，满城春色宫墙柳。东风恶，欢情薄，一怀愁绪，几年离索。错！错！错！

春如旧，人空瘦，泪痕红浥鲛绡透。桃花落，闲池阁，山盟虽在，锦书难托。莫！莫！莫！

莫问奴归处

出场美女 严蕊

> 不是爱风尘，似被前缘误。花落花开自有时，总赖东君主。
>
> 去也终须去，住也如何住？若得山花插满头，莫问奴归处。

这首《卜算子》，是南宋营妓严蕊面对岳飞后人岳霖随口而咏。这一赢得满堂喝彩的词作，不仅赚得岳大人当场判她无罪，还让她脱离妓籍，准其从良。东君，中国民间信仰的司春之神。

据梅鼎祚《青泥莲花记》引周密《齐东野语》：严蕊，表字幼芳，南宋天台著名营妓。严蕊博览群书、聪颖多才，且为人仗义，仰慕者众，有不远千里而求一见者，时人称其“十年不识君王面，始信婵娟解误人”。（《西厢记》语，大意是：十年没见过君王的面，才开始相信美女会使皇帝连朝政也荒废了。）

唐与正（字仲友）担任台州太守，严蕊作为官府指定的营妓，几乎每场必到。唐太守曾命严蕊赋红白桃花，严蕊立成《如梦令》一词：

> 道是梨花不是，道是杏花不是。白白与红红，别是东风情味。曾记，曾记，人在武陵微醉。

一首《如梦令》不见“桃花”二字，却把桃花写活。唐与正大加赞扬，赏之双绫。（换成寇准门下歌伎，又该撇嘴不高兴了。）

又逢七夕，郡斋开宴，座上有豪士谢元卿者，夙闻严蕊其名，因命之赋词，以己之姓为韵。酒方行，严蕊已成《鹊桥仙》一首：

碧梧初出，桂花才吐，池上水花微谢。穿针人在合欢楼，正月露、玉盘高泻。

蛛忙鹊懒，耕慵织倦，空做古今佳话。人间刚道隔年期，指天上、方才隔夜。

谢元卿为之倾倒，“留其家半载，尽客囊橐（náng tuó），馈赠之而归”。

近水楼台先得月。唐与正身为台州太守，应该是最早尝到严蕊甜头的男人。朱熹出任浙东提举使，巡察途中，台州外逃的灾民纷纷向他倾诉唐太守劣迹。唐与正是朱熹学术上的论敌，两人早有过隙。朱熹觉得机会到了，于是火速赶往台州搜集资料，想参唐与正一本。

朱熹参唐与正为政不良的罪状之一，是滥用职权，私放官妓。按当朝规定，严蕊没办理正式手续以台州官奴身份到外地居住，须按“逃亡律”治罪。朱熹派人将严蕊从黄岩押回台州，想借作风问题为突破口，打垮唐与正。审判官员想当然地认为，唐与正风流成性，与严蕊有染应该是不争的事实。美女细皮嫩肉，必然经不起拷打，只要她从实招认，就好签字画押、了结此案。

严蕊对唐与正与朱熹之间的恩怨早有耳闻，也知道朱熹刑拘自己的用意所在。从台州到绍兴，严蕊以一身娇躯，任凭百般拷打，始终坚贞不屈，且只有一句话：“小女子循分供唱，与唐大人吟诗侍酒是有的，此外别无他事。”

每次行刑之后，狱卒将严蕊发还狱中，她都是一脸血污，满身伤痕。狱官敬佩她的人品，私下对她说：“上司行刑，不过要你招认与唐太守的旧情。女人家犯淫，极重不过杖罪，何况早已杖断过了，罪无重科，何苦与衙役作对呢？”严蕊忍着疼痛，正色回答说：“我为营妓，纵与太守交好，料也不是死罪，且可一走了之。但我岂能顾惜自己身子，信口陷害友人？我宁可死，要我诬陷友人，断然不可！”

司理院衙门使尽浑身解数撬不开严蕊的嘴巴，没奈何只得胡乱找个借口，以“不合蛊惑上官”将严蕊痛杖一顿，另加勘问。不久，岳霖调任浙东提点刑狱公事。到任之日，本地官吏及众歌伎皆来拜贺。此时严蕊因唐与正一案芳名已响彻大江南北。岳霖一心要解救她，于是传其来见。

岳霖见严蕊伤痕斑斑，容颜憔悴，气度上却鹤立鸡群，心中充满敬意，于是命她作词自陈。严蕊略加构思，口占本文开篇之《卜算子》一词。岳霖叹其才思敏捷及品格高义，当众判令从良。（宋代洪惠英《减字木兰花》中也有类似字语："梅花无语，只有东君来作主。"）

严蕊落籍回乡，门前车马较之前犹盛，后世称其为"古今第一义妓"。（凌濛初《二刻拍案惊奇》赞曰："今日娥眉亦能尔，千载同闻侠骨香！"严蕊从良后，一时门庭若市，人以千金争聘，终不从，后与某宗室子弟为妾。）

相思已是不曾闲

出场美女 蜀尼杨氏　驿卒女

说盟说誓，说情说意，动便春愁满纸。多应念得脱空经，是那个先生教底？

不茶不饭，不言不语，一味供他憔悴。相思已是不曾闲，又那得功夫咒你？

这是陆游小妾杨氏的一首词，题为《踏莎行》（或称《鹊桥仙》）。脱空，宋人常用俗语，意即不诚实、弄虚作假。由词作背后的故事，可以清楚窥见陆游的两面人生，感叹人性的复杂。

据梅鼎祚《青泥莲花记》引周密《齐东野语》：有翁客自蜀地游玩，与当地一美妓情意相投，遂将她赎身带回家乡，安置在府邸外别宅居住。（明陈耀文《花草粹编》作放翁妓。放翁，陆游别号。蜀妓，一说蜀尼。《渭南文集》卷三十三《山阴陆氏女墓铭》中有“女生母杨氏，蜀郡华阳人”，放翁之杨氏妾或即此蜀妓，杨氏为放翁生二子一女：子布、子聿、闰娘。）

起先，翁客每隔数日便往相会，后因病卧床数日，竟不能往。妓遂疑之。翁病后复至，作词自解。妓也作本文开篇之《踏莎行》和之。

翁客“自解”之词野史未见收录，想必是说不尽的甜言蜜语和海誓山盟。蜀妓心中透亮，遂以半气半戏之笔略加薄责：说什么海誓山盟，说什么深情厚谊，你随手写了这满纸的殷殷盟誓之言，在我看来不过是一部扯谎经罢了，到底是哪个先生教你这般虚情假意呢？词的下阕，蜀女语气转变，诉说自己的相思之苦：天天等你，茶饭不思，面容憔悴，所有时间都在想你，又哪有闲工夫咒你怨你。（似化用柳永《蝶恋花》中“衣带渐宽终不悔，为伊消得人憔悴”二句。）

蜀妓所填之词用语通俗简练，于诙谐处见真情，一时广为流传。

另据宋陈世崇《随隐漫录》卷五：陆游夜宿驿馆，见有人题诗于壁云：

玉阶蟋蟀闹清夜，金井梧桐辞故枝。
一枕凄凉眠不得，挑灯起作感秋诗。

陆游问知为驿卒之女所题，赞其才色，于是纳为小妾。半年之后，其妾为陆游夫人所逐，小妾赋《卜算子》词云：

只知眉上愁，不识愁来路。窗外有芭蕉，阵阵黄昏雨。
晓起理残妆，整顿教愁去。不合画春山，依旧留愁住。

（另有蜀中妓《市桥柳·送行》诗云：“欲寄意，浑无所有，折尽市桥官柳。看君著上征衫，又相将、放船楚江口。　后会不知何日又。是男儿、休要镇长相守。苟富贵，无相忘；若相忘，有如此酒！”）

五马今朝成十马

出场美女　散乐妓　洪惠英

同是天边侍从臣，江头相遇转情亲。
莹如临汝无瑕玉，暖作庐陵有脚春。
五马今朝成十马，两人前日压千人。
便有飞诏催归去，共作中书秉化钧。

这是南宋抚州散乐妓的一首七言诗。临汝，临川。有脚春，春天像长了脚一样大步走来。五马，太守代称。《玉台新咏·日出东南隅行》中有“使君从南来，五马立踟蹰”。汉时太守所乘之车以五匹马驾辕，因有此谓。化钧，造化之力。秉化钧，手握重权。

研究曲艺起源的学者认为，现代相声系由宋代百戏中的“学像生”“乔像生”等艺术形式发展而来。据南宋文学家洪迈《夷坚志》的解释，江浙一带的歌伎女伶，大多聪慧而有文才，能于宴席上指物题咏。应命辄成者，谓之“合生”；其滑稽含玩讽者，谓之“乔合生”。洪迈举例说：一次，临川太守张安国宴请庐陵太守王宣子，请当地名流陈汉卿到场作陪。陈汉卿对同席的散乐妓说：“太守俗呼五马，今日两州使君对席，遂成十马，你就据此意作诗一首吧。”散乐妓凝立良久，随即吟出本文开篇的七律。赴宴者皆鼓掌叫好，张安国更是叹赏竟日，赏以万钱。

梅鼎祚在《青泥莲花记》里还举了另一个例子：会稽歌女洪惠英有一次在宴席上演唱，忽然停鼓自白说：“惠英另有述怀小曲，献给大家。”随即唱道：

梅花似雪，刚被雪来相挫折。雪里梅花，无限精神总属他。
梅花无语，只有东君来作主。传语东君，且与梅花作主人。

一曲唱完，惠英含泪哽咽说：“梅者，惠英自喻也，非敢僭拟名花，姑以借喻；雪者，代指无赖恶少也。”原来她进府才刚一月，竟四五次遭到流氓无赖的胡搅蛮缠，故而借此曲词向到场权贵倾诉，以期自卫。

像这种即席赋词、既说且唱、声情并茂的场景，已经与今天的曲艺节目大同小异，场面上比之文人骚客即席赋诗唱和，也要活跃得多。（张安国：南宋时有个参加耿京义军的将领张安国，在金人诱降下将耿京杀害，后为辛弃疾抓捕，斩杀于建康行营。此张安国不知是否彼张安国?)

强将津唾咽凡心

出场美女　陈妙常

松院青灯闪闪，芸窗钟鼓沉沉。黄昏独自展孤衾，欲睡先愁不稳。
一念静中思动，遍身欲火难禁。强将津唾咽凡心，争奈凡心转盛。

这是南宋妙尼陈妙常的一首“思凡”词，与词作相关联的，是一段文人骚客津津乐道的风流故事。

据明赵世杰《古今女史》、明高濂《张于湖误宿女贞观记》：陈妙常出身临江官宦之家，因体弱多病，父母将其暂寄青石镇女贞庵。小妙常好学不倦，不但诗文俊雅，兼工音律，十五六岁出落得冰肌玉骨，有闭月羞花之容。南宋初大名士张孝祥（号于湖居士）出任临江县令，夜宿女贞庵，偶遇小妙常，为之倾倒，吟诗“放电”曰：

误入蓬莱仙洞里，松阴忽睹数婵娟，众中一个最堪怜。瑶琴横膝上，共坐引霞觞。　　云锁洞房归去晚，月华冷气侵高堂，觉来犹自惜余香。有心归洛浦，无计到巫山。

小妙常不为所动，口占一词回敬：

清净堂前不卷帘，景幽然。闲花野草漫连天，莫胡言。独坐黄昏谁是伴，一炉烟。闲来月下理琴弦，小神仙。（《太平时》）

张于湖走马上任，好友潘必正（名法成）临江访友，得知女贞庵故事，决定继续张县令未竟的事业。因是有备而来，一切都显得顺理成章。与陈妙常熟识之后，潘必正送上一阕《杨柳枝》请求斧正：

傍观仙子过茅屋，惊人目。星冠珠履逍遥服，能装束。绝世仪容琼姬态，倾城国。淡妆全无半点俗，荆山玉。

千穿万穿，马屁不穿。因为熟悉，涉世未深的小妙常就不如对张于湖般警惕。两人谈诗论文，弈棋品茗，成了要好的棋友。一次，潘氏进入妙常禅房探访，恰巧她诵经未归。潘必正见床榻前的经书里插着一幅花笺，抽出细看，见是一阕艳词，正是本文开篇之词《思凡》。

潘必正深感意外，没想到平时面如止水的小妙常，内心早已是翻江倒海。当下展纸濡毫，也填词一阕云：

玉貌何须傅粉，仙花岂类凡花。终朝只去恋黄芽，不顾星前月下。
冠上星簪北斗，案头经诵南华。未知何日到仙家，曾许彩鸾同跨。

潘必正将此词放在妙常案头。妙常回见，心理防线顿时崩溃。接下来的情节正是干柴烈火、水到渠成。几经波折，在好友张于湖的撮合下，一对有情人喜结连理。（按明吴敬所《国色天香·张于湖传》的说法，潘必正和陈妙常曾假具状词，同往建康府告状。张于湖援笔判曰："道可道，名可名。强名曰道。空即是色，色即是空。清者浊之源，守不住炼药丹炉；动者静之机，熬不过凡情欲火。大都未撞着知音，多管是前生注定。抛弃了布袍草履，再穿上翠袖罗裳；收拾起纸帐梅花，准备着罗帏绣幕。无缘处，青浦黄庭消白日；有分时，洞房花烛照乾坤。"张于湖判毕，即令陈妙常还俗。又有论者称二人成亲当天，张于湖曾口占一绝，戏陈妙常曰："短发蓬松绿未匀，袈裟脱却着红裙。于今嫁与潘郎去，赢得僧敲月下门。"查民国曹绣君《古今情海·情中谐》"尼嫁士人"引《驹阴见记》，饶州有尼姑嫁读书人张某，张某同乡戴宗古赠诗曰："短发蓬松绿未匀，袈裟脱却着红裙。于今嫁与张郎去，赢得僧敲月下门。"《驹阴冗记》，明阐庄撰。）潘法成与陈妙常婚后，张孝祥举潘必正贤良方正，除授苏州府吴江县尹，后官至礼部侍郎。陈妙常生一男一女，夫妻衣锦荣归，享天年而终。（妙龄女尼陈妙常空门偷情一事，被历代文人墨客渲染夸张，演绎出昆曲、评剧《玉簪记》，京剧《思凡》等，流传至今。）

若是前生未有缘

出场美女 乐婉

> 相思似海深，旧事如天远。泪滴千千万万行，更使人、愁肠断。
> 要见无因见，拼了终难拼。若是前生未有缘，待重结、来生愿。

这是南宋末杭州歌伎乐婉的一首赠答词。用词简俗，情意深远，为历代文人所重。

据明陈耀文《花草粹编》卷二引宋杨湜（字曼倩）《古今词话》：南宋末杭州妓乐婉与施酒监两情相悦，施氏即将别任，填《卜算子》赠乐婉云：

> 相逢情便深，恨不相逢早。识尽千千万万人，终不似、伊家好。
> 别你登长道，转更添烦恼。楼外朱楼独倚栏，满目围芳草。

乐婉即以本文开篇之《卜算子》答施。比较施乐二词，显然乐婉之词情更深、意更切，语更悲、境更远。无尽的相思之痛深似沧海，相好的短暂记忆从此远在天外。流不尽的热泪千行，无法舒畅的愁肠百结。相见无望，欲罢何能？有情人难成眷属，果真是前生无缘吗？今生虽休，更待来生。绝望中期盼一线生机。真希望抑或绝望？诚难分辨。唯此一愿，长留人间。

情侣临别之际互相赠词送别，是唐宋文人间的惯例。施乐此别，似不仅是远别，还可能是诀别，因而不同于一般的别离之作。明梅鼎祚《青泥莲花记》（卷十二）、明赵世杰《古今女史》（卷十一）、清周铭《林下词选》（卷五）及清徐釚《词苑丛谈》（卷七）等均收录二词，可见此赠答受到历代文人的高度重视。

一日相思十二辰

出场美女　罗惜惜

幸得那人归，怎便教来也。一日相思十二辰，直是情难舍。

本是好因缘，又怕因缘假。若是教随别个人，相见黄泉下。

这是宋理宗端平年间少女罗惜惜写给情郎张幼谦的爱情诗。诗中表达了对情郎幼谦的苦苦思念、对真爱的殷殷期盼，以及非幼谦不嫁的铮铮誓言。

据明郦琥《彤管遗编》、明王元寿《景园记》：宋理宗端平年间，浙东张忠文与罗仁卿比邻而居，两人妻子同日生产，张家生子取名幼谦，罗家生女取名惜惜。

小幼谦与惜惜青梅竹马，两小无猜。稍长，惜惜寄学于张家，与幼谦一并读书。邻里开玩笑称：你俩同日生，长大做夫妻吧。邻居的戏言在两人心里早早种下了爱情的种子，两人私下立誓，一定要白头偕老。十多岁时，两人常在院子东头的石榴树下相会，双方父母竟毫无觉察。

因为男女授受不亲，稍长，惜惜父母便不让女儿去张家读书。幼谦天天盼见惜惜不可得，思念不已，写了一首《一剪梅》，托人偷偷送给惜惜：

同年同日又同窗。不似鸾凰，谁似鸾凰。石榴树下事匆忙。惊散鸳鸯，拆散鸳鸯。

一年不到读书堂。教不思量，怎不思量。朝朝暮暮只烧香。有分成双，愿早成双。

久等回音不至，又寄一诗云：

昔人一别恨悠悠，犹把梅花寄陇头。
咫尺花开君不见，有人独自对花愁。

惜惜见诗，回赠十枚金钱及一枚相思红豆。张幼谦耐不住相思之苦，央求父亲向罗家求婚。罗家嫌张氏家道中落，怕女儿跟着吃苦，不肯应允。为了断绝幼谦的求婚念头，罗家托媒人将惜惜许给邻村姓辛的富家子弟。幼谦以为惜惜贪慕富贵，十分恼恨，作《长相思》托邻家老太暗递惜惜：

天有神，地有神。海誓山盟字字真，如今墨尚新。
过一春，又一春。不解金钱变作银，如何忘却人。

惜惜见诗，知道幼谦误解了自己。自己一个女儿家，婚姻大事如何做得了主，受聘辛家完全是父母之命，而非自己的主意。于是回赠《卜算子》一首，托老太转给幼谦，即本文开篇之作。

幼谦看了诗，顿释前嫌。（幼谦也有和诗曰："去时不由人，归怎由人也。罗带同心结到底，底事教弃舍。　　心是十分真，情没些儿假。若是归迟打棹篦，甘受三千下。"）二人不甘心被拆散，决定仿效司马相如和卓文君相偕私奔，结果被惜惜父母发现，以拐骗良家女儿为由将幼谦告到官府。公堂之上，幼谦将他与惜惜从小到大的恋情娓娓道来，一直讲到罗家嫌贫爱富、攀高结贵、棒打鸳鸯。一番苦诉感动了县太爷，于是又传惜惜上堂，再三盘问，确信二人情深意厚，又见二人宛如金童玉女，真乃一对璧人，遂命罗家退掉辛家聘礼，让惜惜与幼谦成婚。

次年，张幼谦科举中第，此后一生做官，夫荣妻贵，举案齐眉，白头偕老。（狗尾续貂，传统套路。参见明胡文焕《稗家粹编》卷二《张幼谦记》。）

短笛无情苦断肠

出场美女 黄丽娘

阑干闲倚日偏长，短笛无情苦断肠。
安得身轻如燕子，随风容易到君旁。

这是宋理宗嘉熙年间少女黄丽娘写给情郎潘用中的一首爱情诗，与此诗相关联的，是一段颇为有趣的爱情故事。

据明王世贞《艳异编》卷十八：嘉熙丁酉（宋理宗嘉熙元年，公元1237年），福建潘用中随父亲在京城候差（等待任命），住进一家公馆。潘氏喜爱吹笛，只要父亲不在，必于窗前凭栏横吹。与公馆毗邻有一楼房，相距仅二丈远，画栏绮窗，朱帘翠幕，一看就知是富贵人家。每次吹笛时，就有一名少女垂帘窥望。时间稍久，竟揭帘露出窈窕可人的半个身子。潘用中向店家打听，得知是黄府孙女。（《百家公案》称“丽娘”。）

过了月余，潘用中与太学生彭上舍乘车出游，恰遇黄府十数轿乘春游归。道路狭窄，两轿相错，轿窗皆半推，潘氏与黄府少女四目相视，不远尺余。潘神思飞扬，若有所失，因作诗云：

谁教窄路恰相逢，脉脉灵犀一点通。
最恨无情芳草路，匿兰含蕙各西东。

（此故事情节与南宋黄昇的《花庵词选》中宋祈因词得佳人类似。“脉脉灵犀一点通”，应是出自李商隐“身无彩凤双飞翼，心有灵犀一点通”。)

春游暮归。当夜月明，潘用中于窗前吹笛，笛声幽幽，如泣如诉。黄府少女卷帘凭栏，凝目含情。潘氏见状，大声咏诵前诗数遍。恰逢父亲回馆，于是熄灯就寝。

黄府馆中有宾客姓晏名仲举，建宁人氏。潘氏得知，遂往黄府拜访，邀晏氏至公馆纵饮吹笛。见黄府少女垂帘相望，问晏氏曰：“对面谁家楼房?”晏氏答说：“即我所住寓所。窥视者是主人的孙女，幼年跟随我父学习，聪明俊爽，工于诗词。”晏氏归去，少女仍揭帘相望。潘氏因醉生狂，取胡桃掷去。少女拾起，用帕子裹桃反掷回来。潘氏展开，帕上有诗，即本文开篇之作。

潘氏见诗狂喜，也以帕子题诗裹胡桃再投，其诗云：

一曲临风直万金，奈何难买玉人心。
君如解得相如意，比似金徽更恨深。

“金徽”，琴上系琴弦之绳，此处借指琴。(唐黄滔《塞上》诗：“金徽互呜咽，玉笛自凄清。”明汤式《一枝花·素兰》曲：“纬天经地鲁仲尼，也将他演入金徽。”清钮琇《觚剩续编·越巢近体》：“几时卧空谷，终日抱金徽。”)

少女仍以帕子题诗裹胡桃回掷，因用力不够，帕子坠于檐下。潘氏急下楼拾取，帕子竟为店妇所拾。潘恳求得之，见帕上题诗云：

自从闻笛苦匆匆，魄散魂飞似梦中。
最恨粉墙高几许，蓬莱弱水隔千重。

潘氏请店妇前往少女处代为表白，少女厚赠遗妇，叮嘱她万勿泄密：“若能成全好事，更当厚谢。”

过不多久，潘父另迁新居，与老乡同邸。潘用中惚惚不乐，厌厌成疾。潘父不知内情，为之访医问药，辗转两月不愈。彭上舍前来探望，潘氏哽咽说：“吾病非药石能治，恐将不久于人世矣。”彭惊问其故，潘尽告实情。彭氏转告潘父。潘父深以为忧。正在发愁，突有店妇来访说：“自官人迁居后，黄府孙女重病在床。其母于枕中得帕，得知端底。今愿以女儿嫁潘郎，未知何如?”潘氏不敢妄信，默然无语。潘父让彭上舍前往黄府打探。彭氏刚往，晏仲举至，再表少女父母真意。彭上舍匆匆赶回，称店妇、晏仲举所述皆实。潘父欣悦，使媒人往黄府提亲。成亲之日，黄府陪嫁奁具巨万。

潘氏及黄府少女情诗喧传都下，达于禁中（宫中），理宗以为奇遇。彼时潘、黄二人，皆年方十六。（此事也见载于明余象斗《万锦情林》卷四、何大抡编《燕居笔记》卷一、余公仁编《燕居笔记》卷一、冯梦龙辑《情史》卷三、周楫《西湖二集》十二卷、胡文焕《稗家粹编》卷二《潘用中奇遇记》。）

最怪好花无主

出场美女 张丽春

> 月光空照两人边，安得团圆共一天。
> 可惜风流人未会，错教乌兔送青年。

这是南宋末扬州少女张丽春写给情郎的一首爱情诗。乌兔，古代传说日中有乌、月中有兔，因合称日月为乌兔，此处喻时间。

据明胡文焕《稗家粹编》卷二《并蒂莲花记》：扬州有一张姓大户人家，富冠郡邑，家有独生娇女，名唤丽春，年方二八，姿容秀美，善诗能赋，当适配之年，远近往来求亲者络绎不绝。张公未曾中意，对外放话曰："相女配夫，古之道也。吾惟得佳婿，贫富却不记较。"

与张家同一里巷有一曹姓人家，家境虽贫寒，其子曹璧却聪明英俊，且工于文词，年十七而未聘娶。张公对曹生甚为中意，但曹氏以两家贫富悬殊，未敢登门求亲。张公略思一策，于家中开私塾招生读书，曹生果负笈而至。丽春于花下窥之，见其仪容清雅，举止端详，在心里说："必嫁此郎，平生之愿足矣。"张公也暗自欢喜，让曹生就宿于西轩静室，方便读书。

时值中秋时节，张公约私塾先生出外登高赏菊畅饮。（为女儿搞定曹生创造机会。）曹生独坐书斋，不胜寂寞，遂长吟一绝，以遣郁闷：

> 时值重阳令节边，满城风雨寂寥天。
> 可怜不带登高兴，孤负黄花又一年。

丽春隐处潜听，情不能已，乃于窗外踵韵，继吟一绝，即本文开篇之作。

曹生听到丽春咏诗，遂趋出相见。丽春也不回避，彼此交会，恭敬行礼。丽春笑曰："你知道我父亲为何开馆招生吗？其意在东床选婿也。子宜郑重，妾也静候佳音，不为他人妇也。"曹生面有忧色："只怕齐大不偶，而为《春秋》之讥也。"丽春道："人定胜天，只要你我有缘，何必多疑？"正表衷情，侍婢来报说："家主将归矣。"于是散去。（齐大非偶，语出《左传·桓公六年》："齐侯欲以文姜妻郑大子忽，大子忽辞。人问其故，大子曰：人各有耦，齐大，非吾耦也。"）

次日，丽春命侍儿兰香持彩笺，赠《清朝幔》一阕予曹生，其词曰：

翠幕香凝，罗帏梦杳，深闺翡翠衾寒。可是一春憔悴，倦倚栏杆。最怪好花无主，狂蜂浪蝶几翩翻。伤情处，枝头杜宇，血泪成丹。

荡游丝，舞飞絮。奈芳心牵引，更有多般。叹香销玉减，愁锁朱颜。颙望赤绳系足，定应合浦珠还。洞房内，红摇花烛，鱼水同欢。

颙（yóng）望，仰望。赤绳系足，据唐李复言《续玄怪录》：杜陵少年韦固某日路遇一老人，就红布囊席地而坐，甚觉奇怪，固问囊中何物，答曰：赤绳子耳！以系夫妻之足，及其生则潜用相系，虽仇敌之家，贵贱悬隔，天涯从宦，吴楚异乡，此绳一系，终不可绾。如若断裂，则夫妻离散。后指男女双方经由媒人介绍成亲。

曹生得词，喜不自胜。心知丽春有以心相许之意，遂回七律诗一首：

曲栏深处遇娇姿，一日相思十二时。
自是琴中逢卓女，何须画里见崔徽。
绳牵丝幕应留意，腹袒东床定有期。
昨夜嫦娥降消息，广寒已许折高枝。

琴中逢卓女，用司马相如卓文君典故。崔徽，唐代歌妓，曾与裴敬中相爱，既别，托画家写其肖像寄敬中曰："崔徽一旦不及画中人，且为郎死。"

后抱恨而卒。（事见唐元稹《崔徽歌序》。）“绳牵丝幕”，据明蒋一葵《尧山堂外纪》：郭震，字元振。美丰姿，张嘉贞欲纳为婚，曰：“吾五女各持一丝幔后，子牵之，得者为妇。”元振牵一红丝，得第三女，有姿色。弱冠举进士，后同中书门下，封代公。唐宰相二亲存者，惟元振一人。“腹袒东床”，用郗鉴选王羲之为婿故事。（据刘义庆《世说新语·雅量》：“王家诸郎亦皆可嘉，闻来觅婿，咸自矜持，唯有一郎在东床上坦腹卧，如不闻。郗公云：‘正此好！’访之，乃是逸少，遂嫁女与焉。”）

丽春得诗，相思渐重，心里七上八下，唯恐失此才郎。一夕，曹生明烛独坐，若有所盼，忽闻叩门声，开门视之，乃丽春也。延入寝室，揖让而坐。丽春问曹生道：“子读何书？”曹生回曰：“《孟子》。”丽春道：“孟子义利之辨，其说甚详，无非欲人之趋于正道耳。”曹生笑曰：“既欲人之趋于正道，何以曰逾东家墙而搂其处子则得妻，不搂则不得妻？”丽春道：“此设譬之词也。若不待父母之命，媒妁之言，钻穴隙相窥，逾墙相从，就于礼不合了。”（设譬：打比方。）曹生摇头道：“食色天性也，人岂免之？”丽春从袖中掏出花笺一幅，上书七绝四首，笑曰：“妾效唐人，作回文四时词，请君改教之。”

其一

花枝几朵红垂槛，柳树千丝绿绕堤。
鸦鬓两蟠乌袅袅，径苔行步印香泥。

其二

高梁画栋栖双燕，叶展荷钱小叠青。
腰细褪裙罗带缓，销魂暗泪滴围屏。

其三

明月晚天清皎皎，凛霜晴雾冷悠悠。
情伤暗想闲长夜，泪血垂胸锁恨愁。

其四

天冷雪花香堕指，日寒霜粉冻凝腮。
悬悬意想空吁气，夜月闲庭一树梅。

曹生诵毕，深赞其妙，将欲赓韵。（赓韵，依照丽春的诗词用韵作诗。）

丽春摆手制止说："不必和也。家父新构别墅，有景四处，往来文士题咏甚多，唯无回文。敢请不吝珠玉，光辉蓬荜，是所愿也。"曹生就丽春之意，按题挥笔，也作回文体四绝云：

其一　小桥斜径

东西岸草迷烟淡，近远汀花逐水流。
虹跨短桥横曲径，石粼粼砌路悠悠。

其二　短墙乔木

墙矮筑轩当绿野，树高连屋近青山。
香清散处残红落，酒兴诗怀遣日闲。

其三　溪曲活水

溪曲绕村流水碧，小桥斜傍竹居清。
啼乌月落霜天晓，岸泊闲舟两叶轻。

其四　幽境近山

歧路曲盘蛇袅袅，乱山群舞凤层层。
枝封雪蕊梅依屋，独坐闲窗夜伴灯。

丽春诵之，叹曰："下笔立成，才高七步也。"（曹植曾作七步诗，有八斗之才。）时漏下二更，曹生恳欲求合，丽春正色道："夫妇，人伦之大纲，岂言苟合？所谓归妹愆期，迟归有时。请君安心等待，终有结缡之会也。"遂各归寝。（"归妹愆期，迟归有时"，语出《易经》卜卦之意，大意欲速则不达，耐心等待则必有良机。）

张公情知女儿心愿，遂托媒人择日下聘，招曹生为上门女婿。洞房花烛夜，鸾交凤友，其乐可知矣。丽春与曹生极尽绸缪，与其耳语曰："前夕相会，非逆君情，实以妾非桑间之妇，不愿外人有野合之诮。今日名正言顺，其乐岂不长哉！"生曰："高见也。"自此两情愈密，欢爱殊深。

咸淳末年（咸淳，南宋末度宗赵禥年号，1265—1275年），海寇犯扬州。官军败绩，扬州陷沦。贼众大掠，市肆一空，张家也难逃此劫。其时曹璧、丽春正睡卧床榻，窗临大池，仓促无避，恐致辱身，乃相搂跳入池中溺亡。（战乱是丽人坟墓。）一年之后，池中忽生出并蒂莲花，红香可爱，人皆以为异，观者如市。士大夫题咏甚多，其中一首云：

佳人才子是前缘，不作天仙作水仙。
白骨不埋黄壤土，清魂长浸碧波天。
生前曾结同心带，死后仍开并蒂莲。
千古风流千古恨，恩情不断藕丝牵。

后人将曹生及丽春诗作及士子所咏诗词汇成一册，取名《并蒂莲集》，世人争诵不绝。

我有所思在远道

出场美女 张玉娘

山之高，月出小。月之小，何皎皎。我有所思在远道，一日不见兮，我心悄悄。

这是南宋末年才女张玉娘词作《山之高》中的一首。词作是寄给表兄兼情郎沈佺的。此时沈佺正日夜兼程，奔走在赴京赶考的路上。

据明代学者王诏（字龙溪）嘉靖十二年所撰《张玉娘传》：张玉娘，字若琼，自号“一贞居士”，浙江松阳人，其曾祖父为淳熙八年进士，祖父为登士郎，其父曾任提举官。玉娘生于官宦之家，自小蕙心纨质，澹秀天然，父母视为掌上明珠，刻意栽培。到十三四岁时，棋琴书画无一不通，尤擅诗词。十五岁时，与表兄沈佺订婚。（沈佺乃宋徽宗时状元沈晦七世孙，与玉娘同年同月同日生，早三个时辰，因称表哥。两小无猜，青梅竹马。）订婚后，两人经常互赠诗物。（玉娘有两名忠婢，一名紫娥，一名霜娥，常为沈佺、玉娘鸿雁传书。）玉娘曾制作香囊，手绣诗作《紫香囊》赠送沈佺：

珍重天孙剪紫霞，沉香羞认旧繁华。
纫兰独抱灵均操，不带春风儿女花。

灵均是屈原的字，屈原常以兰草自比高洁。玉娘的意思是希望沈佺珍重自己的赠物，并表示自己会有诗人屈原的节操。

俗谚云：天有不测风云。沈佺与玉娘定亲未久，他的父母不幸双双去世，家道转而衰落。时当南宋末年，国运衰败，生性淡泊的沈佺无意功名，玉娘父亲渐有悔婚之意，玉娘坚决反对，作《双燕离》表白心志：

白杨花发春正美，黄鹄帘垂低。燕子双去复双来，将雏成旧垒。秋风忽夜起，相呼度江水。风高江浪危，拆散东西飞。红径紫陌芳情断，朱户琼窗旅梦违。憔悴卫佳人，年年愁独归。

玉娘父母无奈，于是给沈佺设定门槛："欲为佳婿，必待乘龙。"（"我家好几代都没有白衣女婿了。"）在婚姻的压力下（也应是动力），沈佺只得暂别玉娘，赴京应试。（不是暂别，竟成永诀。）临行前，玉娘赠诗《古别离》表达依依惜别之情：

把酒上河梁，送君灞陵道。
去去不复返，古道生秋草。
迢递山河长，缥缈音书杳。
愁结雨冥冥，情深天浩浩。
人云松菊荒，不言桃李好。
澹泊罗衣裳，容颜萎枯槁。
不见镜中人，愁向镜中老。

玉娘日夜思念沈郎，作《山之高》三首遥寄相思之情，其一即本文开篇之作，其二曰：

采苦采苦，于山之南。忡忡忧心，其何以堪！

其三曰：

汝心金石坚，我操冰雪洁。拟结百岁盟，忽成一朝别。朝云暮雨心去来，千里相思共明月。

（明刘杰《一贞居士》："兰雪新诗手编成，山高月小传好句。"）

又填词《玉蝴蝶·离情》，期盼未婚夫早日归来：

极目天空树远，春山蹙损，倚遍雕栏。翠竹参差声戛，环佩珊珊。雪肌香、荆山玉莹，蝉鬓乱、巫峡云寒。拭啼痕，镜光羞照，孤负青鸾。　　何时星前月下，重将清冷，细与温存。蓟燕秋劲，玉郎应未整归鞍。数新鸿、欲传佳信，阁兔毫、难写悲酸。到黄昏，败荷疏雨，几度销魂。

沈佺虽无意功名，却也满腹才学，加之有爱情力量支持，因此赴京赶考非常顺利，一路过关斩将，最后高中榜眼（殿士第二名）；但因用功过度，加之日夜思念玉娘，不幸感染伤寒。在缺医少药的古代，伤寒堪称重症，如果得不到及时有效医治，足以致命。

得知沈佺高中的消息，玉娘欣喜不已。继而得知他身染重疴，且是“积思于悒所致”，当即含泪寄书沈佺，誓言“妾不偶于君，愿死以同穴也！”沈佺捧书，感动不已，强撑病躯，回赠玉娘五律诗云：

隔水度仙妃，清绝云争飞。
娇花羞秀质，秋月见寒辉。
高情春不染，心镜尘难依。
何当饮云液，共跨双鸾归。（沈佺仅存诗一首。）

沈佺每日高烧不止，饮食全废。他自知不治，遂日夜兼程，想赶回家见玉娘最后一面。但天不遂人愿，咸淳七年（1271 年）农历十二月二十五日丑时，沈佺终于支撑不住，倒在还乡路上，时年二十二岁。

玉娘日夜期盼，等来的却是心上人去世的噩耗。她临帏恸哭，矢志守节，作诗《哭沈生》表达心志：

其一

中路怜长别，无因复见闻。
愿将今日意，化作阳台云。

其二

仙郎久未归，一归笑春风。
中途成永绝，翠袖染啼红。
怅恨生死异，梦魂还再逢。
宝镜照秋水，明此一寸衷。
素情无所著，怨逐双飞鸿。

父母怕她自寻短见，派人日夜看守，反复规劝。玉娘勉强进食，终日以泪洗面。父母心疼爱女，想为她另择佳婿，借以分散她的注意力。玉娘哭泣道："玉娘所未亡者，为有二亲耳。"

玉娘执意为沈佺守节，恹恹独守空楼。从此，"春花不能再在她面前呈出她的姣艳，秋月只能照给她以晶莹的泪光，生离已是难受，得意别天何以堪!"（谭正璧语。）为排解悲伤，她将很大精力投入诗词创作。宋景炎二年(1277年)，一代才女张玉娘终于走完了她短暂的人生旅程，追随沈郎而去。(王诏《张玉娘传》："时值元夕，父媪出观灯，呼诏女伴强之行，不可，托疾隐几。忽烛影挥霍下，见沈郎宛若，属曰：若琼自重，幸不寒夙盟，固所愿也。张且惊且喜，往握其衣，不相迎，顾视烛影，以手拥髻，凄然泣下，曰：所不与沈郎者，有如此烛。语绝，觉不见，张悲绝，久乃苏曰：郎舍我乎？遂得疾以卒。时年二十有八。"）

尤为感人的是，玉娘去世后一个多月，与她朝夕相处的侍女霜娥因悲伤过度而死，另一名侍女紫娥也不愿独活，悲惨地"自刭而殒"，玉娘生前畜养的一只鹦鹉也悲鸣随去。玉娘父母为女儿矢志忠贞的行为所感，征得沈家同意，将玉娘与沈佺合葬于西郊枫林之地，又将"闺房三清"（霜娥、紫娥、鹦鹉）陪葬在沈佺、玉娘墓左右。后人感慨张玉娘与沈佺的生死之恋，称其为"松阳梁祝"。(今松阳有"鹦鹉冢"。)

张玉娘为爱殉情，虽"情独钟于一人，而义足风于千载。"（参见清孟称舜《祭张玉娘文》。）在她死后的数十年间，她的族孙张献集搜寻整理她生前创作的诗词汇编成册，取名《兰雪集》。（"古人以节而自励者，多托于幽兰白雪以见志，因命之曰《兰雪集》。"）《兰雪集》编好后并未刊印，而是存放于松阳沈氏宗祠供后代瞻仰。在长达三百年时间内，《兰雪集》默默无闻，其间只有元代虞伯生对被人携往京师的少许玉娘遗稿给予评价。（虞伯生，即虞集，元代著名学者、诗人。)

明嘉靖十二年（1533年），张玉娘的松阳老乡王诏根据玉娘与沈佺的爱情故事写成《张玉娘传》，付梓时将《兰雪集》作为附录收入，张玉娘的事迹得以初显于世。清初，绍兴人孟称舜为松阳令，为张玉娘事迹所感，发动乡绅为张玉娘修墓扩祠，刊印《兰雪集》，并创作出35折传奇剧本《张玉娘闺房三清鹦鹉墓贞文记》，唯因印数不多，流传不广，知之者仍少。清康熙年间朱彝尊选编《词综》，未能见到《兰雪集》。[《词综》于清康熙三十年（1691年）刊印，此时距孟称舜去世七年。] 浙江吴兴学者朱孝臧（即朱祖谋，1857—1931）编辑《强村丛书》时，将玉娘误为男子。直到豫章学者李之鼎于1914—1924年间整理宋人别集，刻《宋人集》甲乙丙丁四编，才将《兰雪集》收入，并在所写后记（跋）中予以推荐。自此，人们才知宋代除《漱玉集》《断肠集》外，还有《兰雪集》足可与之媲美。

《兰雪集》共收诗117首，词16阕，是张玉娘短暂人生的精华浓缩。每一首诗“都有她寄托的生命，阕阕都是她生活的写照”。谭正璧在其所著《女性词话》中，评价她在宋代女词人中，“简实可与李清照、朱淑真、吴淑姬并驾齐驱。她们四人，吾们不妨称为‘宋代四大女词家’。”（论作品质量及文学地位应当不错，但因张玉娘作品长期被亲友搁置默默无闻，因而其作品对元明清三代文学界的功能发挥，远不如李清照与朱淑真。张玉娘有一首《如梦令·戏和李易安》词曰：“门外车驰马骤。绣阁犹醺春酒。顿觉翠衾寒，人在枕边如旧。知否，知否，何事黄花俱瘦。”若玉娘生与李清照同时，不知清照该作何感想，或者有“既生喻何生亮”之叹犹未可知。)

心儿小，难著许多愁

出场美女　吴淑姬

> 谢了荼蘼春事休。无多花片子，缀枝头。庭槐影碎被风揉。莺虽老，声尚带娇羞。　　独自倚妆楼。一川烟草浪，衬云浮。不如归去下帘钩。心儿小，难著许多愁。

这是湖州才女吴淑姬的一首词，题为《小重山》。春色将尽，掩不住作者青春逝去的无限情愁。荼蘼花开得最晚，人们常以荼蘼花开为春季的终结，也有以荼蘼花开喻女子青春已去。下帘钩，放下窗帘。

据南宋洪迈《夷坚志》记载：湖州吴秀才家境贫寒，育有一女，生得秀美聪慧，且工于诗词。知道她姿色诗名的富家子弟竞相追逐，视她为附弄风雅的玩物。时间一长，吴秀才女儿抵挡不住诱惑，与这些富家子弟整天混在一起，打情骂俏，喝雉呼卢。（应该还没达到柳宗元笔下“河间妇”堕落至极的地步吧。）大约是富家子弟的长辈们看不过去了（也可能是看着她长大的邻居们不忍她继续堕落），于是以“奸淫”之罪将她告到了官府。当时王十朋为辖内太守（王十朋，字龟龄，号梅溪，绍兴二十七年状元），他传令将吴淑姬逮捕下狱。王太守的从僚们对这桩特殊的花案颇感兴趣，对其内情也知之八九，于是提出到在押的监狱“观审”。从僚们摆下宴席，让衙役传她出场。吴秀才的女儿一出场，果然“竦动左右”，风韵倾倒一座。群僚命衙役为秀才女儿脱去木枷，令她陪坐侍饮，坐首席的官员说：“听说你颇有诗才，今可现场作词，委婉辩白开脱，若果有诗才，我等当为你鸣冤，否则危矣。”秀才女请其出题。官员说：“时下冬雪未消，春日且至，你可应此景作《长相思》令一阕可也。”秀才女约略点头，令人张纸，提笔一气呵成，其《相思令》词曰：

烟霏霏，雪霏霏，雪向梅花枝上堆。春从何处回？　　醉眼开，睡眼开，疏影横斜安在哉？从教塞管催。

要通解该词，最关键在两点，一是“委婉自辩”，秀才女的处境是刚被判刑，正待执行；二是“应此景”，眼前之“景”是“冬雪未消，春日且至。”“霏霏”，纷飞状；“烟霏霏”，云雾迷蒙；“雪霏霏”，出自《诗经·小雅·采薇》“今我来思，雨雪霏霏”。明明是冬雪将消，秀才女偏说是“雪霏霏”，下一句“雪向梅花枝上堆”，进一步渲染雪景。眼前公庭院内，稀疏几株梅，说它枝头“堆”雪，显然是借雪压梅枝暗喻自身处境，最后都落脚在上阕最后一句“春从何处归”——对我来说，眼前并没有春回大地、春暖我心。（暗喻自己在此案中蒙冤受屈，未明曲直，便判她徒刑，有如雪压梅枝，难得抬头。）

下阕“醉眼开，睡眼开，疏影横斜安在哉?”紧承上阕，通过“应此景”糅合自己的观感。此处之“醉”与“睡”，非实指生活中醉酒睡眠，而是说自己被这场突如其来的官司击得晕头转向，恰似“终日昏昏醉梦间”。（唐李涉《题鹤林寺僧舍》句。）睁开“醉眼”“睡眼”去寻那“疏影横斜”的梅景，“如今安在哉?”（好景已不在。）该句与上阕“春从何处回”同义：好景不属于我。（林逋《山园小梅》中有“疏影横斜水清浅，暗香浮动月黄昏”句。）结句“从教塞管催”，“从教”，任使之意；“塞管”，羌笛。（刘禹锡《杨柳枝》有“塞北梅花羌笛吹”句。）古笛曲有《梅花落》，词人想象笛声可以感物，能吹落梅花。（李白《与史郎中钦听黄鹤楼上吹笛》：“黄鹤楼中吹玉笛，江城五月落梅花。”）张先《醉落魄》词中也有“横管孤吹……声入霜林，簌簌惊梅落”句。（黄老邪桃花岛上考女婿也有这种镜头，让郭靖与杨康比试吹笛，吹得叶落纷纷，震耳欲聋。）此词也承此意：“疏影横斜”的一树梅花，只能任由羌笛将它“催”落了。（交出“安在哉”的答案。）词至此结束，完成“应此景”而开脱自辩的任务。

王龟龄的这帮从僚多为品词行家，既然给出应景自辩的命题，当然深谙弦外之音，于是“诸客赏叹，为之尽欢。明日以告王公，言其冤，亟使释放”。《相思令》词的手稿居然也由办理此案的司户摄理王三恕收藏。（此案当然尽在王太守掌握之中。）

因犯“奸淫”罪入狱，出狱后的秀才女儿无人敢娶。周介卿之子仰慕秀才女儿迷人的风度和才气，果断出手，买而为妾，取名淑姬。（吴淑姬之名出于此。周介卿之子应也属富家子弟。《相思令》在宋代词坛颇为流行。如南宋宫女袁正真有《长相思》曰：“南高峰，北高峰。南北高峰云淡浓。湖山图画中。　采芙蓉，赏芙蓉。小小红船西复东。相思无路通。”宋无名氏《长相思》曰：“去年秋，今年秋，湖上人家乐复忧。西湖依旧流。吴循州，贾循州，十五年前一转头。人生放下休。”）

大约经此一劫，吴淑姬的人生观发生很大改变，从此闭门谢客，将主要精力专注于诗词创作，终于成为宋代词苑中与李清照、朱淑真、张玉娘并论的四大女词家。（南宋词人黄昇在《唐宋诸贤绝妙词选》中，称吴淑姬为“女流中黠慧者”，黄昇《花庵词选》：“淑姬，女流中黠慧者，有词五卷，佳处不减李易安。”清朝末年，广西鹿寨县马村有书生马良，外出会友，天黑返家，遇雨借宿于某富家，主人莫姓，略通文墨，以附庸风雅为乐，便与马良对句。莫公有靓女隔窗窥听，对马良颇生爱慕之心。当莫公对答为难时，小姐借故走出闺房帮父亲解围，对马良说：“我出上句，你对下句：‘杜诗汉名士，非唐朝杜甫之杜诗。’”马良遂对下句曰：“孟子吴淑姬，岂邹国孟轲之孟子。”按：杜诗，河南古汲县人。光武帝时为侍御史，建武七年任南阳太守。吴淑姬，鲁昭公夫人，本姬姓，吴国人，为避讳同姓通婚，称吴孟子。从此对可知吴淑姬才名之影响。）

传吴淑姬有词集《阳春白雪》五卷，后散佚，仅《小重山》《惜分飞》《祝英台近》三首存世。《小重山》即本文开篇之作，其《惜分飞》词曰：

> 岸柳依依拖金缕。是我朝来别处。惟有多情絮。故来衣上留人住。
> 两眼啼红空弹与。未见桃花又去。一片征帆举。断肠遥指苕溪路。

又《祝英台近》词曰：

> 粉痕销，芳信断，好梦又无据。病酒无聊，攲枕听春雨。断肠曲曲

屏山，温温沈水，都是旧、看承人处。　　久离阻。应念一点芳心，闲愁知几许。偷照菱花，清瘦自羞觑。可堪梅子酸时，杨花飞絮，乱莺闹、催将春去。

虽然只保留下来三首词作，却篇篇不凡，显示出作者的黠慧和“亢龙有悔”的功力。（佳作不必多，一首足矣。谢道韫凭一句“未若柳絮因风起”，即赢得“咏絮之才”美誉。）

南宋除与李清照、朱淑真、张玉娘词媲美之吴淑姬外，还有另外一个吴淑姬。据元林坤《诚斋杂记》：汾阴女子吴淑姬，未嫁夫亡。未亡时，晨兴𩓐面，玉簪坠地而折，已而夫亡。其父以其少年，欲嫁之。女誓曰：“玉簪重合则嫁!”居久之，见士子杨子冶诗，讽而悦之，使侍儿用计，觅得一卷，心动，欲与之合，启奁视之，簪已合矣。遂以寄子冶，结为夫妇焉。后嫁子冶，优于内治，里中称之。子冶仕至兰陵太守。

清张宗橚辑《词林纪事》据此认为吴淑姬嫁给了士人杨子治。按《诚斋杂记》记载之吴淑姬乃汾阴人，汾阴与湖州相距不啻万里。（汾阴在古魏邑汾水之南，今属山西，湖州北濒太湖，东邻嘉兴。）很可能有南北两个版本的吴淑姬，且均有诗才。对于两人词作中都有一首《祝英台近》，张宗橚认为“此甚不可解，惜无从订正”，只好将两说并存。其实不难解释：古人作品流传，抄书是一个重要手段，转抄过程中出现错讹是常有现象，譬如《词林纪事》已将杨子冶误为杨子治。（与李清照同时的兵部郎中朱敦儒，字希真，徐必用妻朱秋娘亦名希真，后有人以为朱敦儒《樵歌》为朱秋娘所作，以致贻笑大方。）谭正璧据汾阴与湖州吴淑姬性格经历特征分析，提出《阳春白雪》词作者更可能是湖州吴淑姬，现代学者多予认同。

魂断千里，夜夜岳阳楼

出场美女 徐君宝妻

汉上繁华，江南人物，尚遗宣政风流。绿窗朱户，十里烂银钩。一旦刀兵齐举，旌旗拥、百万貔貅。长驱入，歌楼舞榭，风卷落花愁。清平三百载，典章文物，扫地都休。幸此身未北，犹客南州。破鉴徐郎何在？空惆怅、相见无由。从今后，断魂千里，夜夜岳阳楼。

这是南宋末徐君宝之妻的一首绝命诗，题为《满庭芳》。汉上，泛指汉水至长江一带，此处指南宋地盘；宣政，徽宗有年号宣和、政和；银钩，银制帘钩，泛指华美建筑；南州，南方，代指临安；破鉴徐郎，引乐昌公主破镜重圆故事，此处徐郎，借指丈夫徐君宝；岳阳楼，喻故乡。

据元陶宗仪《南村辍耕录》：徐君宝妻，南宋末岳州人。南宋恭帝赵㬎德祐元年（1275年）四月，元将阿里海牙侵入湖南岳州，次年三月占领整个湖南。未久，南宋小朝廷都城临安（今杭州）陷落，南宋覆亡。兵荒马乱之中，年轻的徐君宝妻与丈夫失散（徐君宝或死于乱军之中），为元军所掠。元军士兵见她桃花粉面，宫腰婀娜，如获至宝，将她进献给主帅阿里海牙。阿里海牙对其垂涎三尺，但徐君宝妻性情刚烈，凛然不可侵犯。阿里海牙让侍从将其随军羁押，好伺机下手。

徐君宝妻随从元军被一路押往临安，最终关押于南宋初抗金名将韩世忠故居。在数千里行军途中，元军主帅几次想奸污她，都被她以巧计解脱。然而，“覆巢之下，安有完卵”？在国破家亡、身陷囹圄的困境中，一个手无寸铁的弱女子，要守身如玉、保住贞洁谈何容易！

这天傍晚，恼羞成怒的主帅阿里海牙喝得酩酊大醉，冲入徐君宝妻居所就要用强，大有如不得逞必不罢休之态。徐君宝妻知道最后的时刻到了，很淡定地对阿里海牙说："君何必发怒？等我祭过亡夫，再为君妇不迟。"阿里海牙听后，转怒为喜，允许她闭门祭夫，半个时辰后再来。

阿里海牙刚走，徐君宝妻即关紧房门，穿戴整齐，"严妆焚香，再拜默祝，南向饮泣"……

半个时辰过去了，心烦气躁的阿里海牙令人撞开紧闭的房门，发现徐君宝妻已不在室内。居室一侧的窗门被破开（是她早已做好的功课），徐君宝妻早已跃入窗外水池，悲壮而死。

在居室一侧的墙壁上，题有一首墨迹未干的词作《满庭芳》，即本文开篇之作。

元军入侵，江南大好河山陷落，三百年文明及名胜古迹横遭蹂躏，女词人也与丈夫生离死别。"幸此身未北，犹客南州"，是庆幸自身未遭玷辱，保全贞洁，足可告慰家国。该词将对外敌入侵的刻骨仇恨、灿烂文明被毁的极度惋惜、失去亲人的哀痛悲悼等融为一体，立意高远，历代好评如潮。（现代学者刘永济在《唐五代两宋词简析》中说："读'此身未北，犹客南州'与'断魂千里，夜夜岳阳楼'之句，知其有生为南宋人、死为南宋鬼之意。惜但传其词与事而逸其名姓，致千百年后无从得知此爱国女子之生平也。"）

徐君宝妻，就是这样一位必须借助自己丈夫名存于世的弱女子，以无比悲壮的方式保住了自己的贞洁，为中华文典留下一首饱含爱国忠君之情的不朽辞章。（忠君，忠于夫君也。《太平广记》卷六记载有徐君宝妻《霜天晓角·蛾眉亭》一阕云："双峦斗碧，寒玉雕秋壁。两道凝螺天半，横无限、青青色。　　拍案涛声急，似鼓临邛瑟。窗下镜台鸾去，空留得、春山迹。"但据清周铭辑《林下词选》卷六，该词为明代文学家徐媛作品，未知孰是。）

忽一声、鼙鼓揭天来

出场美女　王清惠

太液芙蓉，浑不似、旧时颜色。曾记得、春风雨露，玉楼金阙。名播兰馨妃后里，晕潮莲脸君王侧。忽一声、鼙鼓揭天来，繁华歇。

龙虎散，风云灭。千古恨，凭谁说。对山河百二，泪盈襟血。客馆夜惊尘土梦，宫车晓碾关山月。问嫦娥、于我肯从容，同圆缺。

此词题为《满江红·太液芙蓉》，是南宋末昭仪王清惠的一首名作，在中国文学史上颇具影响。太液，又名蓬莱池，此处泛指皇家池苑；名播兰馨妃后，声名在后妃中像兰花一样芬芳；晕潮，面有红晕；鼙鼓揭天来，白居易《长恨歌》中有“渔阳鼙鼓动地来，惊破霓裳羽衣曲”句；百二，百分之二，喻山河破碎。

据清叶申芗《本事词》：元至元十三年（1276年），元军攻占临安，宋理宗谢后、宋度宗全后不顾文天祥、张世杰等人反对，带领年仅五岁的宋恭帝赵㬎出降。三月，时任昭仪的王清惠（度宗妃，非恭帝妃也。）随恭帝及帝宫三千人被俘北上。途经北宋都城汴梁夷山驿站，清惠题《满江红·太液芙蓉》于驿站壁上，即本文开篇之作。

王清惠抵达元大都（今北京）之后，恳请成为女道士，终于北方。其存世诗四首、词一阕，融个人遭遇、国破家亡、去国怀乡于一体，为亡国遗民长歌当哭之作，格调低回悲壮。（国家陷沦，民族孱弱，女性遭殃，历来如此。）

相传文天祥北行过此，读末句“问嫦娥、于我肯从容，同圆缺”，不觉叹曰：“惜哉，夫人于此少商量矣。”依韵代作二阕，也题于壁上。其一云：

试问琵琶，胡沙外、怎生风色？最苦是、姚黄一朵，移根仙阙。王母欢阑琼宴罢，仙人泪满金盘侧。听行宫、夜半雨淋铃，声声歇。彩云散，香尘灭。铜驼恨，那堪说。想男儿慷慨，嚼穿龈血。回首昭阳辞落日，伤心铜雀迎新月。算妾身、不愿似天家，金瓯缺。

其二云：

燕子楼中，又捱过、几番秋色。相思处、青年如梦，乘鸾仙阙。肌玉暗消衣带缓，泪珠斜透花钿侧。最无端、蕉影上窗纱，青灯歇。曲池合，高台灭。人间事，何堪说。向南阳阡上，满襟清血。世态便如翻覆雨，妾身元是分明月。笑乐昌、一段好风流，菱花缺。

谭正璧《女性词话》评价说：文天祥在前一年起兵勤王。到这时，正乃戎马倥偬之际，纵或不满清惠词末句，未必有此闲情逸致来替她代作。此种传说，虽出于宋史，亦颇令人怀疑。（对王清惠所作《满江红》，史界也存疑议，或为宫人张琼英所作。）

南宋末爱国诗人、文天祥好友邓剡（字光荐）也有《满江红·王母仙桃》一词曰：

王母仙桃，亲曾醉、九重春色。谁信道、鹿衔花去，浪翻鳌阙。眉锁姮娥山宛转，髻梳堕马云欹侧。恨风沙、吹透汉宫衣，余香歇。霓裳散，庭花灭。昭阳燕，应难说。想春深铜雀，梦残啼血。空有琵琶传出塞，更无环佩鸣归月。又争知、有客夜悲歌，壶敲缺。

（王清惠另一首怀念故土之作在当时也传咏甚广：“万里倦行役，秋来瘦几分。因看河北月，忽忆海东云。”此诗题《秋夜寄水月水云二昆玉》，连同《李陵台和水云韵》《捣衣诗呈水云》等保存于琴师兼诗人汪元量《宋旧宫人诗词》中，参见下文“万里长城横缟带”篇。）

万里长城横缟带

出场美女　金德淑

春睡起，积雪满燕山。万里长城横缟带，六街灯火已阑珊。人立蓟楼间。

空懊恼，独客此时还。辔压马头金错落，鞍笼驼背锦斓班。肠断唱门关。

这是南宋灭亡时被掳至元大都的宋朝宫人金德淑的一首词，名为《望江南》，词作表达了亡国别家的忧伤之情和深沉的爱国情思。缟带，白色的生绢带，此处比喻雪中的长城，暗含哀悼宋亡之悲；阑珊，残，将尽。

据清沈雄《古今词话》引《乐府纪闻》：元朝初年，山东章丘一位姓李的年轻人来到元大都服役。他远离家乡，举目无亲，身边又没有熟人倾诉交流，因而倍感寂寞。一个月朗星稀之夜，李生走出院门，漫步月下，仰望星空，随口诵道：

万里倦行役，秋来瘦几分。
因看河北月，忽忆海东云。

咏罢继续前行，突然听到邻居阁楼上隐隐有女子呜咽的声音。李生暗记于心，次日打探，得知是南宋灭亡时被掳至元都的宫人金德淑。李生登门拜访，只见金德淑素颜清雅，澹秀天然，气质高洁，果然不似寻常人家的女子。金德淑打量李生说："昨晚月下咏诗的是先生吧。"李生点头说："是。但该诗并非我所作。我从杭州坐船来此，有位随行的客人，一路咏诵这首诗，我就记住了。"

金德淑闻言，眼里涌出泪水，哽咽道："此诗是旧朝昭仪王清惠所作赠汪水云诗。"

李生默然点头。汪水云即汪元量，是南宋末著名诗人、词人。南宋覆亡时被掳至元大都。宋亡十年后，汪终于有机会重返故土。临行前，昔日旧友都来送行，才女王清惠因作此诗。

金德淑说："我也是旧朝后宫中人，与王昭仪亲如姐妹。如今清惠已成泉下之人，昨日听你吟诵她的诗句，因感凄凉，不觉泪下。"李生问说："当年送别汪先生时，姐姐可曾在场？"金德淑点头道："当时在场之人，都有诗词相赠。我有《望江南》一首。"金德淑稍停片刻，深深吸一口气，轻声诵出本文开篇之作。

词已咏完。李生和金德淑好久都没有言语，二人都沉浸在亡国别家的忧伤之中。同是天涯沦落人，忆起国仇家恨，不觉相对泣下。金德淑一介女流，竟怀有如此深沉的爱国情思，令李生肃然起敬。不久，两人于患难中结为伉俪。（汪元量，号水云，从谢后北迁，教宫人作诗。后南归，宫人作诗词送之。有章丽贞《长相思》云："吴山秋，越山秋。吴越两山相对愁，长江不尽流。　　风飕飕，雨飕飕。万里归人空白头，南冠泣楚囚。"参见谭正璧《中国女性文学史》。）

不许纤尘落画堂

出场美女 元严

补天手段暂施张，不许纤尘落画堂。
寄语新来双燕子，移巢别处觅雕梁。

这是金代著名文学家元好问次女元严的一首七绝，题为《补天花板》。以诗言志，掷地有声，借以断绝宰相张平章的求婚念头。

据胡文楷编《历代妇女著作考》援引《忻州志》：元遗山名好问，字裕之，山西秀容（今忻州）人，人称“北方文雄”，他的次女元严文才出众而容貌艳丽。元严本嫁进士杨思敬为妻，婚后未久，丈夫去世，元严遂出家为女道士。

元严丰姿绰约，宫腰袅娜，文才远近闻名，且性格泼辣。当朝宰相张平章慕其名声，想娶她为妻，便派人向元好问疏通。元好问笑着说：“婚姻的主动权在女儿手上，她应诺即可。”张平章听说，暗自高兴，便亲往探访，观察元严意向。

到达元严住所，她正捋着袖子在修补天花板。见有客人来，元严于是停下手里的活计接待客人。张平章知她好诗，便询问她近日有何作品，元严口头语占七绝一首，即本文开篇之《补天花板》。

张平章听出诗中的弦外之音，又见元严横眉冷对，遂悚然告退。

明江元禧编《玉台文苑》载有元严所作《雨竹图赞》和《风竹图赞》，其一曰：

涓涓而净，森森而立。
孟宗何之，泪痕犹湿。

其二曰：

可屈者气，不屈者节。
故人之来，尽扫秋月。

孟宗，古二十四孝中有孟宗“哭竹生笋”的故事。两首小诗，寥寥数语，是作者性情志趣的自我写照。（另元好问有《贞燕诗》二首，也有人传为元严而作。其一云：“杏梁双宿复双飞，海国争教只影归。想得秋风逼凉冷，谢家儿女亦依依。”其二云：“污洁难将一类推，旧家红线可无疑。豚鱼自是诗家语，轻拟庭闱恐未宜。”）

盈盈似玉人

出场美女 李翠娥

粲粲梅花树，盈盈似玉人。
甘心对冰雪，不爱艳阳春。

这是元至元年间名妓李翠娥的一首五言诗，题为《咏梅》。虽属应景之作，表达的却是不畏权贵的傲人心志。

据明邵景詹《觅灯因话》：元世祖至元二年（1265年）的某一天，江苏松江府陆安之任扬州总管，召名妓李翠娥佐酒助兴。翠娥娉娉而至，安之见她粉腮红润，秀眸惺忪，好似酒后春睡方醒，颇为不悦。命其唱歌，翠娥竟摇头说：“幼时未习。”陆安之闻言愕然，当下皱眉道：“那你都学过什么？”答说：“浏览过《史记》《汉书》之类。”陆安之道：“你既识字，当能赋诗。”遂指庭前梅树为题，命其赋诗。翠娥略加思索，口占五言绝句一首，即本文开篇之作。

陆安之暗暗称奇，命赐其坐，又考问《史记》《汉书》典故，竟对答如流。陆安之益加敬重，拱手奉茶一杯，对在场嘉宾感叹说：“如此有学问的乐妓，我还是第一次见到呢！”（翠娥展现文学的力量，让人联想起苏轼的一则逸闻：一次，苏轼游完莫干山，来到山腰的一座寺观。道士见来人穿着非常简朴，冷冷地应酬道：“坐！”对小童吩咐道：“茶！”苏轼落座，喝茶。他随便和道士谈了几句，道士见来人出语不凡，马上请苏轼入大殿，摆下椅子说：“请坐！”又吩咐小童：“敬茶！”苏轼继续和道士攀谈，他妙语连珠，道士连连称是。道士不禁问起苏轼的名字来，苏轼自谦道："小官乃杭州通判苏子瞻。"道士连忙起身，请苏轼进入一间静雅的客厅，恭敬地说："请上座！"又吩咐随身道童："敬香茶！"苏轼见道士十分势利，坐了一会儿就告辞了。道士见挽留不住苏轼，就请他题字留念。苏轼爽快答应，手起笔落，一副对联挥毫而就："坐请坐请上座，茶敬茶敬香茶。"）

月光无我意，偏向别人圆

出场美女 净真

> 自入玄门岁月深，谨防六贼守贞心。
> 托身好是天边月，不许浮尘半点侵。

这是元泰定年间临清天妃宫妙尼净真写给书生严威的一首诗，诗意很直白：自从皈依佛门，我就谨守六根清净，心中没有任何欲念，也不会受凡间半点诱惑。可惜事实并非如此，恰恰因为净真春心未泯，最终导致一场爱情悲剧，令人惋惜。六贼，即佛语中所谓六根（眼、耳、鼻、舌、身、意）。

据明胡文焕《稗家粹编》卷二《严威误宿天妃宫记》：元泰定初（泰定，元帝也孙铁木儿年号，1324—1328 年），临清有天妃宫，香火甚旺。（临清，今山东省西北部漳卫河与古运河交汇处有临清市，与河北省隔河相望。）经过临清的官宦学子，都要慕名前往拜谒。

东昌（今山东鲁西聊城）有个俊俏书生姓严名威，字肃天，年方二十，因游学来至临清。听说天妃宫清静别致，就带着随从、行李前往拜访，想借宫中一角刻苦攻读。（怕不那么单纯吧。）

严威到达这天，正值初一（“朔旦”之谓）。天妃宫中群尼诵经礼佛，钟磬之声响彻云际。严威于窗隙窥之，见其中一妙尼仪容俊雅，相貌端丽，格外不凡。严威趋入叙礼，群尼俱各稽首。那妙尼名唤净真，也在其中。净真见严威一表人才，不由也多看他几眼。严威向宫中主持孔妙常说明来意：“久闻上方幽雅，欲借此温习经书，倘得寸进，当效衔环。”（古有“衔环”

“结草”报恩之谓。明冯梦龙《醒世恒言》：“大恩未报，刻刻于怀。衔环结草，生死不负。”）老尼面有难色，群尼也邈然无延接之意。（可能感觉到严威醉翁之意不在酒。）只有净真出来帮严威说话：“三教一家，彼儒生，又何疑焉？”孔妙常始许之，遂安排腾出东廊静室供严威居住读书。严威大喜过望，于是吩咐随从等安顿行李，卜日乔居。

严威自见净真之后，神不守舍。唯因初入宫中，不敢放肆，只能暗中寻找机会。净真时常遣小尼法慧端茶送果。（彼也有意。）严威与法慧混得熟了，暗中修书一封，托她悄悄转达。净真展书来看，见是集古绝句一首：

> 谩吐芳心说向谁，欲与何处寄相思。
> 相思有尽情难尽，一日都来十二时。

净真见诗，勃然变色，当着法慧的面复书答威曰：“素昧平生，相逢邂逅，若不容留，是见溺水而不施援手也。因见你斯文儒雅，帮衬几句。今遽发狂吟，甚乃轻佻，吾岂路柳墙花，任人攀折？鄙句复酬，请从此绝。”遂以七绝一首表明心迹，即本文开篇之作。

严威见复诗，一时默然无语。此后数月无相往来。严威终日闭门读经，哪能静心用功？衷情郁结，思念渐深。那妙尼净真虽然严词拒绝，心里其实有意。（原来假正经来着。）彼时春心荡漾，道性荒唐，终于按捺不住，遂让法慧奉琴一张赠予严威，托言曰：“操之可解郁闷矣。”严威喜出望外，揣度其意，回以眠狮王镇纸相酬（总不外薛涛笺之类），兼寄《如梦令》一首：

> 春晓调弦转轴，流水高山意足。指下韵清新，绝胜铿金戛玉。三复，三复，弹出凤求凰曲。

净真得词，沉吟良久，情思激荡难抑。是夕月明如昼，万籁俱寂，净真独步花荫，寝不成寐，将欲乘兴往访严威，又虑人讥她衔玉求售。踌躇之顷，她对窗徐吟曰：

> 独立花荫下，香消午夜天。
> 月光无我意，偏向别人圆。

时严威已得法慧指示赴约之路，将近净真寝室，忽闻吟咏之声，默听其诗，深解其味，乃踵韵吟之曰：

人静风生户，云消月满天。
嫦娥应有约，今夕许团圆。

净真闻吟，知为严威，遂开门出迎，延入私室。净真曰："不约而来，其心何也？"严威跪曰："窈窕淑女，君子好逑耳。"彼此兴浓，解衣就寝。净真以白凌帕授严威曰："妾虽下贱尼姑，原是含花处子，验之明白，当交始终。勿以容易得之而作等闲看也。"严威以帕拭之，果有新红数点，也肃然曰："生年二十，亦未谐婚。倘遂功名，必成伉俪。有违此言，明神是殛。"（信誓旦旦，当局者迷。）净真藏其帕，曰："留以为他日之证也。"（有甚屁用？）遂相交会，极尽幽情。云雨佳期，非纸笔能罄。已而欢足，净真即枕上咏之曰：

一见风流可意人，忘餐废寝减精神。

严威续曰：

久劳巫峡台中梦，今得桃源洞里春。

净真续曰：

蝴蝶粉沾身上汗，兰麝香散枕边尘。

严威结曰：

要知此段真消息，数点猩红帕上新。

自此旦去暮来，略无间阻。一夕，净真对严威道："夫妇之情已遂，功名之念难忘。君宜努力青云，潜心黄卷，如诗所谓‘衾暖不如桃浪暖，衣香争似桂花香’。今秋大比，鏖战文场，取青拾紫，正当此时。”（个小尼姑，咋如此世俗？催他讨功名，却是害自己。）严威也觉有理，遂辞归乡试，果登高选。（让他在净真面前不如意试试？）第二年进士及第，授陕西行省参政，未久娶黄御史女为妻。

严威自高选及赴任期间，并无片言只字寄与净真。净真知其负心，追悔无及，乃托人寄诗一首，以为永诀之意，其诗云：

一笑投机身自轻，空闻花下誓山盟。
只期崔氏逢张珙，谁料王魁负桂英。
欢喜冤家从兹始，风流话本自今成。
信知覆水难收取，瓶坠银床怨月明。

严威从诗中知净真有以死自许之意，但以其事为耻，秘不答书，只对来人说：“厚扰上官，未遑答谢。他日自当补报。”净真既闻其言，又见无回简，心中悔恨，当晚沐浴更衣，焚香祀拜，将与严威往来书柬及绫帕尽投于火中焚烧。她伤心哭泣，难以解脱，乃以匹帛悬梁，自缢而死。知其真相者，唯法慧一人而已。（恐非如此。）

不如嫁与田舍郎

出场美女 郑允端

种豆南山下，霜风老荚鲜。
磨砻流玉乳，蒸煮结清泉。
色比土酥净，香逾石髓坚。
味之有余美，玉食勿与传。

这是元代江南才女郑允端的一首名作，题为《豆腐》。此诗广为流传，旧时民间的豆腐作坊，多将此诗郑重书写，悬挂于正堂，足见其影响力。磨砻，磨碎豆谷的器具，即石磨；玉食，美食，如《列子·周穆王》有“月月献玉衣，旦旦荐玉食”之句。

据《四库全书总目提要》：郑允端，字正淑，元英宗、惠宗时吴中平江（今江苏苏州）人。允端颖敏工诗词，作品由其夫施伯仁辑为《肃雝集》传世。（诗集后多有散失，明朝嘉靖年间施伯仁第五世孙收集残篇刊印，《四库全书总目提要》存诗百余首。）

郑允端诗作中以古体诗成就最高，当时一般女性作诗都重在“嘲咏风月，陶写情思，纤艳委靡，流连光景”，允端不屑，主张作诗应“铲除旧习，脱弃凡近”，力求语言平实，风格恬淡。她有《罗敷曲》一首曰：

邯郸秦氏女，辛苦为蚕忙。
凌晨行采桑，采采不盈筐。

郑允端

使君从南来，五马多辉光。
相逢在叶下，遗我双明珰。
听妇前致辞，卑贱那可当！
使君自有妇，罗敷自有郎。
请君上马去，长歌陌上桑。

她的《山水障歌》也颇有特点：

我有一匹好东绢，画出江南无数山。
笔法岂下李营丘？直疑远过杨契丹。
良工好手不可遇，此画森然能布置。
层峦叠嶂拥复开，怪石长松俨相对。
板桥茅屋林之隈，瀑流激石声如雷。
恍然坐我匡庐下，便觉胸次无凡埃。
此身已向闺中老，自恨无缘致幽讨。
布袜青鞋负此生，长对画图空懊恼。

（李营丘，五代宋初画家李成；杨契丹，隋时画家，善画人物、佛像、楼阁、车马等。）

允端很注意诗的教化作用。当时吴中一代寻常百姓嫁女，纷纷攀结达官显贵，允端认为这样做“虽夸耀于一时，而终不得偕老”，于是作《吴人嫁女辞》警示世人：

种花莫种官路旁，嫁女莫嫁诸侯王。
种花官路人将取，嫁女王侯不久长。
花落色衰情变更，离鸾破镜终分张。
不如嫁与田舍郎，白首相看不下堂。

对于现代一些执着追求“高富帅”的年轻女性而言，郑允端的劝诫仍具有警示意义。

迎晖轩下情无限

出场美女 窦羞花

衣惹粉花香雪散，帕沾桃浪嫩红鲜。
迎晖轩下情无限，绝胜人间一洞天。

这是元天历年间南京少女窦羞花回应情郎章文焕的一首爱情诗，描写的是两情欢洽的风流胜境。洞天，道教语，指神道居住的名山胜地。

据明胡文焕《稗家粹编·金钏记》：天历己巳（元文宗图帖睦尔二年，公元 1329 年），建康有位姓窦名时雍的先生，偶然发财暴富。家有一女名羞花，年已及笄，风流儒雅，尤工于诗词。溧水士子章文焕与窦家为中表亲，才貌出类拔萃，人以“聪俊章郎”称赞之。章生年幼时常至窦家玩耍，时雍甚为喜爱，尝戏指羞花女对章生说：“成年后当以此女嫁你。”章生、羞女牢记于心。章生曾私下赠诗羞花曰：

春风连理两枝梅，曾向罗浮梦里来。
分付东君好调护，莫教移傍别人开。

羞花踵韵赠答曰：

庾岭清香一树梅，凌寒不许蝶蜂来。
料应一点春消息，留向孤山处士开。

章生与羞花两情相好，或对酌灯下，或吟眺花前，窦时雍以两小无猜，并不禁止。

一日，章生、羞花相会于迎晖轩下，相与弈棋。章生吟之曰：

纷纷车马渡河津，黑白分明目下真。

羞花续道：

莫使机关争胜负，两家人是一家人。

二人大笑。又铺紫氍毹（qú shū，即地毯）于中庭，摊牌较胜。章生兴浓，求与合欢。羞花变色曰："我父既已许婚，岂效鹑鸟野奔？妾虽愚昧，决非见金夫而不有躬也。兄何忽略如此？"（《周易》蒙卦中有"勿用取女，见金夫，不有躬，无攸利"句，意为我绝不是那种见异思迁之人。）章生以膝而跪道："人心翻覆，势若波澜。倘若他日你以兄妹为辞，将如之何？"羞花一时语塞，于是相迎交好。羞花柳眉半蹙，玉笋微寒，有体弱不胜之状。（玉笋，谓女子手指或小脚。唐韩偓《咏手》："腕白肤红玉笋芽，调琴抽线露尖斜。"杜牧《咏袜》："钿尺裁量减四分，纤纤玉笋裹轻云。"）章生抖擞精神，两情缱绻，极尽淫乐。好事方毕，章生低吟一诗曰：

鸾凤相交颠倒颠，武林春色会神仙。
轻回杏脸金钗坠，浅蹙蛾眉云鬓偏。

羞花也续诗一首，即本文开篇之作。两情欢足，羞花脱下臂上金钏一双交与章生说："好掌此钏，是即主盟。"（这是我俩今生相好的见证，望好生保管。）文焕拜而受之。

窦时雍很快发觉了两位少年的秘密。唯恐事情败露，当即招呼章生说："你赶快回家，请媒人出面求聘。"章生拜谢将行，羞花私贻馈赆，叮咛早来，饮泣而别。（私贻馈赆，私赠礼物及路费。）

章生回见父母，备陈其情，父母悦从，卜日下礼。羞花因念生之故，寻命家人致缄，章生启视，乃集古绝句十首，其一曰：

绣户纱窗北里深（杨巨源），灯昏香烬拥寒衾（朱淑真）。

故园书动经年别（崔涂），满地月明何处砧（薛能）。（崔诗《春夕》为“故园书动经年绝”。）

其二曰：

嗟君此别意何如（高适），闲看江云思有余（李郢）。

愁傍翠蛾分八字（薛涂），酒醒孤枕雁来初（李郢）。（薛涂疑唐代诗人薛逢，其《夜宴观妓》有诗句：“愁傍翠蛾深八字，笑回丹脸利双刀。”又杜牧《齐安郡晚秋》有“雨暗残灯棋散后，酒醒孤枕雁来初”句，疑误为李郢。）

其三曰：

风带潮声枕簟凉（许浑），江流曲似九回肠（柳子厚）。（柳子厚即柳宗元。）

朱门深闭烟霞暮（曹唐），一点残灯伴夜长（朱淑真）。（唐曹唐《长安客舍叙邵陵旧宴寄永州萧使君》诗之五中有句“朱门锁闭烟岚暮，铃阁清泠水木秋”。）

其四曰：

乱愁依旧锁眉峰（朱淑真），为想年来憔悴容（柳子厚）。

离别几宵魂耿耿（韩槿），碧霄何路得相逢（杨巨源）。（唐李郢《秦处士移家富春发樟亭怀寄》诗有句：“离别几宵魂耿耿，相思一座发星星。”）

其五曰：

双垂别泪越江边（柳子厚），待月东林月正圆（许浑）。

云鬟罢梳还对镜（薛逢），恐惊憔悴入新年（李益）。

其六曰：

欲于何处寄相思（诗选），懒对妆台拂画眉（朱淑真）。（朱淑真《睡起二首》之二中有句：“懒对妆台拂黛眉，任他双鬓像烟垂。”）

咫尺烟江几多地（李后主），好风偏自送佳期（陆龟蒙）。（“偏自”，陆诗《中秋待月》中为“偏似”。）

其七曰：

强拂愁眉下小楼（朱淑真），感时伤别思悠悠（许浑）。

同来不得同归去（杜牧），几度高吟寄水流（谭用之）。

其八曰：

百忧如草雨中生（薛逢），十指宽催玉箸轻（曹唐）。

惆怅溪头从此别（宋邕），子规枝上月三更（韩致尧）。

（曹唐《仙子送刘阮出洞》诗中有句：“惆怅溪头从此别，碧山明月闭苍苔。”崔涂《春夕》诗中有句“胡蝶梦中家万里，子规枝上月三更。”）

其九曰：

寒窗灯尽月斜辉（许浑），桃李阴阴柳絮飞（王维）。

春色恼人眠不得（王介甫），高楼独上思依依（皇甫丹）。（皇甫丹疑皇甫冉之误。诗见《登润州万岁楼》，一说刘长卿所作。）

其十曰：

绿杨红杏满城春（杨巨源），不见当时劝酒人（宋邕）。

闻说莺啼却惆怅（王表），带围宽尽小腰身（朱淑真）。（曹唐《刘阮再到天台不复见仙子》诗中有句：“桃花流水依然在，不见当时劝酒人。”）

章生得诗，不胜欢悦。随即备礼，请媒人前往窦家求聘，择期入赘。合卺之夕，窦时雍欲试生才，即席上宣言曰：“门栏撒帐不必旧词。今要新人口占为之，毋容思索可也。”章生即时作《催妆诗》二绝，其一曰：

红摇花烛二更过，妆就风流体态多。
织女莫教郎待久，速乘鹤驾渡银河。

其二曰：

笙歌鼎沸满华堂，深院佳人尚晏妆。
愿得早乘云驭降，张郎久待杜兰香。（东晋曹毗有《杜兰香传》述张传、杜兰香故事。）

窦时雍及众贺客大奇其才，赞不绝口。章生、羞花重整新欢，佳人才子之情完美结合。好事者皆作诗相贺，汇编成册，号为《金钏集》，时人争相传阅。（事见《广艳异编》卷八、《续艳异编》卷四，《情史》卷三题为《章文焕》。本篇集古绝句十首所标作者，仅见于胡文焕《稗家粹编》，他书俱无。）

今生缘已断，愿结再生缘

出场美女 崔英妻王氏

少日风流张敞笔，写生不数黄筌。芙蓉画出最鲜妍。岂知娇艳色，翻抱死生缘！

粉绘凄凉余幻质，只今流落谁怜！素屏寂寞伴枯禅。今生缘已断，愿结再生缘。

这是元至正年间书生崔英的妻子王氏的一首泣血词作，题为《临江仙》。隐藏在词作背后的，是一出夫妻经历生死磨难、缔结再生缘的爱情悲喜剧，故事离奇曲折、感人至深。张敞，汉宣帝时有张敞画眉之说；黄筌，五代十国时西蜀画家，擅画山水、花卉，以画品“富贵”流布后世。

据明李昌祺《芙蓉屏记》：江苏仪征书生崔英家中颇为富裕，从小即擅书画，在当地小有名气。元至正十一年（1351 年），崔英凭父庇荫补永嘉县尉，带妻子王氏赴任。途经苏州图山，停船稍事休息。崔英买祭祀用品到神庙祭拜。祭祀完毕，回船舱与家人小饮。船家见其酒具器皿均为金银制作，顿起歹念。是夜，船家将崔英随行家仆婢女全部杀死，将崔英沉入江中，只留下王氏，并对她说：“你知道我为什么不杀你吗？因我次子尚未娶妻，今见你姿态风流，很想你做我的儿媳。现次子撑船去到杭州，不日就能转回与你成亲。既已当你为家人，尽管放心，不会再伤害你了。”

船家将崔英财物尽行席卷，并以儿媳称呼王氏。王氏强忍泪水，假意应承船家，替他料理家务，显得体贴温柔的样子。船家见她顺从，十分高兴，以为找到了一个好儿媳。

王氏与船主家人慢慢熟了，船家不再防备她。如此一月有余，适逢中秋，船家大摆酒席，一家人豪饮大醉。王氏等一家人睡熟了，悄悄跳上岸逃跑，跑了二三里地，忽然迷路，分不清东南西北，只有芦苇、茭白、蒲柳等一望无际。王氏是大户小姐，纤纤小脚受不了跋涉之苦，为逃命只得咬牙坚持。跑到天亮，才望见树林中有一所房屋，到了近前，隐约听见有钟磬声响。一位女僮为王氏开门，原来是一座尼姑庵。

庵主惊问王氏来历。王氏不敢讲出真情，谎称自己是真州人，哀哭着说："我公公带家人到江浙做官，到任未久丈夫病故，公公让我改嫁永嘉崔县尉做妾。崔家正妻凶悍，常常鞭打辱骂。近日丈夫离任回家，停船在此，因中秋赏月，让我取金杯饮酒，不料偶然失手，金杯滑落江中，大娘子大动肝火，必欲置我于死地，只好逃生到此。"

老尼姑对王氏胡编的遭遇甚为同情，问她说："娘子既不敢回船，家乡又远，孤苦一身将投何处安身？"王氏哭泣不已。老尼姑很喜欢王氏眉宇间透出的秀雅，就开导她说："此处偏僻荒凉，人迹罕至。娘子虽年轻貌美，无奈机运不顺。何不舍弃爱欲，削发出家？禅榻佛灯，晨飧暮粥，随缘以度岁月，强似为人宠妾。世上俗人活着有受不尽的苦恼，死后还要结下报不完的仇冤，真是何苦！"王氏听了老尼姑的话，磕头拜谢说："感谢菩萨收留，这也是我的志向。"

于是王氏在庵内削发为尼，法名慧圆。王氏自幼研习文墨，工于诗词书画。不到一月时间，即已通晓佛经内典，为庵主赏识。自此凡庵内大小事务，庵主都征求王氏意见。王氏宽厚善良，庵内人个个欢喜。她每日在观音像前礼拜百回，暗诉心曲，参拜完毕，便回内室静坐养心，天天如此，人们很少在室外看见她。

王氏在庵内待了一年有余。一日，忽有施主到寺院游览，由庵主陪同吃罢斋饭后离去。施主走后，老尼姑将其捐赠的一幅芙蓉画张挂在屏风上。王氏经过，讶然认出是丈夫崔英手笔，强压住心头波澜，找庵主打听来历。庵主回答说是游览的施主所赠。王氏详问施主情况，答说姓顾名阿秀，以撑船为业，近来家中有暴发之象，有人怀疑为江湖劫掠所至，未知真假。王氏问顾氏是否常来庵中，庵主摇头答说绝少。王氏悲伤难抑，提笔在屏画上题词一首，即本文开篇之《临江仙》。庵内众尼文学根底甚浅，皆不明白词中寓意。

某日，苏州城内一位名叫郭庆春的绅士到庵内游览，见到了芙蓉屏画，欣赏它的精致，便买回去观赏。时有御史大夫姓高名纳麟，因致仕退居姑苏。高公平素喜爱书画，郭庆春即将此画赠送。高公喜其芙蓉栩栩如生，将其挂于内书房。

过了数日，又有人呈上四幅草书，标价要卖。高公见其风格颇似怀素，清劲脱俗，惊问何人所写。下人传话，答说系作者亲自所书。高公招之，见其言谈举止不似俗人，就询问他姓名籍贯。那人语带悲怆地说：“我姓崔名英，表字俊臣。世代居住仪征，凭父荫补永嘉县尉，带家眷走水道赴任，不小心遭船家暗算，将我沉入江中，家财、妻子尽被打劫。幸亏我年少时学会游泳，潜在水中，估计船家走远，才爬上岸来向人求救。帮我的主人非常善良，取出干净衣服让我穿戴，招待酒食帮我压惊，又送我盘缠，对我说，既然遭到强盗打劫，理应告官，他不敢多留我，恐受连累。我问路进城，到平江府举报，至今已等候了一年，杳无音讯，只好卖字度日。没想到拙劣的书法，会上达尊长阅览。”

高公闻听崔英遭遇，深表同情地说：“足下遭此大难，现在愁也无用，不如暂留我处，教几个幼孙写字读书。”崔英点头称谢。高公即带他入内书房安排酒宴对饮。崔英见到屏上芙蓉，脸色陡变，顿时潸然泪下。高公惊问缘故。崔英说：“这正是我随船丢失的物品，系我手笔。怎会流落到此？”他诵读画上题词，接着说：“此乃我妻子所作。”高公问：“你能辨别？”崔英点头说：“我熟悉她的笔迹。况且词意非常明显，是拙荆所作无疑。”高公点头说：“果然如此，理当为足下担负捕盗责任。你姑且保密。”

高公安顿崔英在公馆住下。通过郭庆春提供的线索，到庵内婉转盘问，得知此画乃本县顾阿秀施舍，词作为本寺尼姑慧圆题写。高公对庵主说：“内人虔心学佛，想拜贵庵小师父慧圆为师，希望不要推却。”

庵主摇头不肯，以为慧圆也不会答应，但慧圆却表态愿往。老尼见她意态坚定，不再阻拦。高公命人用轿子将慧圆直接抬入内室，让夫人陪同就寝。闲暇中夫人询问其家世，王氏泪如雨下，据实相告。讲到题咏《芙蓉词》时，王氏流泪哀求说：“强盗就在本县，若高公能逮捕罪犯，替我丈夫报仇雪恨，就是我的再生父母，恩德如同天地！”（王氏尚不知自己丈夫就在高公府中。）

老夫人将王氏话语转告高公说：“王氏知书达理，贞节贤淑，品德令人敬佩。”高公嘱咐夫人好生照看王氏，同时瞒住崔英。随后他派人查知顾氏兄弟住址及出没行径，暗中等待良机。

数月之后，机会终于到了。朝廷差进士薛溥化为监察御史巡视平江府。薛溥化乃高公过去的属下，高公向他细说崔英被害一事。（只瞒下了王氏被救情节。）薛溥化果断出手，抓捕了顾氏兄弟，发现永嘉县尉授官文书尚在，另有崔家财物，只不见王氏下落。严刑拷讯顾氏兄弟，顾阿秀说："当初想留下王氏做次子配偶，因她应承，所以不再防备，不想八月中秋被她逃走，不知去向。"薛溥化将顾氏兄弟处以极刑，并将赃物及授官文书发还崔英。

崔英告别高公欲往永嘉上任。高公笑道："待我替足下做媒，娶妻后再去上任不迟。"崔英谢道："我与糟糠之妻同居多年。今日不幸流落他方，生死未知。万一天可怜见将她送还，或可伉俪团圆。感谢高公恩德，崔英终生难忘。至于另外娶妻，崔英断难依从。"高公说："足下德行高尚，老天必会保佑。我已知君志向，容老夫明日设宴饯别，然后起程。"

次日，高公在府上大摆宴席，遍宴平江名流。酒过三巡，高公举杯高声道："诸位满上，老夫今日为崔县尉了却今生缘。"众宾客不晓其意，左顾右盼。高公让人叫出慧圆。崔英认出王氏，恍然如梦，夫妇二人相抱大哭。高公向众人说明来龙去脉，并取出芙蓉屏给众人观赏，人们这才知道高公所说"了却今生缘"之意。满座人皆为崔英夫妇唏嘘不已，赞颂高公恩重如山。

崔英和王氏洒泪辞别高公赴任，高公又送崔英夫妇僮仆、婢女及路上盘缠。数年后崔英永嘉任满回京城重过姑苏，高公已经亡故。夫妇二人号啕大哭，如丧考妣，在高公墓前搭建水陆道场，披麻戴孝跪守三昼夜方才离去。王氏从此发誓长吃斋食，每日诵经不止。（懂得感恩可敬。）

仪征才子陆仲旸得知此事，作《芙蓉屏歌》记载此事曰：

画芙蓉，妾忍题屏风！屏间血泪如花红。败叶枯梢两萧索，断缣遗墨俱零落。去水奔流隔死生，孤身只影成漂泊。成漂泊，残骸向谁托？泉下游魂竟不归，图中艳姿浑似昨。浑似昨，妾心伤，那禁秋雨复秋霜！宁肯江湖逐舟子，甘从宝地礼医王。医王本慈悯，慈悯怜群品。逝魄愿提撕，茕嫠赖将引。芙蓉颜色娇，夫婿手亲描。花萎因折蒂，干死为伤苗。蕊干心尚苦，根朽恨难消。但道章台泣韩翊，岂期甲帐遇文箫。芙蓉良有意，芙蓉不可弃。幸得宝月再团圆，相亲相爱莫相捐。谁能听我芙蓉篇？人间夫妇休反目，看此芙蓉真可怜！

风流不与愁相约

出场美女 杨采采

秋香亭上桂花芳，几度风吹到绣房。
自恨人生不为树，朝朝肠断屋西墙。

秋香亭上桂花舒，用意殷勤种两株。
愿得他年如此树，锦裁步障护明珠。

这是元末至正年间少女杨采采所作七绝二首，诗是写给情郎商生的。明代山阳学者瞿佑根据二人的爱情悲剧，创作出小说《秋香亭记》，附于《剪灯新话》之后。步障，遮蔽风尘或视线的屏幕。《晋书·石崇传》中有“与贵戚王恺、羊琇之徒，以奢靡相尚……恺作紫丝步障四十里，崇作锦步障五十里以敌之”，《晋书·王凝之妻谢氏传》中也有谢道韫“乃施青绫步障自蔽”等句。

据明瞿佑《剪灯新话》附录：元末至正年间，有位姓商的少年，跟随当官的父亲游历浙江（一说姑苏，即苏州），客居于乌鹊桥，与弘农杨氏宅第相邻。杨氏是延佑大诗人浦城公的后裔。浦城娶商氏为妻，其孙女名采采，与商生为中表兄妹。（其时杨浦城已去世，商氏尚健在。）商生正当少年，气禀清淑，性质温粹，以聪慧机敏受到亲属称赞。商生与采采皆当情窦初开之季。（古人称之“童卯”。）商氏是商生的祖姑。每读书之暇，商生与采采共戏于庭院，商氏见了，很是钟爱。商氏曾抚着商生的头指着采采说：“你要好好读书，我这孙女誓不许他人，专等你家礼聘，以续我商杨二姓之欢，永以为好。”

采采的父母听到此话，很是高兴，就想定下这门亲事。但商生的父亲却认为儿子年纪尚幼，恐其耽误学业，答说容待他日。（机不可失，失不再来。事实证明，此乃重大决策失误。）商生、采采因商氏之言，心曲暗通，倍相亲爱。

如此过了数岁，商生已到弱冠之年，采采也已及笄。（弱冠，古人二十岁行冠礼，以示成年，但体犹未壮，还比较年少，故称“弱冠”。及笄，古代女子满十五岁结发，用笄贯之，因称及笄，也指已到结婚年龄，如“年已及笄”。）两人常相嬉于宅中秋香亭上。亭内有两棵桂树，垂荫婆娑，桂花盛开之时，香气浓馥，四处飘散。中秋月夕，家人团聚会饮，商生与采采私会树下，互诉衷肠，誓言终身相爱，不离不弃。

中秋过后，采采父母以女儿年岁已大，不让她再到商生家中；仅春节期间，许他们以兄妹之礼见于中堂。（也许觉察到什么。）

闺阁深邃，却难阻情丝幽幽。转眼又到八月桂香时节，采采以折花为名，以碧瑶笺书绝句二首，令侍婢香香持诗授生，嘱生继和，其诗即本文开篇之作。商生得诗，又惊又喜，遂口占二首，书以奉答，交给侍婢持去。其诗曰：

其一

深盟密约两情劳，犹有余香惹翠袍。
记得去年携手处，秋香亭上月轮高。

其二

高栽翠柳隔芳园，牢织金笼贮彩鸾。
忽有书来传好语，秋香亭上鹊声喧。

商生始慕采采姿色而已，见采采才华如此之棒，欣喜若狂，从此一门心思都在采采身上，只盼与她早结连理。采采思念商生，整日无精打采，恐商生不知其眷恋之深，于是以吴绫帕题绝句于上，令侍婢持赠商生。其诗曰：

罗帕熏香病裹头，眼波娇溜满眶秋。

风流不与愁相约，才到风流便有愁。

商生感叹再三，未及酬和。适逢高邮张士诚起兵造反，三吴扰乱，商生父携家南归钱塘，此后又辗转会稽、四明避乱；采采一家也北徙金陵。两家自此音讯不通长达十年。直到吴元年，国朝统一，道路始通。（朱元璋于1361年受韩林儿封吴国公，1364年自称吴王，1366年韩林儿死，朱遂以该年为吴元年。）其间商生父亲去世，商生陪母亲独居于钱塘故里。他探得采采一家迁居金陵的消息，于是遣家中旧仆老苍头前往金陵核实。

老苍头从金陵回来，回报说采采已于甲辰年嫁太原王氏为妻，且生育一子。商生得知消息，虽心中怅然绝望，却也旧情难舍。为让采采知道十年来的款款心曲（怪谁？要怪，就怪你那固执迂腐的父亲），特置买彩花二盝[盝（lù），古代小型妆具]、紫绵脂百饼（紫绵脂，化妆之用），遣老苍头再赴金陵相赠。商生恨采采负约，竟不修书。

原来采采所嫁王氏，也乃金陵大户，主要经营彩帛生意。这日采采正垂帘独立，忽见老苍头从门前趄过（吃力行状），惊呼道："这位不是商兄家旧人吗？"即命延入，询问商生家近况。听说商生至今未娶，面色顿转惨怛。老苍头将所带二物赠奉，采采左翻右找，不见书信，老苍头转述商生不修书之意。采采一时无语，泪下数行。当晚以酒馔厚待老苍头，约其明日再叙。

次日，老苍头依约前往。采采已剪乌丝栏修书一封，托老苍头代为送达。（乌丝栏，书籍卷册中绢纸类有织成或画成之界栏，红色者谓朱丝栏，黑色者谓之乌丝栏。栏亦作阑，或作襕。乌形容其色黑，丝形容其界格之细。非剪下头上黑发之意。）其书曰：

伏承来使，具述前因。天不成全，事多间阻。盖自前朝失政，列郡受兵，大伤小亡，弱肉强食，荐遭祸乱，十载于此。偶获生存，一身非故，东西奔窜，左右逃逋。祖母辞堂，先君捐馆。避终风之狂暴，虑行露之沾濡。欲终守前盟，则鳞鸿永绝；欲径行小谅，则沟渎莫知。不幸委身从人，延命度日。顾伶俜之弱质，值屯蹇之衰年，往往对景关情，逢时起恨。虽应酬之际，勉为笑欢，而岑寂之中，不胜伤感。追思旧事，如在昨朝。华翰铭心，佳音属耳。半衾未暖，幽梦难通；一枕才欹，惊魂又散。视容光之减旧，知憔悴之因郎；怅后会之无由，叹今生之虚度！岂意高明不弃，抚念过深。加沛泽以滂施，回余光以反照。采葑菲之下体，记萝茑之微踪；复致耀首之华、膏唇之饰，衰容顿改，厚惠何施？虽荷恩私，愈增惭愧！而况迩来形销体削，食减心烦，知来日之无多，念此身之如寄。兄若见之，亦当贱恶而弃去，尚何矜恤之有焉！倘恩情未尽，当结伉俪于来生，续婚姻于后世尔！临楮呜咽，悲不能禁。复制五十六字，上渎清览，苟或察其辞而恕其意，使箧扇怀恩，绨袍恋德，则虽死之日，犹生之年也。

明胡文焕《稗家粹编》所引附录与瞿佑晚年成书之《剪灯新话句解》两文颇多差异。《稗家粹编》此段为：

伏承来使，具述绸缪。昔日欢情，一旦终阻。自遭丧乱，十载于兹。祖母辞堂，先君弃室。茕然形影，四顾无依。欲终守前盟，则鳞鸿永绝；欲径行小谅，则沟渎莫知。不幸委身从人，苟延微命。虽应酬之际，强为笑欢，而岑寂之中，不胜伤感。追思旧事，恍若前朝。华翰铭心，佳音在耳。每孤灯夜永，落叶秋高，往往目断遥天，情牵异域。半衾未暖，幽梦难通；一枕才欹，惊魂又散。岂意高明不弃，抚念过深，加沛泽以滂施，广余光而下照。采葑菲之下体，托萝葛之微踪；复致耀首之华、膏唇之饰，衰容非故，厚惠何施？虽荷殊恩，愈怀深愧！盖自近岁以来，形销体削，面目可憎，览镜徘徊，自疑非我。兄若见之，亦将贱恶而弃去，尚何矜恤之有哉？倘恩情未尽，当结姻缘于来世矣。没身之恨，懊叹何言。拜会无期，忧思靡竭，惟宜自保以冀远图，无以此为深念也。临楮呜咽，情不能伸。复作律诗一章，上渎清览，苟或察其词而恕其意，使箧扇怀恩，绨袍恋德，则虽死之日，犹生之年也。诗曰：

好因缘是恶因缘，只怨干戈不怨天。
两世玉箫犹再合，何时金镜得重圆？
彩鸾舞后肠空断，青雀飞来信不传。
安得神灵如倩女，芳魂容易到君边！

比较《稗家粹编》与《剪灯新话句解》二者差异：前者在追忆欢情，寄望重好；后者则着眼于人生感喟和爱情始末的理性分析，体现出较浓的绝望情绪。

商生得采采书信，默诵数遍，抑郁难以排解。后次其韵作诗曰：

秋香亭上旧因缘，长记中秋半夜天。
鸳枕沁红妆泪湿，凤衫凝碧唾花圆。
断弦无复鸾胶续，旧盒空劳蝶使传。
惟有当时端正月，清光能照两人边。

山阳学者瞿佑与商生同里，往来较多，得知此事的来龙去脉，经常开导他，又作《满庭芳》一阕，以释其情曰：

月老难凭，星期易阻，御沟红叶堪烧。辛勤种玉，拟弄凤凰箫。可惜国香无主，尽零落、路口山腰。寻春晚，绿阴青画，鶗鴂已无聊。蓝桥虽不远，世无磨勒，谁盗红绡？怅欢踪永隔，离恨难消！回首秋香亭上，双桂老，落叶飘飘。相思债，还他未了，肠断可怜宵！（鶗鴂，杜鹃鸟；蓝桥，用裴航故事；磨勒，即昆仑奴。）

瞿佑又根据两人的离合故事，创作《秋香亭记》，附于自创的小说集《剪灯新话》之后。“使多情者览之，则章台柳折，佳人之恨无穷；仗义者闻之，则茅山药成，侠士之心有在。”（茅山药成，唐薛调《无双传》中有茅山道士以令人死而复生之药救活无双。另，瞿佑，字宗吉，号存斋，一说钱塘人，元末明初文学家，著有小说集《剪灯新话》等。）

须叫张敞画新眉

出场美女 谢桂英

上都梳洗逐时宜，料得良人见即思。
早晚归来幽阁内，须教张敞画新眉。

这是元代美妓谢桂英的一首七言绝句。得知情人王魁高中状元，谢氏兴高采烈、欣喜若狂，然而残酷的现实随即将她的美梦击碎。与弱女秦香莲千里寻夫、被动告状不同，性格刚烈的莱阳姑娘选择化身为厉鬼复仇。

据元柳贯《王魁传》：王魁，名俊民，字康侯，山东莱州掖县秀才。进京应试不第，回乡途中与同样失意的杜卿结伴同行。路过莱阳县时，两人同往北市鸣珂巷妓女谢桂英家小饮。桂英姿容艳丽，见王魁英俊挺拔，举止优雅，十分爱慕。她满上一杯说：“我名桂英，酒为天禄，足下得桂英，饮天禄，明年必登高第，金榜题名。”王魁见她说得吉利，便满饮此杯。桂英又取出罗帕求王魁题诗。王魁略加思索，提笔写道：

谢氏筵中闻雅唱，何人戛玉在帘帷？
一声透过秋空碧，几片行云不敢飞。

桂英见王魁如此夸她，非常高兴，当下对他说：“自今以后，你只管勤奋攻读，其余不用操心。四时衣服与饮食起居，自有我来照顾。”两人当着杜卿之面订为夫妻。从此王魁在桂英家住下，发愤苦读。桂英极尽温柔，关怀备至。

一年转瞬即逝，王魁又将上京应试。桂英为王魁准备好了一切盘缠。临行前夜，桂英含泪对王魁说："我与你偶然相逢，结为夫妻，一年有余。今夜一别，从此关山万里。我好比那断梗飞蓬、轻舟飘瓦，独守空房。不知你功名何时成就，也不知你心中对我究竟有几分真诚。附近有个海神庙，明日出发前，我俩就到庙中焚香设誓，互诉衷曲，不知郎君意下如何？"

王魁深以为然。天明之后，两人同往海神庙。王魁对海神立下盟誓说："吾与桂英，誓不相负，若生离异，神当殛之。"（殛，杀死。）桂英满心欢喜，也立下类似重咒。

王魁初达京门，寄诗桂英曰：

琢月磨云输我辈，都花占柳是男儿。
前春我若功成去，好养鸳鸯作一池。

王魁春风得意，果然高中第一。他暗自思忖："我如今显贵，功成名就，况且家尊一向严谨，注重门户，我不可再与桂英往来。"遂向桂英隐瞒不报。

桂英得知王魁高中，喜不自禁，寄七律二首相贺曰：

人来报喜敲门急，贱妾初闻喜可知。
天马果然先骤跃，神龙不肯后蛟螭。
海中空却云鳌窟，月里都无丹桂枝。
汉殿独呈司马赋，晋庭惟许宋君诗。

身登龙首云雷疾，名落人间霹雳驰。
一榜神仙随驭出，九衢卿相尽行迟。
烟霞路稳休回首，舜禹朝清正得时。
夫贵妇荣千古事，与郎才貌各相宜。

又戏呈七绝云：

上都梳洗逐时宜，料得良人见即思。

早晚归来幽阁内，须教张敞画新眉。

又闻王魁赴琼林宴，再寄一绝曰：

上国笙歌锦绣乡，仙郎得意正疏狂。

谁知憔悴幽闺客，日觉春衣带系长。（琼林宴，为殿试后新科进士举行的宴会，始于宋代。）

王魁父母在家乡济宁府早已为他聘下任相国的女儿，只等他衣锦还乡，成就洞房花烛之喜。不日，朝廷授予王魁徐州佥判官职，王魁即刻赴任。

桂英得知王魁被授徐州官职的消息，心中大喜，想徐州与莱阳相距不远，王魁就职之后必派人来接。谁知一等数月，不见消息。桂英心中忧愤，便修书一封，派家仆持书往见王魁。家仆来到徐州，见到王魁，将桂英书信呈上。王魁将书信掷于地上，不予理睬，并令属下将桂英家仆赶出理事厅。（也太绝情了些。）家仆受辱，两手空空回来。桂英气愤至极，吐血大哭，对天长啸曰：“王魁如此负心，我当以死报怨！”当夜，悲痛绝望的桂英拔刀自刎而死。

桂英死后，王魁暗自高兴，以为除去后患。哪知桂英阴魂不散。后王魁在南都试院，入夜忽见一女子从烛光中走出，依稀正是桂英。桂英怒斥王魁道：“君轻恩负义，负誓渝盟，使我至此！”（渝，感情、态度改变。）王魁十分惧怕，连连讨饶。桂英不允，对王魁云：“得君之命即止，不知其他。”抛出王魁当日题诗的罗帕，正中王魁头顶。数日之后，王魁暴病而亡。（桂英死后成厉鬼逼死王魁的情节，令天下负心人胆寒，而天下负心人又巴不得所有女人都似苏小小。与王魁臭名相齐者乃北宋仁宗时之陈世美。经学者考证，王魁、陈世美皆虚构人物，但秦香莲、霍小玉之类被遗弃的妇女，从古至今却大有人在。明胡文焕《稗家粹编·严威误宿天妃宫记》，讲述的同样是负心汉和痴情女的故事。）

身边少个人儿睡

出场美女 范仲胤妻　尚书之女　仁叔妻

闲将小书作尹字，情人不解其中意。

共伊间别几多时，身边少个人儿睡。

这是明朝范仲胤妻子创作的一首小词，题为《字字双》。词作反映了范妻的极度机敏，将错就错的词作背后，是一段饶有风趣的爱情佳话。

据清叶申芗《本事词》：明朝范仲胤为相州录事（一说范乃宋朝人），久客不归，其妻寂寞难耐，作《伊川令》词以寄云：

西风昨夜穿帘幕，闺院添萧索。最是梧桐零落，迤逦春光过却。

人情音信难托，鱼雁成躯搁。教奴独自守空房，泪珠与灯花共落。

范见词颇为感动，但看词牌名《伊川令》却误为《尹川令》。（是爱妻写信时心绪烦乱，一时笔误。）妻子一向谨慎细心，莫非另有含义？范仲胤于是回词一首：

顿首启情人。即日恭维问好音。接得彩笺词一首，堪惊！题起新词客恨生。　　展转意多情。寄与音书不志诚。不写“伊川”题“尹”字，无心？料想“伊”家不要人！

范妻接信读之，方知因一时疏忽错写词牌名，引起丈夫误会。生性聪明的她灵机一动，当即又给丈夫寄去一词，即本文开篇之《字字双》。仲胤得词，大笑称赞。当然，接下来就是收拾行装、回家安抚娇妻了。

《本事词》还载有另一则趣事：明代有位礼部尚书，膝下有一女，美丽聪慧，自幼与表兄青梅竹马，及至长大成人，两人渐生情愫。表兄每次到访，二人必促膝倾谈，竟至私相幽会，未料被人窥见，报与尚书。尚书大怒，将其表兄逐出。二人两地相思，不堪其苦。

不久，尚书奉旨外出公干，二人复得幽会，悲戚不已。表兄问表妹说："夜来曾有梦否？"表妹摇头，唯叹息而已。表兄心中不悦，心想自从别后，我时常梦你念你，你却连梦也没有，因诘问道："何无情至此？"表妹委屈不已，于是提笔作词一首，直抒胸怀：

人道有情须有梦，无梦岂无情？夜夜相思直到明，有梦怎生成？伊若忽然来梦里，临笛又还惊。杜鹃声声不忍听，浑是断肠声。

表兄读后，甚觉惭愧，原来表妹终夜未眠，有梦难生，其情更胜，于是赶忙道歉。后来二人托媒说合，终成一段美满姻缘。

另据罗烨《新编醉翁谈录》乙集卷二：三山吴某，字仁叔，在太学读书，寄家书给爱妻，误将白纸一张封而寄之。妻启缄见之，笑而复诗一首：

碧纱窗下启缄封，一纸从头彻底空。
知汝欲归情意切，忆人全在不言中。

仁叔接书大笑，也回诗一首云：

一幅空笺聊达意，佳人端的巧形言。
圣君若也颁科诏，应作人间女状元。

（清康熙年间名列"蕉园五子"之一的朱柔则贤淑有雅量，能诗善画。其夫沈用济赴京，寄寓于红兰主人家，数年未归。柔则绘《故乡山水画》寄去，红兰主人见之，在上题诗曰："柳下柴门傍水隈，夭桃树树又花开。应怜夫婿无归信，翻画家山远寄来。"用济看过诗画，当即打道回府。）

只为你酸留　意儿难弃舍

出场美女 刘婆惜

青青子儿枝上结，引惹人攀折，其中全子仁，就里滋味别，只为你酸留意儿难弃舍。

这是元末明初美女刘婆惜的即兴之作，题为《清江引》。因为这首妙词，刘婆惜不仅赢得满堂喝彩，还连带收获了迟到的爱情和幸福。

据元夏庭芝《青楼集》：刘婆惜本是艺人李四的妻子，江西抚州临川人氏，与江右歌伎杨春秀同时。刘氏天生丽质，生性聪颖，无论滑稽表演或歌舞技艺，皆在同辈之上，极为权贵赏识。刘氏与李四指腹为婚，丈夫生性粗鲁，脾气暴躁，刘氏得不到爱抚，私下与抚州常推官的儿子三舍相好。因碍于丈夫李四监视，两人不能随心所欲，便商量逃走，结果事情败露，被李四责打几十大杖，撵出家门。刘氏自感羞愧，无脸见人，打算远走广海投靠亲友。

去广海须经过赣州。当时礼部尚书全普庵（字子仁）外调任赣州监郡。全公为官清廉，文章政绩一流，唯耽于酒色。每日公事完毕，常爱邀集城中士子酣饮赋诗。他还喜欢在帽子上插带一些花枝、花果或花叶。

刘婆惜路过赣州，听说全公名声，便去府上拜访。全公不屑相见，回话说："受过刑的妇人，不值一见。"刘氏盈盈含泪，对守门的侍卫说："我打算去广海，誓不复返，久闻尚书清明廉洁，若能短暂相见，死而无憾矣。"全公听了这番话，心生怜悯，当即允诺刘氏进府。

当时全公厅堂上宾朋满座。全公的官帽上插着一枝青梅。行酒时，全公即兴吟出《清江引》曲牌的首句“青青子儿枝上结”，随即让在座的宾朋续之，众人一时语塞。刘氏提着衣裙上前问道：“能容我试着填词吗？”全公笑着挥手说：“请吧。”刘氏略加思索，随即咏出本文的开篇之作。

谁也没料到一个过路客竟然“压倒元白”，最妙的是她将全尚书姓名“全子仁”三字镶嵌其中，既自然又贴切。（压倒元白，语出五代王定保《唐摭言·慈恩寺题名游赏赋咏杂记》，唐宝历年间，杨嗣复一次赋诗被誉最佳，时元稹、白居易皆在座。杨大醉而归，对子弟说：“吾今日压倒元白矣。”）刘氏咏完，众宾客连声喝彩，全公也兴奋得击掌赞赏，吩咐延座添酒，做彻夜之欢。

全公欣赏刘氏的才艺，将她留在府中，纳为小妾，极尽宠爱。不久战争爆发，全公为朝廷尽忠而死，刘氏也恪守妇道，善终于家。（从前是遇人不淑。）

明抄本《说集》（无名氏撰）与元夏庭芝《青楼集》文字内容出入较大：

> 刘婆惜，乐人李四之妻也。天性聪慧，善歌舞，驰名湖湘间。全子人（仁）自户部尚书选用，除赣州路监郡，声价赫然。一日，全宴客，呼刘佐尊。正清和时景，庭前有梅，方结子尚小，全因酒酣，口占《清江引》云：“青青子儿枝头结，未许人攀折。”下韵未成，沉吟之际，刘应声云：“其中全子仁，就里滋味别，酸溜溜好教人杂弃舍。”一座称卖（赏）。全遂属意焉。数日后，刘与其好尝（常）三舍者逃窜，其家寻获告官，正隶全公，遂授状，竟断离异。经数月，即令人寻访，纳为侧室。全殁后，不知所终。

刘婆惜口占《清江引》的故事在明清之际得到较广泛传播，不仅被编入各类杂书，还被改编成小说戏曲。（《绣谷春容》中就有刘婆惜巧合监郡的故事。《刘婆惜画舫寻梅》又名《青梅佳句》，大略也是以她为主角的风流故事。据元钟嗣成《录鬼簿续编》载：兰楚芳，西域人。江西元帅，功绩多著。丰神秀英，才思敏捷。刘廷信在武昌，赓和乐章，人多以元白拟之。时有名姬刘婆惜，筵间切脍，公因随口歌《落梅花》云：“金刀细，锦鲤肥，更那堪玉葱纤细。”刘氏接云：“得些醋，成风味美，诚当俺这家滋味。”此刘婆惜是否彼刘婆惜，就不得而知了。）

风流好似鱼游水

出场美女 薛兰英　薛蕙英

宝篆烟消烛影低，枕屏轻摇镇帏垂。
风流好似鱼游水，才过东来又向西。

这是元末吴郡美女薛蕙英书赠情郎郑生的七言诗，诗中描绘的是她和姐姐薛兰英与郑生偷情幽会的胜景。

据明人瞿佑《剪灯新话·联芳楼记》：吴郡富室有姓薛者，至正初居于阊阖门外，以粜米为业。有二女，长曰兰英，次曰蕙英，皆聪明秀丽，能为诗赋。薛父于宅后建一楼，名曰“兰蕙联芳楼”，楼内粉涂四壁，请承天寺画僧绘画其上，登之者蔼然，如入春风之室。二女日夕于间，吟咏不辍，有诗数百首，号曰《联芳集》，好事者往往传诵。（《联芳集》已佚，二女有《苏台竹枝词》传于世，为元末诗人杨维祯赞赏。《玉镜阳秋》评价说：“二女《苏台》十章……字字竹枝，妙镜鼎足曹、张间，了自不让。”曹即曹妙清，张即张妙静，二人都是元代才女，也都是杭州人。）

兰蕙联芳楼下临运河，往来航船如梭。时有昆山郑姓青年，也乃世家大族，其父与薛某交往甚密，郑生往苏州经商贩卖，每次船到就依傍薛家，停泊于联芳楼下。《剪灯新话·联芳楼记》详细描绘了郑生与二女偷情的经过：

生少年，气韵温和，质性俊雅。夏月，于船首澡浴，二女于窗隙窥见之，以荔枝一双投下。生虽会其意，然仰视飞甍峻宇缥缈于霄汉，自

薛兰英　薛蕙英

非身具羽翼莫能至也。既而更深漏静，月坠河倾，万籁俱寂，夜色苍然。生不能寐，企立船舷，如有所俟。忽闻楼窗哑然有声，顾盼之顷，则二女以秋千绒索垂一竹兜于其前，生得以乘之而上。既见，喜极不能言，乃相携入寝，尽缱绻之意焉。

偷欢之余，二女还不忘以诗记兴，书赠郑生。长女兰芳曰：

玉砌雕栏花两枝，相逢却是未开时。
娇姿未惯风和雨，分付东君好护持。

次女蕙英诗即本文开篇之作。明胡文焕《稗家粹编》卷二所载二女诗作略有不同。其一曰：

国色天香花两枝，芳心犹是未开时。
娇容尚未经风雨，全仗东君好护持。

其二曰：

帘外风微月色低，欢情摇动帐帷垂。
轻狂好似莺穿柳，过了南枝又北枝。

郑生也回诗相赠：

误入蓬山顶上来，芙蓉芍药两边开。
此身得似偷香蝶，游戏花丛日几回。（胡文焕《稗家粹编》卷二续有诗文，兰英：“连理枝头并蒂花，明珠无价玉无瑕。”蕙英：“合欢幸得逢萧史，乘兴难同访戴家。”兰英：“罗袜生尘魂荡漾，瑶钗坠枕鬓鬖髿。”蕙英：“他时漏泄春消息，不悔今宵一念差。”）

三人的故事以喜剧结尾。薛父在得知三人之间的荒唐事后，当即采取了明媒正娶的补救措施：

未几，生之父以书督生还家。女之父见其盘桓不去，亦颇疑之。一日，登楼，于箧中得生所为诗，大骇。然事已如此，无可奈何，顾生亦少年标致，门户亦甚相敌，乃以书抵生之父，喻其意。生父如其所请，仍命媒氏通二姓之好，问名纳采，赘以为婿。是时生年二十有二，长女年二十，幼女年十八矣。吴下人多知之。

中国文人久怀“二女同事一夫”的情结，谈论此事一向津津乐道。元末江南诗坛泰斗杨维祯读到二女诗稿后赞叹不已，有诗为证：

其一：

锦江只见薛涛笺，吴郡今传兰蕙篇。
文采风流知有日，连珠合璧照华筵。

其二：

难弟难兄并有名，英英端不让琼琼。
好将笔底春风句，谱作瑶筝弦上声。

因为有诗坛名家的推崇，姐妹俩自此声誉鹊起，时人誉为“班姬、蔡女复出，易安、淑真而下不足论”也。（清陶玉禾、陶瀚《元诗选·总论》谓：“元代闺秀寥寥，绿窗遗集，端赖贤夫；蕙兰联芳，亦以铁崖知名耳。”元时与薛氏姐妹齐名、因和杨维祯《竹枝词》扬名者，另有曹妙清、张妙静两位美才女。曹妙清，字比玉，事母孝谨，三十不嫁，风操可尚，其和杨维祯《竹枝词》曰：“美人绝似董娇娆，家住南山第一桥。不肯随人过湖去，月明夜夜自吹箫。”张妙净，字蕙莲，通晓音律，才情飘逸，其和杨维祯《竹枝词》曰：“忆把明珠买妾时，妾起梳头郎画眉。郎今何处妾独在，怕见花间双蝶飞。”杨对二人的诗才十分推崇，将她们比拟为唐代女诗人薛涛。）

朝朝望断北来鸿

出场美女 张红桥

床头络纬泣秋风，一点残灯照药丛。
梦吉梦凶都不定，朝朝望断北来鸿。

这首七言绝句，出自明初著名的美才女张红桥之手，诗中一字一泪，倾诉着对情郎林鸿的痴情与幽怨。络纬，虫名，俗称纺织娘，夏秋夜间振羽作声，声如纺线，唐李白《长相思》中有“长相思，在长安，络纬秋啼金井阑”等句；北来鸿，语义双关，一指鸿雁传书，二指情人林鸿。

张红桥本名秀芬，生逢元末，父母死于战乱，姨母带着她流落到福建闽县（今福建福州境内），定居于红桥南侧，因文才过人，人们都叫她张红桥。

张红桥聪敏端丽，享有文名，当地豪绅争相与之攀亲，红桥一概回绝，真情告白说：“我要嫁给像李白那样浪漫有才的男人。”此言一出，诗作词笺如同雪片般飞来。红桥逐一品评，但并没有一份令她中意的。

洪武初年，“闽中十才子”之一林鸿从京城辞官回乡，一日无事，前往好友王称家拜访。两人在楼上书房秉烛长谈，是夜月圆，林鸿无意间瞥见邻家庭院里有一位风姿绰约的美少女，正在月下焚香祷告，在皓月的清辉中，宛如仙女下凡，不禁随口吟道：

桂殿焚香酒半醒，露华如水点银屏。
含情欲诉心中事，羞见牵牛织女星。

王称从诗作和神情中窥知林鸿的心思，便将张红桥以诗征婿的事情告诉他。林鸿当即将诗作用碧玉笺誊正，装入锦囊之中，拜托王称家仆妇转交红桥。红桥见此诗庄重而不轻佻，遂提笔回诗一首：

梨花寂寂斗婵娟，银汉斜临绣户前。
自爱焚香消永夜，从来无事诉青天。

老仆妇拿着诗笺回来，向林鸿道贺说："张家小姐自来闽县，投诗为媒者不下百人，从未见她回答，今日可是破天荒第一回呢。"林鸿喜出望外，厚赏仆妇，再寄诗一首：

云娥酷似董娇娆，每到春来恨未消。
谁道蓬山天样远，画栏咫尺是红桥。

云娥，仙女，泛指美女，晋张华《游仙诗》之三有"云娥荐琼石，神妃侍衣裳"，此处指张红桥；董娇娆，泛指美人；蓬山天样远，用"刘郎已恨蓬山远"句意；句末"红桥"一语双关。

虽然林鸿在诗中感叹与红桥如蓬山相隔，但因为有老仆妇的殷勤传书，两人的感情迅速升温。不久，林鸿借口张家住宅宽敞搬入其家中借居，红桥年迈的姨母睁一只眼闭一只眼，红桥就这样与林鸿成了一对双栖的鸳鸯，日日相伴、夜夜相守。林鸿怀香抱玉，乐不思蜀，张红桥也窃喜终于觅得如意郎，一首七绝真实呈现了她喜悦的心情：

芙蓉作帐锦重重，比翼和鸣玉露中。
共道瑶池春似海，月明飞下一双鸿。

两人出双入对，日子甜甜蜜蜜，不知不觉地一年过去了。一天，林鸿突然接到亡妻父亲从京城捎来的书信，让他赶往京城面试要职。林鸿闲居经年，虽有张红桥柔情相伴，心里终究难忘功名二字。得知消息，便与红桥商量，他只身先往京城谋职，待事情落定，即赶回福建接红桥同往京城。临行前，林鸿把自己行止两难的缠绵心境写入词中：

钟情太甚，人笑我、到老也无休歇。月露烟云多是恨，况与玉人离别。软语叮咛，柔情婉恋，镕尽肝肠铁。歧亭把酒，水流花谢时节。应念翠袖笼香，玉壶温酒，夜夜银瓶月。蓄喜含嗔多少态，海岳誓盟都设。此去何之？碧云春树合。晚峰千叠。图将羁思，归来细与伊说。

张红桥见词意柔肠百折，既为林鸿的痴情沉醉，又为离别伤病，也依韵填词一阙相和：

凤凰山下，恨声声、玉漏今宵易歇。三叠阳关歌未竟，城上栖乌催别。一缕情丝，两行清泪，渍透千重铁。重来休问。尊前已是愁绝。还忆浴罢描眉，梦回携手，踏碎花间月。谩道胸前怀豆蔻，今日总成虚设。桃叶津头，莫愁湖畔，远树云烟叠。剪灯帘幕，相思谁与同说。

才郎才女，话别自有一番情趣。林鸿去后，张红桥深居简出，日夜盼望林鸿归来。一年之后，林鸿托人捎回一阕《摸鱼儿》，张红桥急展信笺，词曰：

记得红桥、少年游冶，多少雨情云绪。金鞍几度归来晚，香靥笑迎朱户。断肠处，半醉微醒，灯暗夜深语。问情几许？情应似吴蚕吐茧，撩乱千万缕。　　离别处，淡月乳鸦啼曙。泪痕深，红袖污。深怀遐想何年了？空寄锦囊佳句。春欲去，恨不得长缨，系日留春住。相思最苦。莫道不消魂，衷肠铁石，涕泪也如雨。

词后另附七首绝句云：

女螺江上送兰桡，长忆春纤折柳条。归梦不觉江路远，夜深和月到红桥。

骊歌声断玉人遥，孤馆寒灯伴寂寥。我有相思千点泪，夜深和雨滴红桥。

残灯暗影别魂消，泪湿鲛人玉线绡。记得云娥相送处，淡烟斜月过红桥。

春衫初试淡红绡，宝凤搔头玉步摇。长记看灯三五夜，七香车子度红桥。

一襟离恨暗魂消，闲却鸣鸾白玉萧。燕子不来春事晚，数株杨柳暗红桥。

伤春雨泪湿鲛绡，别燕离鸿去影遥。流水落花多少恨，日斜无语立红桥。

绮窗别后玉人遥，浓睡才醒酒未消。日午卷帘风力软，落花飞絮满红桥。

张红桥细品“记红桥，少年游冶，多少雨情云绪”的词句，感觉其中透出几分轻慢。红桥本是大家闺秀，多舛的命运造就了她特殊敏感的心态。那段比翼双飞的生活并非明媒正娶，只能算是野合。她对林鸿付出的是毫无保留的一片痴情，现在从林郎的诗词中却没有捕捉到最需要的信息。张红桥陷入了深深的迷惘，种种不祥和可怕的结局在她心中萦绕，挥之不去，竟至茶饭不思。数月之后，一代才女香消玉殒。

林鸿在京城的运作并不顺利，因思念红桥，第二年初春便急急踏上了归途。一首七绝表达了他急切回乡的心情：

三千客路动行镳，远别归来兴欲飘。
只恐凤楼人待久，玉鞭催马上红桥。

到达闽县，他才得知红桥去世的噩耗。林鸿在红桥卧室的床头发现了她留下的七首绝句及半阕《黄金缕》，其词云：

记得红桥西畔路。郎马来时，系在垂杨树。漠漠梨云和梦度，锦屏翠幕留春住。

七首七言绝句的第一首见本文开篇之作，另六首是：

井落金瓶信不通，云山渺渺暗丹枫。轻罗泪湿鸳鸯冷，闲听长宵嘹唳鸿。

寂寂香闺枕簟空，满阶秋雨落梧桐。内家不遣园陵去，音信何缘寄塞鸿。

玉筋双垂满颊红，关山何处寄书筒。绿窗寂寞无人到，海阔天空怨落鸿。

衾寒翡翠怯秋风，郎在天南妾在东。相见千回都是梦，楼头长日妒双鸿。

半帘明月影瞳瞳，照见鸳鸯锦帐中。梦里玉人方下马，恨他天外一声鸿。

一南一北似飘蓬，妾意君心恨不同。他日归来也无益，夜台应少系书鸿。

每一首诗的韵脚都押在“鸿”字上，真可谓字字有泪，句句含悲，充满了爱恨情仇。林鸿睹诗，默然无语，只能把悲伤与痛悔融入悼亡诗中，一首《挽红桥》写道：

柔肠百结泪悬河，掩玉埋香可奈何。
明月也知留佩玦，晓峰长怨画青蛾。
仙魂已遂梨园梦，人世空传薤露歌。
自是忘情惟上知，此生长抱怨情多。

杨花无力暂随风

出场美女 姜子奇妻

夫留吴越妾江东，三载恩情一旦空。
葵藿有心终向日，杨花无力暂随风。
两行珠泪孤灯下，千里江山一梦中。
每恨当年罹此难，相逢难把姓名通。

这是明初江南一位普通女子的诗作，反映了战乱年代女性的身不由己和夫妻离散的悲痛心情。葵藿，即葵花，其性向日，古人多用以比喻下对上的忠诚。

据明侯甸《西樵野记》：明太祖洪武初，江浙人姜子奇与结婚三年的妻子在战乱中失散。子奇妻年轻貌美，端庄不俗，被大军的一位长官看中，收为婢妾，携带到京城官邸。数年后，四处乞讨寻妻的姜子奇来到京都。一天，他到一处深宅大院前行乞，楼上贵妇见到他，满眼盈泪，让人端来美酒佳肴让他吃，临走时，又用布袋装了一斗熟米送给他。子奇吃了饭，拿了米，没敢多问就走了。

次日，此妇在门口倚望，见子奇行乞过来，便把他叫到跟前说话。家奴觉得蹊跷，将此事报告给女主人。女主人当即派人追问子奇，检查他的要饭口袋，里面竟有一对金钗和书信。晚上丈夫公务归来，女主人将书信和金钗交给他，并告之白天发生的事情。丈夫打开书信一看，竟是一首律诗，即本文开篇之作。

长官大致知道了事情缘由，为姜子奇妻子的过人才思和不忘初心的忠贞感动，便派人找到姜子奇，使他伉俪复合。（此长官颇有隋朝杨素让乐昌公主破镜重圆的气度。）

莫教儿女衣芦花

出场美女 农家美妇

当年二八过君家，刺绣无心但绩麻。
今日对君无别语，莫教儿女衣芦花。

这是明朝江南一位农家美妇的七言诗，也可以视为她的临终遗言。衣芦花，据《史记·仲尼弟子列传》记载：闵子骞少时受后母虐待，冬天，后母给他穿芦花衬底的“棉衣”，给亲生子穿丝绵衬底的衣服。子骞寒冷难耐，父不知情，斥其懒惰，以鞭笞之，衣服破绽处有芦花飞出；查后母之子，衣皆厚絮。其父气愤至极，欲出后母，子骞跪求说：“母在一子寒，母去三子单。”其父因子骞求情而饶恕了后母。后母从此待子骞如同己出，全家和睦。（此典故即“单衣顺亲”“鞭打芦花”。元郭居敬编录《全相二十四孝诗选》有诗赞曰：“闵氏有贤郎，何曾怨后娘。车前留母在，三子免风霜。”）

据《苏州府志》记载：大场有个农家美妇，姿容艳丽，举止娴雅，年纪轻轻嫁到贫困人家。她将娘家积攒的私房钱全部掏出来资助丈夫。每日辛勤劳作，起早贪黑，没有任何抱怨。村里人敬重她的人品，个个以她为贤妻良母的典范。夫家亲属中有个参与做媒的老太太特别内疚，经常过来拉着她纤细的手安慰她，表达歉意。她却笑着说：“我认为劳动是快乐的事情，再说不这样做，怎么养活一家老小？”就这样辛勤操劳了十几年，终因劳累过度一病不起。临死前，她忽然向丈夫索要笔砚绢纸。因丈夫不识字，家中没有这些文具，便跑到邻家去借。笔砚拿来后，她叹了口气说：“多年没有使用过它们了，没想到今日竟成永别。”随即挥毫写下一首绝句，即本文的开篇之作。

此诗语意凄凉婉约，不愧风雅。这位没有留下姓氏名号的美妇一生明晓大义，深藏不露。“莫教儿女衣芦花”是她临终前的殷殷期望。其夫感其词意痛切，终身未曾续娶。（明代江南农村妇女的文化普及程度令人吃惊。）

一身何忍去归倡

出场美女 铁氏二女

骨肉相残产业荒，一身何忍去归倡？
泪垂玉箸辞官舍，步蹴金莲入教坊。
揽镜自怜倾国色，向人羞学倚门妆。
春来雨露宽如海，嫁得刘郎胜阮郎。

这是明成祖初年兵部尚书铁铉小女儿的一首七言诗，诗以言志。父亲临死不屈，女儿也坚贞不贰。玉箸，玉做的筷子，喻思妇眼泪；教坊，宫中乐舞机构，明朝设教坊司。

铁铉（1366—1402），字鼎石，河南邓州（今邓州市）人，元代色目人后裔（回族）。明洪武年间由国子生授礼科给事中，历官山东布政使、兵部尚书等。由于在“靖难之变”中坚定站在建文帝一边，朱棣篡位成功后被施以磔刑。（磔，古代酷刑，割肉离骨，断肢体，割咽喉。）铁铉聪慧敏识，饱读经书，虽性情刚决，也颇具诗人的浪漫情怀。他有《浣溪沙》一首传世：

晚出闲庭看海棠。风流学得内家妆。小钗横戴一枝芳。　　削玉梳斜云鬓腻，镂金衣透雪肌香。暗思何事立斜阳。

铁铉兵败被捕遇害，其父母被发配海南，长子充军，次子沦为官奴，被虐待至死，妻子女儿则被发往教坊，充当歌舞伎。据鲁迅《病后杂谈之余》

引《南京法司所记》：

永乐十一年正月十一日，教坊司于右顺门口奏：齐泰姊及外甥媳妇，又黄子澄妹四个妇人，每一日一夜，二十余条汉子看守着，年少的都有身孕，除生子令做小龟子，又有三岁女子，奏请圣旨。奉钦依：由他。不的到长大便是个淫贱材儿？

铁铉妻杨氏年三十五，送教坊司；茅大芳妻张氏年五十六，送教坊司。张氏病故，教坊司安政于奉天门奏。奉圣旨：分付上元县抬出门去，着狗吃了！钦此！

铁铉乃铁骨铮铮的忠义之臣，永乐皇帝恨之入骨，以油锅煎炸之，虽然魂归西天，骨架也绝不肯转身朝拜。据明梅鼎祚《青泥莲花记》引《震泽长语》（二卷，明王鏊撰）：铁铉有两个女儿，入司数月，终不受辱。铁铉同僚亲往审问，二女各献诗作以言志。长女诗曰：

教坊脂粉洗铅华，一片闲心对落花。
旧曲听来犹有恨，故园归去已无家。
云鬟半挽临妆镜，两泪空流湿绛纱。
今日相逢白司马，尊前重与诉琵琶。（“白司马”“诉琵琶”，用白居易浔阳江边邂逅琵琶女典故。）

次女献诗即本文开篇之作。铁铉同僚以诗上呈皇帝，并代二女求情。朱棣总算生了慈悲之心，特赦二女，使适士子以终老。（铁氏二女是否存在尚成疑问。联系到永乐帝对铁铉无所不用其极的残忍，很难相信他对铁铉二女会例外宽容。据明宋端仪《立斋闲录》：“铉，邓州人，妻杨氏，送教坊司病故，女玉儿四岁。”四岁女儿的情节倒是与《南京法司所记》“又有三岁女子”等记载相符。永乐帝的意思，这些罪臣三四岁的幼女长大了仍是要入教坊司的。）

教坊兴起于唐，盛于元，衰落于明。教坊在衰落过程中逐渐与妓院结合。明成祖将反对他的齐泰、黄子澄、铁铉等人之妻女送入教坊司，并非让她们沉醉于音乐歌舞，而是充任军妓，供军人蹂躏。（铁氏二女“终不屈”的性格，倒是极具生父的个性遗传。）

雄兮将雌胡不知

出场美女　刘方

营巢燕，双双飞。天设雌雄事久期。

雌兮得雄愿自足，雄兮将雌胡不知！

这是明朝宣德年间运河岸边少女刘方的一首自述诗，诗中暗示自己的女儿身份，与越剧《梁祝》“十八相送”的情节颇相类似。

花木兰、祝英台女扮男装的故事，在中国几乎家喻户晓。据明代冯梦龙《情史类略》记载，明宣德年间，运河岸边也流传着一起类似的故事，既感人又有趣。

故事说的是运河边河西务镇有位刘氏老汉，夫妇俩开了一家小酒店，勤劳经营，家至小康。老两口唯一的遗憾，是年过花甲还膝下无子。这年冬天的一个傍晚，有一老一少前来投宿。少年长相俊秀，老者则一脸病容。住了一宿，那老者病情加重难以动身，没过几天竟死在店里。善良的刘氏夫妇没嫌弃人家，帮助少年将老者埋葬在屋后的荒坡上。少年无处可去，刘氏夫妇就将其收为养子，以刘为姓，以本姓方为名。刘方年龄虽小，却恪尽孝道，手脚勤快，刘氏夫妇也拿他当亲子对待。

三口之家和和睦睦地一起生活了两年。突然有一天，天降暴雨，运河洪水猛涨，往来船只多被狂风掀翻。刘氏老汉从波涛中救起一位少年，虽然气息奄奄，手里还死死抓着一只竹笼。少年醒后告知老汉说，他姓刘名奇，其父以三考听选，举家在京静候佳音，不想遭遇瘟疫，父母双亡，自己没能力将父母遗体运回家乡，只好将其火化带遗骨回乡安葬。现所乘小船翻覆，行李荡然无存，已没办法回到家乡了。刘老汉非常同情刘奇的遭遇，慷慨资助他盘缠，让他回乡安葬亲人。

刘奇走后月余，又背负竹笼而来。问他缘由，刘奇含泪说，黄河决口，家乡已成泽国，现恳求长辈借给他一小块土地安葬父母，愿做牛马伺候二老。刘老汉爽快答应了刘奇的请求，并让刘奇与刘方结为兄弟。两位年轻人年龄相仿，同眠共食，情爱甚笃。刘奇颇通文理，业余时间教刘方识字读书，刘方天资聪颖，时间稍长，也能咏诗作对。

光阴荏苒。年事已高的刘氏夫妇相继过世。刘奇、刘方悲伤不已，为老人举办了隆重的葬礼。两人商量将三家老人合葬在一处。刘方的母亲当初埋在京城，于是他专门到京城将母亲的灵柩移来与父亲合葬。三座坟如连珠一样拱列。兄弟俩都很有孝心，经常一起到坟前凭吊祭祀。

一切安顿好后，两人停了酒店，改做布匹生意，小日子越过越红火。镇上一些有钱人见兄弟俩才貌过人，纷纷托人上门提亲。其中颇有刘奇中意的人家，刘方却坚决反对，刘奇只好作罢。

一天，刘奇见春燕在梁上垒巢，有感而发，遂于墙壁上题诗一首：

营巢燕，双双雄。朝暮衔泥辛苦同。
若不寻雌继壳卵，巢成毕竟巢还空。

刘方见诗，笑咏数遍，也提笔和诗一首，即本文的开篇之作。刘奇见诗，心中暗自吃惊，寻思道：难道我弟是那女扮男装的花木兰不成？对了，与他同室共寝至今，无论寒冬酷暑，从未见他赤身裸体过。于是他假意不懂，让刘方再和诗一首。刘方依言接咏说：

营巢燕，声声叫。莫使青春空岁月。
可怜和氏璧无瑕，何事楚君终不识？

刘奇于是含笑道："贤弟果然是个女子。"刘方羞得满脸通红。刘奇颇有埋怨说："你我情同骨肉，有事何必瞒我？不明白妹妹为何要女扮男装。"刘方含泪解释说："我家本来寓居京城，因母病故，随父还乡，恐中途不便，故扮男装。后父亲病亡，未得与母亲同穴，所以不敢改形。本想求一安身之地，将父母双双葬好后再还回女儿身。后又遇二老病故，寻思家业尚小，我若嫁人，刘兄必独力难支，故一直未敢挑明。”

刘奇说：“你我同榻数年，恩爱相亲，好比手足，我看方妹词中已有伴我之意，我又岂有另娶他人之想？我俩昔为兄弟，今为夫妇，恩义两全，不亦乐乎？”刘方点头说：“我已寻思好了。我们三家的先人都葬在此处，我若舍此而去，该会有多少牵挂！刘兄若不嫌弃，我愿做你的妻子，一辈子侍候在你身边，共奉三家香火。”

当晚两人分席而卧。次日，刘奇请镇中年老者做媒，又选择黄道吉日祭祀三家先人，然后与刘方结为夫妻。这桩特别的婚事轰动了河西务镇，人们争相传颂，后人更将此地取名为“三义村”。（冯梦龙有感而发，认为刘方见识既高，行事又细腻，是真闺杰；刘奇虽行为端正，终乃呆汉。）

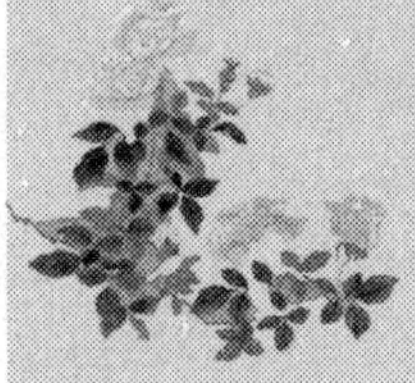

不数归期 只数愁

出场美女 田娟娟

闻郎夜上木兰舟，不数归期只数愁。
半幅御罗题锦字，隔墙裹赠玉搔头。

这是明成化年间武清美女田娟娟的一首七言诗，诗是寄给新婚丈夫木生的。木兰舟，用木兰树所造之船，典出南朝梁任昉《述异记》卷下，诗家常以木兰舟为船之美称；御罗，皇上御赐的绫缎；锦字，秦苏蕙曾织锦为回文《璇玑图》诗赠丈夫窦滔，后世因称“锦字”为妻寄夫之信；玉搔头，即玉簪。其诗大意：自从丈夫奉旨出差，妾就在家里日夜期盼，现寄上书信及玉簪表达思君之情。

据冯梦龙《情史类略》卷九“情幻类”《娟娟》及明王世贞《艳异编续集》卷五“情感部”《娟娟传》：木生字元经，少有俊才。明成化年间，以乡荐入太学，曾登泰山观日出，夜宿秦观峰，梦遇一老妇携一女子，相见甚欢，如有平生之分。（生来就有缘分。）既而又拾得一诗扇，展诵未终，被晨钟鸣声惊醒。其所梦道路宅第，历历皆能记忆。次年取道武清进京（今京津间有武清区），于柳荫下散步，过一溪桥，于道旁草丛中拾得一扇，仿佛是梦中所见之扇，展开来，其上有诗云：

烟中芍药朦胧睡，雨底梨花浅淡妆。
小院黄昏人定后，隔墙遥辨麝兰香。

木生将纸扇妥为收藏，向前没走几步，望见一位少女在两名侍女的陪同下迎面走来，便移入道旁回避。其时为阳春三月，新雨初霁，微风扇暖。少女与侍女穿别径而去。木生伫立盼望，但见带袂飘举，环佩锵然，百步之外，异香袭道，绰约若神仙中人。（仿佛当年郑交甫遇汉水女神。）于是取所佩错刀，削树为白，题一绝句曰：

隔江遥望绿杨斜，联袂女郎歌落花。
风定细声听不见，茜红裙入那人家。

题诗后再倚树远望，少女及二侍女已不见踪影。木生继续前行，于村外野店向村民打听，村民告知说："此去一里多路，有田将军园林，可能是其家眷吧。"第二天，木生专门走到题诗的树下等候，许久也没人出现，不觉心情怅然，再于树上题一绝句云：

异鸟娇花不奈愁，湘帘初卷月沉钩。
人间三月无红叶，却放桃花逐水流。

木生进京之后，于路途所得的纸扇成为袖中之物。一有空隙，就从袖中取出，把玩讽咏，爱如珙璧。

后来木生科举及第，官赐营缮（主管建筑的官员）。初春时节，百花盛放，木生骑马至郊外春游。时近中午，坐骑口渴，左右牵马往溪边寻水，木生徘徊至一民居前，民家以贵客临门，令一老翁延入。初入民宅，感觉与普通农家无二，穿越曲径，再入新院，但见楼台水榭，金碧辉耀，却是另一番景象。木生暗自惊奇，约略小坐，便起身告辞。老翁说："内室之人是老夫寡妹，年逾五旬，但少坐无碍。"木生挥扇逍遥，仰观画壁。老翁见扇，讶然问说："此扇何从得之？"木生答说："数年前过武清，于道旁所得。"老翁请借扇一观，急持入内，片刻返回说："天下竟有这等巧事。适才见扇头题诗，疑为我甥女手笔。入示吾妹，果然是也。"

木生依稀记起泰山夜梦情境，但觉恍然若梦。老翁将木生引入曲室，但见帏帐妍丽，金玉焕然，琴瑟静好，莫能名状。须臾，一老妇出拜，自言道："某姓钱氏，老夫田忠义，官至上轻车都尉。因随驾西征，为流矢所中，归葬武清。小女娟娟时年十四，随侍汤药，偶遗此扇，不意为郎君拾得。当时路边树上有二绝句，不知何人所书？小女因寻扇而至树下，至今吟哦不绝于口。"木生点头称绝句为自己所题，老妇于是入内唤娟娟出见。娟娟与母亲相携而出，但见玉姿芳润，内美难征，俨然如泰山秦观峰梦中所见。木生向三人叙述泰山夜梦情景，一时都觉得不可思议。

木生辞谢回城。第二天，老翁受娟娟母亲之托来为娟娟做媒。木生喜出望外，择吉日迎娶娟娟。娟娟妙解音律，通贯经史，凡诸戏杂艺无不精晓。二人情好甚笃。婚后不满一月，木生受命督运南行，于是锁院而去。娟母先已返回武清老家，差人往京城探望。娟娟从门缝中递出诗作，托人寄给木生，其诗即本文开篇之作。

当晚木生自潞州回京，娟娟出迎。木生抱歉说："刚刚从马上得诗，未及时回复。"当即口占一诗赠娟娟曰：

碧窗无主月纤纤，桂影扶疏玉漏严。

秋蒲芙蓉偏献笑，半窗斜映水晶帘。（在那遥远的年代，读书人的精神生活是第一位的。饭可以不吃，水可以不喝，咏诗填词是第一件大事！）

入冬十月，木生因母亲病故离职归家。此时河水封冻，娟娟因病不能同行。木生既为母亲亡故急于返回故里，又担心娟娟患病无人照顾不忍离去。思来想去，只好将娟娟母亲请来与娟娟同住，约好春天派人赴京迎接。临别时，夫妻悲咽不已。

转眼又是春天，娟娟病情加重，遣老翁之子钱郎寄诗木生曰：

楚天风雨绕阳台，百种名花次第开。

谁遣一番寒食信，合欢廊下长莓苔。

等到木生派人来接娟娟，娟娟已去世一月有余。

辛卯冬，木生再入京都，过武清娟娟老家，见娟娟画像，题诗其上曰：

人生补过羡张郎，已恨花残月减光。

枕上游仙何迅速，洞中乌兔太匆忙。

秦娘似比当时瘦，李卫惭多旧日狂。

梅影横斜啼鸟散，绕天黄叶倚绳床。（张郎，与杜兰香相好的张硕，也作张传。秦娘，歌女，宋贺铸《采桑子·罗敷歌》词之三：“东南自古繁华地，歌吹扬州。十二青楼。最数秦娘第一流。”此处泛指美女。）

世人竞相传诵此诗，木生与娟娟离奇而充满悲情的故事也千古流传。（《娟娟传》，作者杨仪，一说杨仪田，明朝人。）

盖棺不作横金妇

出场美女 李妙惠 苏小卿

一自当年折凤凰，至今消息两茫茫。
盖棺不作横金妇，入地还从折桂郎。
彭泽晓烟归宿梦，潇湘夜雨断愁肠。
新诗写向金山寺，高挂云帆过豫章。

这是明宪宗成化年间扬州美女李妙惠的一首七言诗。机敏智慧的李妙惠把诗作题写在镇江岸边金山寺的墙壁上，演绎出一段曲折感人的爱情故事。盖棺不作横金妇，宁死也不做看重金钱的女人。

据明闵文振《仰山脞录》、明蒋一葵《尧山堂外纪》、清赵吉士《寄园寄所寄》记载，明宪宗成化年间，扬州有个名叫李妙惠的美女，生得眉清目秀，唇红齿白，有花容月貌，既长于女红，也精通翰墨，尤擅诗词。李妙惠于花季之时嫁给同乡举子卢瀚。为求功名，卢瀚赴京会试，结果榜上无名。卢瀚自觉无脸回家向家人交代，于是留京闭门苦读。当时赴京的扬州人另有一个卢汉，因病死于寓所，消息误传回卢瀚家里，举家大哀，妙惠更是哭得死去活来。

卢瀚父母觉得儿媳年纪轻轻就守寡在家未免过于残忍，就商议让儿媳改嫁另谋生路。妙惠得知，坚称绝不改嫁。她心里有一种直觉，觉得丈夫似乎尚在人间。

江西临川有个盐商姓谢名能博，儿子名叫谢启，常来扬州采盐。谢启得知李妙惠的长相和人品，便托媒人重金求婚。卢家见聘金丰厚，便瞒着妙惠私自答应了婚事。妙惠得知，夜深人静时以裙带悬梁上吊，因发现及时未曾断魂。公公婆婆为此大伤脑筋。妙惠的生父在外县学馆教书，卢瀚父母便托人将妙惠父母请来劝解。僵持了好多天，妙惠可怜自家父母，也不忍卢家父母操心，于是含泪答应了婚事。

初嫁谢家，李妙惠坚决不与谢启同房。恰好谢启的继母也是扬州人，与李家有过交往，妙惠便跪求为婢，恳求谢母帮助她成全节操。妙惠每日寸步不离继母左右，谢启无法近身，因婢妾众多，又忙于生意，一时也没使强。住了一段时间，妙惠又恳求谢母答应她出家为尼。谢母感到为难。谢启也很生气，心想如果让她远离扬州，时间一久，必然甘心为妾，于是决定启程返乡。

谢启押运盐船先行，妙惠和谢母乘船随后。船到京口（今属江苏镇江）的时候，停泊在金山寺下，谢母带妙惠到寺里烧香祈祷。妙惠见案前摆有笔墨，于是提笔在寺壁上题诗一首，即本文开篇诗作。

此诗前四句很好理解，一是说丈夫赴京后消息断绝，二是说宁死也不愿嫁给商人。诗作除抒发志节，更重要的是想留下自己的行踪，隐隐期盼夫君或知情人见诗寻人。于是在诗后落款为“扬州卢氏妻妙惠题”。

话分两头。却说卢瀚在京苦读，复考终于高中进士。明孝宗弘治元年，朝廷为纂修宪庙实录，选派姑苏进士杜子开赴江西采访遗闻。杜子开离京后消息不通，朝廷于是加派卢瀚前往催问。赴江西途中，卢瀚专程回到阔别多年的扬州，才得知发生了一场天大的误会。卢瀚既为爱妻的忠贞感动，也为自己多年未与家中通信深深自责。

卢瀚满怀悲痛，启程赶赴江西。途经镇江，船友邀他共登金山寺游览，在大殿院墙上发现了李妙惠的题诗。卢瀚熟识妙惠笔迹，忙向寺中僧人探问来历，僧人回忆说：先前曾有婆媳二人进庙烧香，诗是年轻媳妇所留。卢瀚又问年轻媳妇长相特点，更加坚信自己的判断，于是将诗抄录，匆匆离去。

到了江西，卢瀚立即找到在当地为官的徐方伯密商寻妻方法。徐方伯说：江上盐船数以千计，很难查访，若是大张旗鼓寻找，即便找到，名声也不好听。于是挑选了一位办事机敏的府吏，让他将李诗熟记，而后驾小船吟诵此诗穿梭于盐船之间。到第四日，忽有一艘盐船的窗扇打开，窗内传出一位女子的声音：你吟诵的这诗从何而来？府吏将船靠近，将卢进士寻妻之事详说一遍。

那女子正是李妙惠。听了府吏的介绍，她满怀狐疑问说：扬州卢瀚早已病死京城，何必骗我？府吏便将徐方伯交代的话说给妙惠听。妙惠又向府吏询问卢进士长相及家庭背景，府吏对答如流。妙惠捂着脸哭说：天可怜见，我丈夫果然还在人间！你回去速让丈夫救我！

府吏打道回府，将事情经过向徐方伯汇报。按照约定时间，徐方伯派小船悄悄驶向谢家盐船，将妙惠接到，送至卢瀚下榻的公馆。夫妇久别重逢，互道离恨，哭了又笑，笑了又哭。

那谢启平日经商钱财都交继母保管，继母又将钱财委托妙惠收藏。谢启归来，得知妙惠逃走，立刻去检点她代为保管的钱财，一看银包封记完好，即使散银也分文不少，于是仰天感叹说：她的确是一位有贞操的女子，我能与她有这段缘分，也拜上天所赐，此事就到此了结吧！

卢瀚娇妻失而复得，到江西后联系杜子开也很顺利，于是打道回京。当他携带李妙惠转道回乡时，全扬州城为之轰动，传为美谈。

李妙惠题诗金山寺的故事，因情节生动，后世演绎的小说、话本、杂剧无以数计。在明梅鼎祚《青泥莲花记》中，主人公变成了庐州娼女苏小卿与书生双渐。（苏小卿的故事，据说最早见于罗烨的《新编醉翁谈录》，但考证罗烨《新编醉翁谈录》及金盈之《新编醉翁谈录》的学者称均未从书中见到内容记载。而明《永乐大典》卷二四〇五转述此文时，在《苏小卿》条下注有“烟花奇遇”四字。本文开篇那首充满智慧的诗作，也略有不同：“忆昔当年拆凤凰，至今消息两茫茫。盖棺不作横金妇，入地当寻折桂郎。彭泽晓烟迷宿梦，潇湘夜雨断愁肠。新诗写记金山寺，高挂云帆上豫章。”无论良家女子李妙惠抑或烟花女子苏小卿，两位都堪称中国古代美才女的典型代表。关于李妙惠、苏小卿故事的更多详情，可参阅凌郁之《罗烨〈新编醉翁谈录〉考论》，载《中国文学研究》2007 年第 3 期；赵兴勤《孤本戏文〈卢川留题金山记〉本事考补遗》，载《文学遗产》2004 年第 4 期。）

日归日归 愁岁暮

出场美女 黄峨

雁飞曾不到衡阳，锦字何由寄永昌？
三春花柳妾薄命，六诏风烟君断肠。
日归日归愁岁暮，其雨其雨怨朝阳。
相闻空有刀环约，何日金鸡下夜郎？

这是明朝正德年间状元郎杨慎之妻黄峨的一首诗，题为《寄外》，抒写的是夫妻天各一方、远隔天涯的相思之苦。锦字，书信；永昌，古南诏国置永昌卫，治所在今云南保山，杨慎因大礼议受廷杖发配于此；六诏，唐初云南洱海有蒙嶲、越析、浪穹、邆赕、施浪、蒙舍等六大部落，谓为“六诏”，蒙舍诏位于诸诏之南，因称“南诏”；刀环约，还归之约，典出《汉书》卷五十四《李陵传》，“立政等见陵，未得私语，即目视陵，而数数自循其刀环，握其足，阴谕之，言可还归汉也”；金鸡，古代颁布赦诏时所用仪仗，见载于《隋书》卷二十五志第二十“刑法”，后以金鸡代指大赦；下夜郎，古西南有夜郎国，此处代指杨慎被贬云南。

黄峨（1498—1569），亦名娥字秀眉，四川遂宁人，明正德状元杨慎之妻。与卓文君、薛涛、花蕊夫人并称蜀中四大才女。杨慎赞其为“女洙泗”（女孔子），“闺邹鲁”（女孟子），“故毛语”（女毛公）。《列朝诗集小传》《明诗纪事》等称：黄峨“博通经史，工笔札”，“诗不多作，亦不存稿，虽子弟不得见也”。明陈继儒评价黄峨“有《满庭芳》《巫山一段云》诸词，皆为雅丽，或比之赵松雪（即赵孟頫）管夫人（管道昇），然管工画竹耳，诗词鄙俚不及黄远矣。”明徐渭赞曰：“杨夫人才情甚富，不让易安、淑真。旨趣闲雅，风致翩翩，填词用韵，天然合律。”

初婚时的黄峨是甜蜜的，有词《巫山一段云》为证：

巫女朝朝艳，杨妃夜夜娇。行云无力困纤腰，媚眼晕红潮。　　阿母梳云髻，檀郎整翠翘。起来罗袜步兰苕，一见又魂销。

又有《驻云飞》词曰：

戏蕊含莲，一点灵犀夜不眠。鸡吐花冠艳，蜂抱花须颤。嗏！玉软又香甜。神水华池，只许神仙占。夜夜栽培火里莲！

词作《红绣鞋》二首描绘了新婚夫妻的风流缠绵：

实指望花甜蜜就，谁承望雨散云收，因他俊俏我风流。鼻凹儿里砂糖水，心窝儿里酥合油，舔不着空把人迤逗。　　你不惯谁曾惯，人可瞒天可瞒，梦见槐花要绿袄儿穿。嘴孤都看一看，滑即溜难上难，你无缘休把人怨。

杨慎是风流状元郎，居家不出的黄峨难得管束，只好作词发泄心中的不满。一首《雁儿落带得胜令》宣泄了她对丈夫的诘难：

俺也曾娇滴滴徘徊在兰麝房，俺也曾香馥馥绸缪在鲛绡帐。俺也曾颤巍巍擎他在手掌儿中，俺也曾意悬悬搁他在心窝儿上。　　谁承望忽刺刺金弹打鸳鸯，支楞楞瑶琴别凤凰。我这里冷清清独守莺花寨，他那里笑吟吟相和鱼水乡。难当，小贱才假莺莺的娇模样；休忙，老虔婆恶狠狠做一场！

黄峨的命运转折发生在杨慎被贬云南之后。她卓越的文学成就，某种意义上也应“归功”于她与丈夫长达三十年的生离死别。（没有“国破山河

黄峨

在”的悲惨状，又哪有南唐李煜的“一江春水向东流”？明清之际女诗人黄媛介自出嫁之日，几无一日不在穷途潦倒之中，但在她的作品里，却极少悲叹遣愁之作，盖因她的丈夫虽然不得志，但在转徙流离之际，从无一日与她分离。所以她精神上得到的愉快，早已压倒物质上所受的痛苦，她的诗词也显得清淡平和。参见谭正璧《女性词话》。）嘉靖三年（1524年），明世宗欲追尊其生父为“皇考”，引发一场“议大礼”的轩然大波。杨慎因“跪门哭谏”触怒嘉靖皇帝，遭廷杖，罚其永远谪戍云南永昌卫。黄峨一些脍炙人口的词曲，如《寄外》《黄莺儿》等，抒写夫妻分离的相思悲苦，后世评价尤高。如王世贞《艺苑卮言》评价说：“杨用修妇亦有才情。杨久戍滇中，妇寄一律……及《黄莺儿》”，“杨别和三词，俱不能胜。”（意思是状元郎杨慎连和三首，也不及黄峨。）

黄峨脍炙人口的《寄外》诗即本文开篇之七律。黄峨另有《黄莺儿》一曲曰：

积雨酿春寒，看繁花树树残。泥途满眼登临倦。江流几湾，云山几盘，天涯极目空肠断。寄书难，无情征雁，飞不到滇南。

黄峨作品中以散曲成就最高，除离愁别恨外，另有歌咏山川风物、描写男女爱情、讽刺浪荡公子、叙事思乡、咏物记画等作品。《北南吕·骂玉郎带过感皇恩采茶歌》以曲记画：

〔骂玉郎〕一个摘蔷薇挽金钗落，一个拾翠羽，一个捻鲛绡。一个画屏侧畔身斜靠。一个竹影遮，一个柳色潜，一个槐阴罩。

〔感皇恩〕一个绿写芭蕉，一个红摘樱桃。一个背湖山，一个临盆沼，一个步亭皋。一个管吹凤箫，一个弦抚鸾胶。一个倚栏凭，一个登楼眺，一个隔帘瞧。

〔采茶歌〕一个愁眉雾锁，一个醉脸霞娇。一个映水匀红粉，一个偎花整翠翘。一个弄青梅攀折短墙梢，一个蹴起秋千出林杪，一个折回罗袖把做扇儿摇。

唐宋以诗记画者众多，而元明以曲记画者则罕见。此曲24句写24个人，构成一幅情趣盎然的图画，表现出少女们的青春百态。（民国任讷《曲谐》卷一评价说：“写二十四人，别无一字费辞，是为散文记叙体中所必不能有者，乃于韵语中备之。”）

愁里光阴，脉脉谁知道

出场美女　沈宜修　叶小鸾　叶小纨

犹见寒梅枝上小。昨夜东风，又向庭前绕。梦破纱窗啼曙鸟，无端不断闲烦恼。

却恨疏帘帘外渺。愁里光阴，脉脉谁知道？心绪一砧空自捣，沿阶依旧生芳草。

这首描写闺情的词作，题为《蝶恋花·感怀》，作者是明末女词人沈宜修。作者以女性特有的细腻笔触，描摹了内心深处的思夫情怀。砧，此处指捣衣用的砧板。残冬将尽，初春来临，窗外啼鸟惊醒春梦，陡生无端烦恼。说是无端，实则有因。与丈夫分别已久，深切怀念的心情有谁知道？诗人蹲在溪边，心思根本不在捣衣上，一句“空自捣”，令思念、孤独与无聊之感跃然纸上；偏偏那不解风情的芳草，依旧和往年一样生长。“依旧”二字，既以芳草的无情衬出人之有情，又以年年芳草生写出亲人离别的长久和诗人的绵绵相思。

沈宜修（1590—1635），字宛君，江苏吴江人，出生于书香世家，其父沈珫为明万历二十三年进士，丈夫叶绍袁也是著名文学家。宜修九岁时，从伯父沈璟对叶重弟说：“我家季玉（即沈珫）有个女儿，人长得非常漂亮，能操持家务且不喜粉饰，长大后必然贤惠，这是有富贵的征兆，想与你家结亲怎样？”叶重弟听了非常高兴，当即请人礼聘，订立婚约。

叶绍袁于明天启五年（1625 年）金榜题名，取为进士，从此走入仕途。

初授南京武学教授，再迁国子监助教，不到两年再迁工部主事，可谓仕途顺坦。叶绍袁任官南京时，沈宜修携家住在他的袁官舍（国学署中），这一段生活非常惬意，一首《满庭芳·凤凰台上忆吹箫》写道：

帘影横阶，翠绡垂榥，花栏芳径苔肥。看小庭烟醉，白月澄漪。帘外将舒玉药，寻萼梦、雪汗凝蕤。金壶送，回廊静悄，墨洒花筛。

微微。罗衣耐冷，双缱向轻阴，夜渐阑时。想夕阳初下，云树参差。又是婵娟千里，长相见、淡景霏霏。还待去，浓香软叠，绣幕重帏。

然而好景不长，几个月后，叶绍袁调任国子监助教，为照顾年老生病的婆婆，沈宜修从南京返回分湖老家，从此“风烟隔断人千里，一夜砧声几处闻”，夫妻之间只能鱼雁传书、互诉衷肠。

游宦京城四年，叶绍袁很快厌倦了官场政务，遂以老母冯氏年高为由陈情养亲、弃官返乡。

叶绍袁辞官归隐的最初两年，是沈宜修嫁到沈家后最为开心的日子。婆婆精神矍铄，夫妻正当壮年，儿女们才情勃发，这样一个亲睦友爱、其乐融融的大家庭，真的是玉树芳庭、书香满室，弥漫着浓郁的文艺氛围。（清朝文学家张潮赞扬曰：“值太平世，生湖山郡；官长廉静，家道优裕；娶妇贤淑，生子聪慧。人生如此，可云全福。”）叶绍袁拟古作《秋日村居》八首，沈宜修依韵奉和：“地是柴村僻，门临荻野开。远山堪入黛，曲小可浮杯。”诗作喜气洋溢，呈现出夫妻恩爱、家庭和睦的欢乐之情和对生活的无限热爱。

崇祯五年的秋天，对叶家来说是个不祥的季节，厄运接连降临。先是年仅十七岁的叶小鸾在临近婚期的前五天不幸夭折，接着长女叶纨纨悲伤过度，一个多月后撒手人寰，随后二子世偁、八子世儴、婆婆冯氏相继亡故。一连串的打击让沈宜修猝不及防，终于一病不起。明崇祯八年（1635年），年仅四十六岁的沈宜修怀着对已逝儿女的深深悼念离开人世。一时间，“婢女哭于室，僮仆哭于庭，市贩哭于市，村妪、农父哭于野，几于舂不相、巷不歌矣”。（参见叶绍袁《亡室沈安人传》。）

沈宜修是中国历史上最值得尊敬的伟大女性之一。作为诗人，沈宜修的《鹂吹集》为后人留下了丰盛的精神食粮；作为妻子、媳妇和母亲，堪称

“三世楷模”。或许，作为母亲的沈宜修要更为骄傲，更令后人敬仰。她为叶家共生下八男三女，其中五男三女均有文采。长女叶纨纨、次女叶小纨、三女叶小鸾、五女叶小繁、三儿媳沈宪英均工诗词，并著有诗集。（长女叶纨纨，字昭齐，“其相端妍，金辉玉润”，善为诗词，多写春恨闺怨，叶绍袁将其诗词集题为《愁言》。次女叶小纨，字蕙绸，明代曲坛盟主沈璟的孙媳，端丽多才，于伤痛之余所作杂剧《鸳鸯梦》，将叶家三姐妹写入戏中，情真感人，成就一段文学佳话。三女叶小鸾色才冠绝，十七岁早夭，与万历年间美女冯小青同被视为《红楼梦》女主角林黛玉的原型。叶小鸾是晚明最具才华和传奇色彩的美女。关于她的美貌，沈自炳在《返生香·序》中描述为“生而灵异，慧性夙成；长而容采端丽，明秀绝伦。翠羽朝霞，同于图画；轻云回雪，有似神人”。其父叶绍袁《午梦堂集·前言》中也认为此女“自幼貌美聪慧，光彩耀目，见者称羡”。其母沈宜修在《季女琼章传》的描述尤为经典：“儿体质姣长，十二岁发已覆额，娟好如玉人。……儿鬒发素额，修眉玉颊，丹唇皓齿，端鼻媚靥，明眸善睐，秀色可餐，无妖艳之态，无脂粉之气。比梅花，觉梅花太瘦；比海棠，觉海棠少清。故名为丰丽，实是逸韵风生。若谓有韵致人，不免轻佻，则又端严庄靓。总之王夫人林下之风，顾家妇闺房之秀，兼有之耳。”叶小鸾的《咏画屏上美人》十首、《又题美人遗照》六首以及《艳体连珠》九首，是近现代研究美女文学不可忽略的名篇。小鸾死后，叶绍袁、沈宜修夫妇辑录其诗词曲调，题为《返生香》，收入《午梦堂集》。第六子叶燮被誉为清初最为著名的诗论家，一部《原诗》使其在中国文坛久享盛誉。）

沈宜修一生对梅花情有独钟。寒梅傲雪，俏不争春。春来百花盛开，梅树默然舒展着碧绿的树叶；冬天来临，万木枯竭萧条，梅花却悄然开放，把早春和生命复苏的信息传递人间。就以沈宜修的两首《梅花诗》作为本文的结尾吧：

其一

吹落天风玉袖轻，夜深龙管作边声。
芙蓉苑北愁多少，凄断金闺万里情。

其二

白羽纷纷寒彻骨，朝来已上汉宫妆。
冰心不似梅花意，独向青山别恨长。

卿须怜我我怜卿

出场美女 冯小青

新妆竟与画图争，知是昭阳第几名？
瘦影自临春水照，卿须怜我我怜卿。

这是明万历年间江南美女冯小青的一首诗作，题为《春水照影》。冯小青以春水为镜，顾影自怜。新妆竟与画图争，汉元帝时，由画师绘宫女图供皇帝挑选；昭阳，汉成帝曾为赵飞燕建昭阳宫，后以昭阳泛指后宫。诗意为新妆梳成，敢与画师笔下的皇妃比美。

冯小青，据清初《女才子书》载，本名玄玄，生于明万历晚期，广陵世家女，其父曾任广陵太守。自小秀丽聪颖，孤芳自怜。据张岱《西湖梦寻·小青佛舍》：小青，广陵人。十岁时，遇老尼口授《心经》，过目能诵。老尼非常诧异，对小青母亲说：“上女早慧福薄，乞付我作弟子。”其母不许。老尼告诫说：“既然不忍割舍，万勿让其读书识字，或可有三十年阳寿。”冯母以为老尼故弄玄虚，不以为意。及稍长大，好读书，解音律，善弈棋，人见人夸。

明朝实行特务政治，冯氏因政治冤案牵连惨遭灭门，小青刚巧在远房亲戚杨夫人家游玩，得以躲过一劫。慌乱中杨氏带着小青逃往杭州，将其嫁给富家子冯通为妾。冯氏正妻崔夫人横蛮善妒，对其百般折磨。无奈之下，冯通只得将小青寄寓于孤山佛舍，与一老尼相伴。

在几乎与世隔绝的境况下，小青只能临池自照，与水中的身影“絮絮问答”。因为思念，也因为寂寞，渐渐茶饭不思，奄奄待毙。她自知来日无多，于是让老尼请来一位画师为她画像，一张倚梅图，一共画了三次，小青都说不像。后来画师改变写实思路，将其画得妖娆妩媚，小青才点头认可：“是矣。”于是以梨酒供于榻前，连呼三声：“小青！小青！小青！”一恸而绝，年仅十八岁。

小青死时，有遗诗一卷。崔氏得知死讯，立即赶到佛舍，将冯小青图像并诗集烧毁。杨夫人悲悯小青的悲惨遭遇，将其幸存的诗词收集整理，取名《焚余稿》刊印出版。

小青有《拜慈云阁》诗曰：

稽首慈云大士前，莫生西土莫生天。
愿将一滴杨枝水，洒作人间并蒂莲。

又有《拜苏小小墓》诗曰：

西泠芳草绮粼粼，内信传来唤踏青。
杯酒自浇苏小墓，可知妾是意中人。

小青整日与《西厢记》和《牡丹亭》为伍，因过度抑郁殒命，红学研究者以其为林黛玉原型，其《春水照影》广为世人咏诵。（据《清代声色志》：程黛香，沪上弹词女郎，色技双绝，尤擅写诗著文，曾以文才自负，欲兼黛玉香居而有之，故以此为名。曾为冯小青《题曲图》题诗云：“焚将诗草了今生，莫再他生尚有情。卿说怜卿惟有影，侬将卿画可怜卿。卿题艳曲我题诗，旧时钱塘有所思。后有小青前小小，一般才女两情痴。美人命薄本多愁，浓福还须几世修。一语慰卿兼自慰，留些诗句也千秋。”）

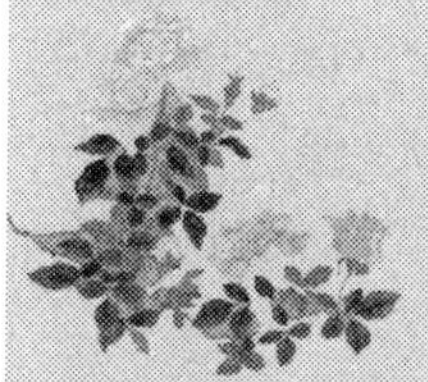

孤单谁惜在天涯

出场美女 马湘兰

> 一叶幽兰一箭花，孤单谁惜在天涯？
> 自从写入银笺里，不怕风寒雨又斜。

这是明末清初名列秦淮八艳之首的马湘兰书赠才子王稚登的一首七言诗，题于画作《一叶兰图》上。银笺，素色纸笺，此处指画纸。

马湘兰居“秦淮八艳”之首，本名马守真，小字玄儿，因祖籍湖南，性爱兰花，因名湘兰。（另七“艳”为顾横波、董小宛、卞玉京、李香君、寇白门、柳如是、陈圆圆。）

马湘兰性格豪放，为人旷达，史称“凡游闲子沓拖少年，走马章台街者，以不识马姬为辱”。她一生酷爱兰花，其兰花图、兰花诗为当时文人雅士收藏佳品。其诗作辑为《湘兰集》两卷传世。她与长洲秀才王稚登一见如故，引为知己。稚登向湘兰求画，湘兰作《一叶兰图》并赋诗相赠，即本文开篇之作。诗中描写兰花幽寂无依，实则暗诉心曲，婉转表达以身相许之愿。

画毕《一叶兰图》，湘兰意犹未尽，又挥毫作《断崖倒垂兰》并题诗曰：

> 绝壁悬崖喷异香，垂液空惹路人忙。
> 若非位置高千仞，难免朱门伴晚妆。

马湘兰是欢场中人，担心王稚登将她看成水性杨花的娼妓，故以诗画明志，表明自己决非路柳墙花，而是悬崖绝壁上的孤兰，非凡夫俗子能一睹芳泽。王稚登顾虑甚多，回以“卿鸡皮三少若夏姬，惜余不能为申公巫臣尔!”(野史称夏姬有红颜长驻之术，即所谓“鸡皮三少”，楚臣屈巫携夏姬逃奔晋国，楚公子婴齐及子反怒诛其族。)

马湘兰心会其意，仍与稚登以知音交往，数十年书信往来不绝。(《历代名媛书简》收录有马湘兰致王稚登书信。)后王稚登七十寿诞，马湘兰集资买彩船装载戏班歌伎数十人前往苏州置酒祝寿，“宴饮累月，歌舞达旦”，“吴中啧啧夸盛事”。从姑苏返回南京未久，湘兰坐逝于兰花丛中。

向来烟月是愁端

出场美女 柳如是

裁红晕碧泪漫漫，南国春来正薄寒。
此去柳花如梦里，向来烟月是愁端。
画堂消息何人晓，翠帐容颜独自看。
珍重君家兰桂室，东风取次一凭阑。

这是“秦淮八艳”之一柳如是的一首七言律诗。题为《春日我闻室作呈牧翁》。牧翁，即钱谦益。

据《清代声色志》：柳如是，秦淮八艳之一，字如是，号河东君，又号蘼芜君。（本名杨爱，柳乃其托姓。）柳如是生得丰姿逸丽，性情直正慧敏，棋琴书画无一不通，尤以书法、诗作擅长。年轻时身世飘零，二十多岁时嫁给虞山蒙叟钱宗伯（钱谦益），从此声名鹊起。

柳如是曾对人说：“天下惟虞山钱学士方可称才。我非有才如钱学士者不嫁。”钱宗伯闻知此言，也曾戏道：“天下竟有如此多才的女子。我非有才如柳如是者不娶。”后钱宗伯丧偶，如是闻之，女扮男装上门拜访。其时钱氏由礼部侍郎削籍归乡，所居“半野堂”门庭冷清。钱宗伯见一俊俏青年兰缎儒衫，青巾束发，面有疑惑。柳如是眉宇间露出狡黠笑意，轻轻吟道：

草衣家住断桥东，好句清如湖上风。
近日西泠夸柳隐，桃花得气美人中。

钱宗伯闻诗大惊，当即想起两年前在杭州与柳如是的邂逅及赠诗情景。西湖一别，钱宗伯万万没想到柳姑娘竟然女扮男装跑到常熟来看他。钱宗伯高兴地留柳如是在“半野堂”小住，柳如是欣然应允。

柳如是写诗赠钱宗伯，流露出嫁钱氏之意：

声名真似汉扶风，妙理玄规更不同。
一室茶香开澹黯，千行墨妙破冥蒙。
竺西瓶拂因缘在，江左风流物论雄。
今日沾沾诚御李，东山葱岭莫辞从。

钱宗伯“老牛吃嫩草”，正中下怀。为感谢柳如是相慰之情，特为她筑一小楼，据《金刚经》中“如是我闻”命名为“我闻室”。小楼落成，钱氏写诗抒怀道：

清尊细雨不知愁，鹤引遥空凤下楼。
红烛恍如花月夜，绿窗还似木兰舟。
曲中杨柳齐舒眼，诗里芙蓉亦并头。
今夕梅魂共谁语？任他疏影蘸寒流。

柳如是感动不已，回赠以《春日我闻室作呈牧翁》，即本文开篇之七律。诗中表达了她结新去旧，喜极而泣，验裙之恨方殷、解佩之情愈切的心情。

宁静的生活仅持续了十多年，钱宗伯八十三岁时病殁杭州，柳如是时年四十七岁。

先前钱宗伯与族人不和，家族中狡悍之徒假托钱宗伯过去有负家族，聚集百余人到灵堂闹事。柳如是哭泣说：“家有长嫡，义不坐受凌削。我尚有些薄资捐出，希望能借以消除积怨。”说罢拿出一千金给他们，但闹事者仍不肯离去。有人说：“夫人微薄的钱财不足以赡养族人。你们家华馆连云，肥田无数，为什么不能拿出一半分给穷人？”（大义上实也不错。）

钱宗伯的儿子很害怕，不敢露面。柳如是见族人贪得无厌，于是暗中召集钱宗伯至亲及平素交情不错的邻居，又找了官府管理治安的人前来协商。

达成协议后，柳如是与众人盟誓，而后委婉道："我的钱财都给了大家，再无余资。明日再为大家摆酒，尽其所有。府君的基业仍在，我绝不吝惜。"柳如是吩咐杀猪宰羊准备宴席。次日，钱家宗族人都来到钱府。柳如是让他们依次吊丧后列坐，然后让家人关好前门，自己入室登楼，好像取东西似的。等了很长时间不见出来，家人心中惊疑，上楼一看，柳如是已悬梁自尽，并在墙壁上留下遗言说："齐心协力绑缚饮酒的人，而后报官。"钱宗伯儿子和家人放声痛哭。绳索已在前一天准备好了，于是大家全力绑缚凶党，因为已经关上前门，没人能够逃脱。官府的人迅速赶来，将带头闹事的族凶押到狱中，依法处置。

河东君柳如是身材瘦小，就仿佛风中弱柳，钱宗伯死后家遭不幸，如是从容殉义，拼其生命反抗宗人的欺侮，其胆识节气连钱宗伯之子都相形见绌。

钱宗伯认识柳如是时，已是黝颜鲐背、鬓发斑白的老人，而柳如是则满头乌发，凝脂玉体。新婚之夜，钱宗伯抚摸着柳如是的秀发说："我爱你头发如云之黑，肌肤如玉之白。"柳如是也风趣地说："我爱君的头发就像妾的玉肤，君的肌肤就像妾的乌发。"二人相视大笑。（清代褚人获《坚瓠集》：钱牧斋初娶柳如是，谓之曰："吾爱你乌个头髮白个肉。"柳如是曰："吾亦爱你。"牧斋曰："爱吾什么？"柳如是曰："吾爱你白个头髮黑个肉。"众为之绝倒。明初亡，柳如是曾约钱谦益跳太湖殉国自尽。钱谦益却推说"今夜水太凉，不如改期。"柳诘问："水冷又何妨？"钱答曰："老夫体弱，不堪寒凉。"柳如是知他难舍此生，只能作罢。无独有偶。据宋杨湜《古今词话》：太学生任昉，字少明，惓一官妓，五夜未尝暂离。妓曰："吾二人情意若此，莫若寻一利刃共死处。"昉姑诺之。后以一木刀，裹以银纸，密卷纸数重，置于枕下，择日就行。妓深诺之。昉遂迁延时日，妓乃生疑，开纸观之，乃一木刀，遂大恸绝昉。昉怀惓惓，遂作《雨中花慢》以贻妓曰："事往人离。还似暮峡归云，陇上流泉。奈向分罗带，已断么弦。长记歌时酒畔，难忘月夕花前。相携手处，琼楼朱户，触目依然。　从来惯共，锦衾屏枕，长效比翼文鸳。谁念我，而今清夜，常是孤眠。入户不如飞絮，傍怀争及炉烟？这回休也，一生心性，为你萦牵。"妓得歌之，遂复如初。按《绿窗新话》谓上阕或为饶州张生作，事见宋王明清《玉照新志》。）

柳如是年少误入风尘，然气节之高传颂于士林。清赵翼《瓯北集》中有

《题柳如是小像》云：

女假男装访名士，绛云楼下一言契。美人肯嫁六十翁，虽不须眉亦奇气。妾肤雪白鬓云乌，伴郎白鬓乌肌肤。肯同搽粉称虞侯，并陋持门胜丈夫。扁舟同过京口泊，桴鼓金山事如昨。何代青楼无伟人？可惜侬家货主恶。早闻谯叟写降笺，不遣朱游和毒药。妾劝郎死郎不应，妾为郎死可自凭。褚公偏享期颐寿，毛惜终高节侠称。三尺青丝毕命处，尚悲不死在金陵。画图今识东风面，果然绝代红妆艳。谁知腻粉柔脂中，别有爱名心一片。君不见同时下玉京，心许鹿樵事未成。旋适贵人为弃妇，流离含泪画兰英。又不见顾眉生，荣华曾擅横波名。当其夫妇从贼日，捧泥涂面逃出城。一样平康好姿首，青青终让章台柳。

（清袁枚也有《题柳如是画像》一首，称赞柳如是的才情与志气："生绡一幅红妆影，玉貌珠冠方绣领。眼波如月照人间，欲夺鸾篦须绝顶。怀刺黄门悔误投，遗珠草草尚书收。党人碑上无双士，夫婿班中第二流。绛云楼阁起三层，红豆花枝枯复生。班管自称诗弟子，佛香同事古先生。勾栏院大朝廷小，红粉情多青史轻。扁舟同过黄天荡，梁家有个青楼样。金鼓亲提妾亦能，争奈江南不出将。一朝九庙烟尘起，手握刀绳劝公死。百年此际盍归乎？万论从今都歪矣。可惜尚书寿正长，丹青让与柳枝娘。"）

他生未卜，此生已休

出场美女 贺双卿　王韵梅　张学象

终日思君泪空流，长安日远，一夜梦魂几度游。堪笑辛苦词客，也学村男村女，晨昏焚香三叩首。

求上苍保佑，天边人功名就，早谐鸾俦。应忘却天涯憔悴，他生未卜，此生已休！

这是清代才女贺双卿的一首词作，题为《赠史震林》，词作表达了对心上人的深切思念和衷心祝福，毫无掩饰。其对个人前途的漠视、不敢冲破封建藩篱大胆追求真爱的牺牲和隐忍，恰是中国传统女性逆来顺受的真实写照。鸾俦，喻夫妻。

贺双卿（1715—1737）被誉为清代最有天赋、最具才华的女词人，后人尊其为“清代第一女词人”“清代李易安”。据冯煦编纂《金坛县志》（民国重修版）：“周贺氏，名双卿，字秋碧，家世业农，生有宿慧。十余岁习女红，工巧异常人。其舅为塾师，书馆与之邻，默听悉暗记，以女红易诗词诵习之。小楷亦端妍，能于一桂叶写《心经》。嫁村夫贫陋颇极，舅姑又劳苦之不相惜。双卿善事之，见夫未尝无愉色。”

贺双卿所嫁丈夫周大旺粗暴鲁钝，毫无怜香惜玉之情，公婆态度恶劣，对双卿严厉苛刻。双卿却逆来顺受，据史震林《西青散记》描述：贺双卿嫁到婆家未久即患恶疾（疟疾），至临终“事舅姑愈谨，邻里称其孝。夫性益暴，善承其喜怒，弗敢稍忤”。

在贺双卿二十年的短暂人生旅程中，写诗作词是她唯一的精神依赖，只为宣泄悲郁、点染生活，为自己枯萎的生命添一点活色。纸用尽了，便在破布残片、树皮树叶上写，笔磨秃了，就用炭棒替代。（谭正璧说：近代文学家颇诋文人吟风弄月为无聊。不知在寒苦的文人，却全靠吟风弄月来破除精神上的苦闷。否则满目凄凉，岂不要憔悴而死！……今幸能于“月底花前”苦吟成章，精神上既得安慰，物质上的痛苦，自然可以暂忘了。清丁绍仪《听秋馆词话》谓双卿“生有夙慧，嫁给金坛周姓樵子，家无纸笔，所为诗词悉芦叶写之”。清陈廷焯《白雨斋词话》：“西青散记，载绡山女子双卿词十二阕。双卿负绝世才，秉绝代姿，为农家妇。姑恶夫暴，劳瘁以死。生平所为诗词，不愿留墨迹，每以粉笔书芦叶上，以粉易脱，叶易败也。其旨幽深窈曲，怨而不怒，古今逸品也。日用细故，信手拈来，都成异彩。”）婆婆、丈夫粗暴地将她的书写工具捣毁，诗稿焚烧，却无法阻挡她的创作激情。（类似的单亲妈妈的悲哀，也发生在晚清著名文学家俞樾的孙女俞庆曾身上。参见谭正璧《女性词话》。）贺双卿短暂悲惨的人生遭际使她的词作大多哀婉含蓄，“每诵一过，不知涕之何从也”。（清末诗人黄燮清评语。）

发掘贺双卿其人、其诗、其事，功归于清代文学家史震林及其写实笔记《西青散记》。（郁达夫因长兄郁曼陀推荐，读《西青散记》后作诗曰：“逸老梧冈大有情，一枝斑管泪纵横。西青散记闲来读，独替双卿抱不平。”周作人、徐志摩、舒芜等均为《西青散记》中贺双卿的事迹感动，著文议论。）史震林曾想帮贺双卿摆脱困境，但她以“田舍郎虽俗，乃能宛转相怜，何忍厌之，此生不愿识书生面矣”等语拒绝。或认为贺双卿此举乃“发乎情而止乎礼仪”。其实贺双卿是不愿断送史震林的政治前程。她已嫁为人妇，若离家出走，丈夫、婆婆必然状告史震林“拐带”之罪。对史震林的真实情感，她以一首《赠史震林》表露无遗，见本文开篇之作。

贺双卿传世作品不多，仅14首以《雪压轩集》（或《雪压轩词》）传世。《凤凰台上忆吹箫·送邻女韩西》是其代表作：

寸寸微云，丝丝残照，有无明灭难消。正断魂魂断，闪闪摇摇。望望山山水水，人去去，隐隐迢迢。从今后，酸酸楚楚，只似今宵。
青遥，问天不应，看小小双卿，袅袅无聊。更见谁谁见，谁痛花娇？谁望欢欢喜喜，偷素粉，写写描描。谁还管，生生世世，夜夜朝朝？

陈廷焯《白雨斋词话》评价“其情哀，其词苦。用双字至二十余叠，亦可谓广大神通矣。易安见之，亦当避席”。(与李清照相比也毫不逊色。)

还有一首《春从天上来·饷耕》写尽春景：

紫陌春晴，慢额裹春纱，自饷春耕。小梅春瘦，细草春明，春田步步春生。记那年春好，向春燕、说破春情。到于今，想春笺春泪，都化春冰。　　怜春痛春，春几被一片春烟，锁住春莺。赠与春侬，递将春你，是侬是你春灵。算春头春尾，也难算、春梦春醒。甚春魔，做一春春病，春误双卿。

作诗填词者多避免重字，一首词中句句有“春”却不嫌累赘反觉精妙，显示出贺双卿确属天生的诗才。

贺双卿死后，从长安博取功名归来的史震林收到贺双卿留给他的绝命词，热泪纵横：“才与貌至双卿而绝，贫与病至双卿而绝!”(与贺双卿同样所嫁非人的是清代常熟女词人王韵梅。清沈善宝《名媛诗话》说她“适非文人，抑郁早卒”。她有《扫花游·恨》一首述说心中苦闷：“沁心浃骨，总事与情违，酿成苦楚。江淹漫赋。算填胸满臆，古今无数。试问边鸿，错嫁明妃胡虏。更休语，有炼石女娲，此意无补。往事知几许！叹连理枝头，妒花风雨。谁怜不遇！问王郎怎解，谢娘佳句。已足伤心，莫说乌江项羽！三生误。望氤氲、何时低诉!”“错嫁明妃胡虏”“问王郎怎解，谢娘佳句”，这心中的郁闷，也只有谢道韫、朱淑真、吴藻、贺双卿，以及嫁给吴县诸生沈载公的张学象等不幸才女能感同身受了。清初吴县女诗人张学象有《减字木兰花·病中》及《满江红·秋夜自伤》倾诉其“天壤王郎”之痛。《减字木兰花·病中》：“病慵思睡，可怜一日长如岁。转转无聊，蹙损蛾眉瘦损腰。三生缘浅，凤台不遇吹箫伴。写恨盈篇，几度追思李易安。”《满江红·秋夜自伤》：“蕉影横窗，又点染、一番秋色。谁信道岁华如旧，画楼今夕。天末飞鸿难诉与，帘前明月曾相识。想当初、已误总难追，今无及。千种事，休重忆。千种恨，书盈帙。叹三生缘薄，泪珠空滴。偏是王郎逢谢氏，不教仙女随张硕。想徒然，满腹尽文章，成虚掷。”清周铭《林下词选》称张学象“因所配非偶，其诗词多哀怨之音，《断肠集》不过如此”。)

恰如春风吹小草

出场美女　席佩兰

得攀骥尾原知福，直冠蛾眉却过情。
恰如春风吹小草，青青翻获领群英。

这是清随园主人袁枚女弟子席佩兰的一首诗。袁枚选编《随园女弟子诗选》，将其作品位列第一，佩兰十分激动，遂献此诗表达兴奋、感激之情。

“蜘蛛也解留春住，宛转抽丝网落红。”这是席佩兰《惜春》诗中的名句。席佩兰，名蕊珠，字韵芬，因擅画兰，自号佩兰，与丈夫孙原湘同为昭文（今江苏常熟）老乡。孙原湘《示内》诗有“赖有闺房如学舍，一编横放两人看”等句，是夫妇同学、琴瑟相和的真实写照。受丈夫影响，佩兰十分敬佩诗人袁枚，很想成为他的女弟子。在丈夫的鼓励下，席佩兰毅然写诗自荐。袁枚收到席佩兰诗作，对其诗才颇有怀疑。次年借春游为名到常熟看望孙原湘，乘机考察席佩兰。佩兰十分高兴，拿出一张自己的画照请袁枚题诗。袁枚将小照放置袖中，偕夫妇二人外出饮酒。趁夫君与袁枚畅谈欢饮之机，佩兰磨墨挥毫，写下《赠袁简斋先生》律诗三首：

其一曰：

慕公名字读公诗，海内人人望见迟。
青眼独来幽阁里，缟衣无奈浣妆时。
蓬门昨夜文星照，嘉客先期喜鹊知。

愿买杭州丝五色，丝丝亲自绣袁丝。

其二曰：

深闺柔翰学涂鸦，重荷先生借齿牙。
漫拟刘惔知道蕴，直推徐淑胜秦嘉。
解围敢设青绫障，执贽遥褰绛帐纱。
声价自经椽笔定，扫眉笔上也生花。

其三曰：

南极文昌应一身，幸瞻藜杖拜星辰。
十年早定千秋业，片语能生四海春。
诗格要烦论伪体，画图何敢秘丰神。
愿公参透拈花旨，可是空王座下人。

袁枚至此“方知徐淑之果胜秦嘉”。（徐淑、秦嘉乃东汉桓帝时恩爱夫妻，其诗文赠答乃文学史上佳话。）他见佩兰小照幽艳，相形之下自己不免有迟暮之感，竟不敢贸然落笔，随后将小照带往杭州，交由孙春岩（时任四川观察使）两个女儿云凤、云鹤题诗。孙云凤《题席佩兰女史拈花小照》写道：

想承衣钵侍莲台，亲见天花落又开。
诗境忽从禅境悟，不教散去却拈来。

孙云鹤诗云：

天然小像写丰神，国色无双四座春。
夜笑西湖诗弟子，从游不及画中人。（席氏之美丽可见一斑。）

袁枚最终为佩兰的真心诚意感动，欣然收下了这位有出众诗才的女弟子。

是年冬天，袁枚再来常熟，带给女弟子一份最珍贵的礼物：刚印成的由他选编的《随园女弟子诗选》。席佩兰打开诗集，见自己的诗作赫然列在篇首，不禁激动万分，当即挥毫献诗，即本文开篇之作，表达对老师赏识的感激和愧不敢当的谢意。

席佩兰为袁枚女弟子中诗才最出众者，有《长真阁集》七卷、《傍杏楼调琴草》等存世。袁枚称“似此诗才，不独闺中罕有其俪也”，赞其诗作“字字出于性灵，不拾古人牙慧，而能天机清妙，音节琮琤”（袁枚《长真阁集题辞》）。袁枚《随园诗话补遗》中说：“余女弟子虽二十余人，而如（严）蕊珠之博雅，金纤纤之领解，席佩兰之推尊本朝第一，皆闺中之三大知己也。”（关于席佩兰与孙原湘结为夫妻，民间有“一句诗成就一对夫妻”之谓，大意是席氏有上联“雪消狮子瘦”，孙苦咏乃出下联“月满兔儿肥”等，此故事与袁枚结识席佩兰时序颠倒，故不足信。又《送外入都》乃席佩兰代表作之一：“打叠轻装一月迟，今朝真是送行时。风花有句凭谁赏，寒暖无人要自知。情重料应非久别，名成翻恐误归期。养亲沐子君休念，若寄家书只寄诗。”郁达夫赞其诗“哀而不怨，情挚且长，有大家风度”。另关于袁枚，谭正璧在《女性词话》中颇多贬词。蒋士铨曾为夫人胡慎容诗集作序，题《红鹤山庄诗序》。袁枚曾问蒋士铨：“玉亭貌可称其才否？”士铨即以胡慎容所作《菩萨蛮》作答：“人言我瘦形同鹤，朝朝揽镜浑难觉。但见指尖长，罗衣褪粉香。　若能吟有异，不管腰身细。清减肯如梅，凋零亦是魁。”谭正璧评论说：“吾们不奇怪于袁枚之问，而深喜于士铨能信口利用她的作品来回答。盖袁枚之问，因此老对于女子素不怀好意，不屑我们一为注意。”参见谭正璧《女性词话》。）

待买个红船，载卿同去

出场美女 吴藻

珊珊琐骨，似碧城仙侣，一笑相逢淡忘语。镇拈花倚竹，翠袖生寒，空谷里、想见个侬幽绪。兰釭低照影，赌酒评诗，便唱江南断肠句。一样扫眉才，偏我清狂，要消受、玉人心许。正漠漠、烟波五湖春，待买个红船，载卿同去。

这是清朝才女吴藻的一首词作，题为《洞仙歌·赠吴门青林校书》，是她女扮男装、混入欢场与妓女调情的戏谑之作。校书，倡优雅称，典出唐王建《寄蜀中薛涛校书》；碧城，喻仙人居处，典出《太平御览》卷六七四引《上清经》“元始居紫云之阙，碧霞为城”；幽绪，郁结内心深处的思绪。

据《清诗纪事》《民国黟县四志》等载：吴藻，字蘋香，原籍安徽黟县。十九岁而寡。（疑有误。颇多史料称其二十二岁始嫁人。）工诗词，其词作被誉为“比肩《漱玉》”“《断肠》嗣响”。著有《乔影》（又名《饮酒读骚图曲》）《香南雪北词》《吴藻词》《花帘词》《花帘书屋诗》等。

研究清代文学者以徐灿、顾春、吴藻、吕碧成为清代四大才女。（俞陛云《清代闺秀诗话》：“清代闺秀之工填词者，清初推徐湘苹，嘉道间推顾太清、吴苹香。湘苹以深稳胜，太清以高旷胜，苹香以博雅胜，卓然为三大家。苹香初好词曲，后兼肆力于诗。父与夫皆业贾，两家无一读书者，而独见秀异，殆由夙慧。”沈善宝《名媛诗话》：“吴苹香最工倚声，著有《花帘诗稿》行世。诗不多作，偶一吟咏，超妙绝尘。”《乔影》吴载功“跋”云：

“灵均香草之思犹在人间，而得之闺阁尤为千古绝调。”《续修四库全书总目提要》赞：“清代女子为词者，藻亦可以成一家矣。”）与朱淑真类似，吴藻也满腹才情，所嫁者为不爱诗不懂诗之“业贾”者。夫君除保她衣食无忧，还给予她常人难以理解的宽容。“仓廪实而知礼节”。因为衣食无忧，所以吴藻可以尽情去追逐精神生活。（没比较怎见优劣，唯失去才知宝贵。想一想贺双卿，吴藻就应该对丈夫感激涕零。）

但吴藻仍有许多不满和不安分，除了曲高和寡者的寂寞，还对自己身为女儿身倍感遗憾。（一首《祝英台近》写道：“曲栏低，深院锁，人晚倦梳裹。恨海茫茫，已觉此身堕。那堪多事青灯，黄昏才到，又添上影儿一个。最无那，纵然着意怜卿，卿不解怜我，谁又书窗依依伴行坐？算来驱去应难，避时尚易，索掩却，绣帷推卧。”齐彦槐评之：“词客深愁托美人，美人翻恨女儿身。”）在丈夫的支持下，吴藻得以拜在诗人陈文述门下为徒，经常女扮男装混迹于社交场所，和男性文人们交往唱和，甚至于和文人们一起出现在烟花柳巷，向“林姑娘”之类的倡优卖弄风情。本文的开篇之作《洞仙歌·赠吴门青林校书》，即是如实招供。（《乔影》之换装，在王筠《繁华梦》、陈端生《再生缘》、邱心如《笔生花》、程蕙英《凤双飞》等作品中皆能找到相同的母题。）

“前生名士，今生美人”，这是清代诗人陈文述对其得意门生吴藻的概括性评赞。吴藻不是传统意义上的美才女，也不是一般饮酒读骚之名士。她一身豪气，个性怪异，不拘常礼，思想充满叛逆，屡有出格之举。这种女性在中国古代史上委实少见，后世称其为中国女权主义先驱，当不为怪。（清道光五年秋，《乔影》曾在上海由苏州著名小生顾兰洲在广场上演出，据说他“曼声徐引，或歌或泣，靡不曲尽意态”，感动了无数观众。吴藻借剧中人谢絮才“恨不生为男儿身”抒怀泄愤，诉说封建时代才女的傲气与孤寂，独特的女性意识受到西方学术界重视。）

只有鹦哥能解事

出场美女 陈玉卿

画楼寂寂锁芳时，烦恼多于十丈丝。
只有鹦哥能解事，口衔红豆记新诗。

这是清代扬州才妓陈玉卿书赠欢场客人缕馨仙史的一首诗作，表达身处欢场的内心孤独和无尽忧伤，其诗清婉可诵，一时遍传画舫。（缕馨仙史，应非嫖客本名。）

据《清代声色志》：陈玉卿乃广陵人氏，本是良家女子，面若桃花，身形婀娜，聪颖敏慧，能诗工弈，不幸父母早亡，靠叔父抚养长大。她的叔父乃当地恶棍，见侄女出落得如清水芙蓉，就以高价把她卖到风月场所。

乙亥年夏季，玉卿随龟婆辗转来到姑苏。姑苏名妓云集，她们极会梳妆打扮，不屑与初登妓场的小姐妹为伍。玉卿初到，门庭冷落，后为名流缕馨仙史赏识。缕馨仙史为玉卿的风姿倾倒，赋诗盛赞，于是玉卿名声大振，王孙公子往来穿梭，皆以入迷香洞、至照春屏题诗为荣。

玉卿对出入欢场的客人虽应酬得体，但倾心者极少，唯浙西陆吉仙及缕馨仙史二人而已。陆吉仙曾赠诗玉卿，玉卿步韵而和曰：

愁眉深锁怨芳时，佳句飞来比色丝。
从此春江花月夜，新歌不唱唱新诗。

她还叠韵赠缕馨仙史，见本文开篇之作，表达内心深处的寂寞及对知音的渴求。

玉卿住小东门外，房屋低矮狭小，屋外尘土飞扬，噪音不断，不堪驻足。某君曾打趣说：“凤凰也栖于枳棘中吗?”玉卿随声应答曰：“凤凰何敢当，我不过如鹦鹉困于樊笼而已。”

惆怅无声掩画楼

出场美女 澹娟

雁阵惊寒又暮秋，闲凭朱槛不胜愁。
参横月落霜华重，惆怅无声掩画楼。

这是清代扬州才妓澹涓《惆怅词》八绝中的一首，文如其题，诗作抒写身为风尘女子的无尽哀愁与惆怅。参横，参星横，天将晓，宋朱雍《西平乐·用耆卿韵》中有“参横向晓，吹入深沉院宇”等句；画楼，画舫，多指妓女居处或活动场所。

据《清代声色志》：广陵有位艺名澹娟的妓女，乃是青楼女子中的佼佼者。她媚眼流波，纤腰束素；冰肌玉骨，清绝罕伦；落落大方，举止娴雅；知书识礼，精于翰墨。虽然寄身勾栏，却心孤气傲。即便是贵宦王孙慕名来访，若虚有其表，她也白眼相待，甚而让其吃闭门羹。时间一久，落得“门前冷落车马稀”，鸨母抱怨，同行讥笑，但她泰然自若，并不在意。她著有《绿窗吟》诗集，诗句清雅可诵。集中《惆怅词》八绝，是她自悼的诗篇，本文开篇之作，即“八绝”之一。

澹韵庐主人年少多情，他因事赴邗江，闻知澹娟美艳，慕名登门拜访。澹娟一见如故，留其饮酒。酒阑灯暗，两人互诉衷肠，相见恨晚。澹娟对澹韵庐主人说：“如果你不嫌弃，我愿终身侍奉在你身边，即便布衣素食，我也会倍觉快乐。”

澹韵庐主人闻言，深受感动，但自惭寒素，掏不出巨资为其脱籍。十天后，澹韵庐主人乘船归去，澹娟芳情依恋，不忍与他道别，只能站在窗前默默落泪。分别许久，两人还互通音讯，倾诉相思之苦。

本心自有主，不随风东西

出场美女 沈寿

垂柳生柔荑，高高复低低。
本心自有主，不随风东西。

这是清末苏州才女沈寿的一首五言诗，题为《咏柳》，诗是赠给状元张謇的，表达的是守身如玉、古井无波的心志。

沈寿，原名沈云芝，字雪君，号雪宧，吴县（今苏州）人。明眸皓齿，蜂腰纤足，娇小玲珑，品端志洁，清心寡欲。她是著名的苏绣传人，其绣品曾获巴拿马—太平洋国际博览会金奖，被慈禧太后誉为“绣圣”，其才情深为大实业家张謇赏识。四十八岁病逝于南京，有《雪宧绣谱》传世。

沈寿中年患病，想到多年积累的刺绣绝活可能随自己故去而消失凡间，心里大为悲伤，满脸心事无处诉说，只有暗自垂泪。张謇猜中她的心事，诚恳道：“雪君织绣才华和智慧天下共识，今何不编一本绣谱，将绣艺绝活流传百世？”沈寿被他说中心事，叹道：“我已病入膏肓，哪里还握得住笔啊。”张謇道：“你有此心，我来为你执笔，你口述就行。”

就这样，两人共同协作，一个口述，一个笔录。经过半年多时间的努力，由张謇亲自题名的《雪宧绣谱》终于印制出版。全书共八章，详细记述了苏绣的各种技法，并附有“线色表”。仅青色就有老菜青、天青等 94 色；黄有杏黄、明黄、鹅黄等 104 色；赤有大红、朱红、血牙红等 88 色；间色有绿、紫、赭、灰等共 353 色。后世评论此书为沈寿三十余年实践之经验实录，

“锦绣万花谷，妙造百图中”。

此书写作过程中，张謇得以与沈寿有更多接触，对沈寿的爱慕之情也与日俱深。他曾以《谦亭杨柳》一诗毫不掩饰地表达了对沈寿的爱慕之情。其诗云：

记取谦亭摄影时，柳枝宛转绾杨枝。
不因著眼帘波影，东鲽西鹣那得知？
杨枝丝短柳枝长，旋绾旋开亦可伤。
要合一池烟水气，长长短短覆鸳鸯。

张謇不惜以“鹣”（比翼鸟）、“鲽”（比目鱼）等属于夫妻专用的字眼入诗，可以想见他对沈寿之爱几乎难以自拔。

大凡美才女，感情多较细腻。沈寿才情满腹，岂能不理解张謇的一片深情？这些年来，自己得不到丈夫的丝毫关心和爱护，感受不到家庭的任何温暖，若不是张謇的关爱和照顾，只怕自己连性命已如秋叶一片不知所终。更何况张謇知她心曲，日日伴她创作绣谱，为她了却了平生所愿。

可是，沈寿毕竟是一介弱女，她知书达理，品端志洁，因工作关系，借居状元府一隅，长年由其姐姐沈立（也是她习绣之师）和另一佣妇陪伴，持身严谨。她心想，自己毕竟没有离婚，名义上还是有夫之妇，也因为惧怕外间舆论，始终不敢把对张謇的爱情吐露出来。于是含泪和了《咏柳》《咏鸳鸯》诗二首转给张謇，其一《咏柳》即本文开篇之作。其二云：

人言鸳鸯必双宿，我视鸳鸯尝独立。
鸳鸯未必一爷娘，一娘未必同一壳。

这无异于告诉张謇，罗敷有夫，古井无波。张謇读罢此诗，理解沈寿的一片苦心，此后直到沈寿病死，再没提一个“情”字，只是更加殷勤小心地对待她。沈寿长期卧床养病，已开始慢慢掉头发，于是，她就用自己细柔的长发绣出张謇的手迹“谦亭”。落发不够用，她就剪下黑发，以此绣品含蓄地表达内心深处的情感。

病榻前凄风苦雨，外面的世界也是满城风雨，纷纷传言张謇与沈寿有不同寻常的暧昧关系。爱护张謇者说是盛德之累，忌恨者则大加诋毁，好事者则蜚语流传，推波助澜。沈寿的丈夫余觉得知传闻，怒不可遏，竟在自家门口贴出一副对联：

佛说：不可说，不可说！
子曰：如之何，如之何？

随后又写出《痛史》，将张謇写给沈寿的《谦亭杨柳》中“柳枝宛转绾杨枝”“一池烟水”“覆鸳鸯”等字句挑出来诘难。面对余觉的指责，张謇难以自圆其说，索性不计毁誉，一意孤行。

沈寿闻知丈夫余觉所为，忧愤交加。完成《绣谱》之后，沈寿本已耗尽生命的最后一丝气力。终于，在与张謇神交九年之后，沈寿于1921年6月8日病逝于南京，时年四十八岁。此时，年近七十的张謇全然不顾自己的身份、地位和名声，扑倒在沈寿的遗体上号啕大哭，老泪纵横。

沈寿去世时，张謇已年近七十，伤精英之难得，痛奇才之早逝，撰挽联云：

真美术专家，称寿于艺，寿不称于名，才士数奇，如是如是；
亦学诗女弟，视余犹父，余得视犹子，夫人为恸，丧予丧予！

“视余犹父，余得视犹子”和“丧予丧予”都是借用孔子伤恸颜回早丧之语。按照沈寿的遗愿，张謇将她安葬在能望见长江和苏南土地的马鞍山南麓，墓门石额上镌刻着张謇的亲笔楷书：世界美术家吴县沈女士之墓阙。墓后立碑，正面镌刻着张謇撰写的《世界美术家吴县沈女士灵表》。又撰《雪宧哀辞》，其序云：“嗟呼！人至死则恩怨消而疑忌息，雪宧今日可大白于天下知不知之人矣。”张謇痛失知音，索性离群索居，闭门谢客，早晚与沈寿遗像对晤，一口气写出《忆惜诗》48首，缠绵悱恻。（其中最感人的一首是：“感遇深情不可缄，自梳青发手掺掺。绣成一对谦亭字，留证雌雄宝剑看。”）

张謇为沈寿所做的这一切，终于连沈寿的丈夫余觉也感到良心有愧，被他深厚的情谊打动，默然无语。（古人云：情之为物，不可理喻。宋金时期，元好问在《摸鱼儿·雁丘词》中写道："问世间、情是何物，直教生死相许。天南地北双飞客，老翅几回寒暑。欢乐趣，离别苦，是中更有痴儿女。君应有语，万里层云，千山暮景，只影为谁去？"沈寿与张謇邂逅的这段相知之情，从人性的角度而言，是纯洁高尚、美丽动人的。他们相互欣赏，相互倾慕，相互理解，相互关怀，情动于心，而又能止之于礼；荷绽清流，却不求花开并蒂；心花烂漫，却不坠于污泥。在两人的生命琴弦上，奏响了一曲高山流水情，成为近代中国粉红知音与蓝颜知己最好的诠释。)